CW01500084

Les libraires en parlent !

« Une véritable ode aux femmes. »
Coralie Chevillon, librairie Charlemagne, Hyères

« Votre futur coup de cœur, parole de libraire. »
Julia Godard, Cultura Publier

« La vie est belle quand on ose la vivre. »
Marie-Adélaïde Dumont, librairie Doucet, Le Mans

« Un roman débordant de justesse, de générosité
et d'humour. »
**Delphine Dausque, Maison de la presse
la Touquettoise, Le Touquet**

« Drôle et émouvant, vous allez adorer Megg ! »
Sandrine Dantard, Fnac Grenoble

« Un road-trip émouvant et libérateur. »
**Marilyn Valente, librairie Birmann Majuscule,
Thonon-Les-Bains**

« Un voyage insolite, drôle, percutant ! »
Florence Cavallin, librairie de Port Maria, Quiberon

« Un roman lumineux, drôle et plein d'espoir et surtout
un roman qui fait du bien ! »
Julie Dumortier, librairie Martelle, Amiens

LA LUMIÈRE ÉTAIT SI PARFAITE

Singapore, Palisades

January 2022

MMB

DE LA MÊME AUTRICE :

Un merci de trop, Michel Lafon, 2016 ; Pocket 2016
Tu as promis que tu vivrais pour moi, Michel Lafon, 2017 ; Pocket 2017
Lunettes noires, peau de banane et Saint-Valentin, Michel Lafon, 2017
(nouvelle disponible en version numérique)
Avec des si et des peut-être, Michel Lafon, 2018 ; Pocket 2018
D'ici là, porte-toi bien, Michel Lafon, 2019 ; Pocket 2019
Vous faites quoi pour Noël ?, Michel Lafon, 2019 ; Pocket 2020
Et ton cœur qui bat, Michel Lafon, 2020
Vous faites quoi pour Noël ? On se marie !, Michel Lafon, 2020

Jeunesse
Gros sur le cœur, Michel Lafon, 2018

CARÈNE PONTE

LA LUMIÈRE ÉTAIT SI PARFAITE

Chansons citées dans l'ouvrage :

« Dieu m'a donné la foi », Ophélie Winter, East West, 1995. Paroles : D. Godsend, N. Neidhardt, B. Godsend, P. Jerry, produit par Fred Fraikin, Guy Waku.

« Pour que tu m'aimes encore », Céline Dion, Columbia, Epic, Sony Music, 1995. Auteur-compositeur : Jean-Jacques Goldman.

« Respect », Alliance Ethnik, EMI Virgin, 1995. Auteurs : K. Houairi, M. Darmon, F. Henri, V. Mojica, N. Vadon ; produit par Bob Power.

Publié avec l'accord de Librinova
© 2021, Fleuve Éditions, département d'Univers Poche
ISBN : 978-2-265-15529-9

Dépôt légal : avril 2021

*Pour toutes celles et ceux
qui ont un jour pleuré pour un rien,
et même devant une publicité Carglass.*

6 h 15. Le réveil sonne. Invariablement, du lundi au samedi, et ça, depuis plus de quinze ans. Quant au dimanche, s'il est synonyme pour une large majorité de personnes de repos et de grasse matinée, il n'en est rien pour moi, la faute à ce foutu conditionnement corporel qui me force à ouvrir les yeux alors qu'ils pourraient rester fermés.

6 h 15, depuis 5 575 jours donc. Soit l'équivalent d'un déficit en sommeil d'environ un million d'heures.

Je tends le bras pour éteindre l'objet du mal d'un geste tellement automatique qu'il m'arrive parfois d'oublier que je l'ai fait avant de ronchonner contre ce fichu réveil-qui-a-encore-oublié-de-sonner-il-s'en-fiche-lui-si-je-suis-en-retard.

Il y a quelques années encore, j'étais en forme dès 6 h 17, pleine d'énergie pour attaquer la journée et cocher un maximum des cases de ma *to-do list* du moment. Je prenais une douche rapide, sautais dans mes vêtements, et c'était parti. À l'approche de la quarantaine, je dois bien admettre que le démarrage est plus difficile. Je vois défiler un peu plus de minutes avant de trouver le courage de saisir le carnet posé sur la table de nuit, dans lequel je consigne les emplois du temps de tout le monde, les tâches impératives à accomplir, les démarches administratives en cours, les projets...

C'est la première chose que je fais, avant même de quitter mon lit. Je regarde ce qui m'attend, pour organiser mentalement ma journée. Si j'oublie, je me retrouve très vite débordée. Je me souviendrai toute ma vie de cette nuit passée à cuisiner trois cents cookies pour la fête de l'école de Lalie, de la farine dans les cheveux, et ce jusqu'à 3 heures du matin. Tout ça parce que je m'étais proposée pour cette mission, des semaines plus tôt, qu'à l'époque je n'étais pas aussi rigoureuse niveau organisation, avec des feuilles volantes noircies de listes à faire un peu partout dans la maison, et que ça m'était donc complètement sorti de la tête. C'est ma fille qui me l'avait rappelé de sa petite voix chantante à la fin du repas :

« Maman, la maîcresse elle a mis un mot dans mon cartable tout à l'heure. C'est pour les cookies que tu dois donner demain. Dis, est-ce que je peux t'aider à faire la cuisine ? »

J'avais dû blêmir quasi instantanément, parce qu'elle avait aussitôt ajouté :

« Ça va pas, maman ? T'as bobo à ton ventre ? Est-ce que tu vas romir ? Tu sais tout à l'heure à la cantine, Zoé elle a romi ses haricots dans son assiette. C'était beurk, ça sentait pas bon comme les chaussettes de papy. »

Lorsque je m'étais couchée, après avoir rempli de cookies des dizaines de boîtes en plastique, je m'étais juré de ne plus jamais me faire avoir et de toujours tout noter, tout de suite et sur un même support.

Au début, je dois dire que ça me faisait même plaisir. Je me baladais avec mon carnet partout ; dès que je pensais à quelque chose, hop ! je l'inscrivais, et je l'intégrais même dans une planification. J'avais le sentiment d'enfiler chaque matin le tailleur de la *working girl* que je n'étais pas, je me trouvais ultra-efficace et en tirais une certaine satisfaction. Qu'en reste-t-il aujourd'hui ? Sans doute pas grand-chose. Ces derniers temps, j'ai même l'impression d'avoir pris mon carnet en grippe. Comme s'il était devenu un boulet fermement accroché à ma cheville, au point de m'en cisailler la chair parfois. Résignée, je l'ouvre à la page du jour.

Au programme, démarrage des cours à 7 h 55 pour Lalie, 8 h 35 pour Malone. L'une au lycée, en seconde, l'autre à l'école primaire, en CM1. À deux endroits opposés de la ville, bien entendu. Ce serait trop facile sinon.

Surtout ne pas oublier de donner à ma fille le dernier chèque d'acompte pour son voyage scolaire en Irlande. Mme Isaac, de l'administration, m'a déjà relancée une fois. Lalie décolle demain matin de bonne heure, il faut que je vérifie aussi qu'elle a bien terminé sa valise et qu'elle n'a rien oublié d'essentiel. La dernière – et d'ailleurs première – fois que je lui ai laissé le soin de faire ses bagages, elle est partie sans une seule paire de chaussettes de rechange.

Pour Malone, c'est jour de sortie scolaire. Ils vont visiter une réserve avec des oiseaux, je crois. Ou alors avec des tortues... Oiseaux, tortues, peu importe, ça ne changera rien sur la bataille à venir contre une adoption de l'animal en question. Si j'ai opté pour une contraception définitive il y a quelques mois, ce n'est pas pour ajouter à la liste un être vivant à nourrir chaque jour, qu'il soit à écailles ou à plumes !

Et donc, qui dit sortie scolaire, dit pique-nique à préparer. Évidemment, il me revient soudain que mes deux chers et tendres enfants – chers c'est sûr, tendres j'ai un

11

doute – ont englouti hier soir les derniers morceaux de pain qui restaient dans le congélateur. Il faut que je fasse un saut à la boulangerie pour en acheter. Si je ne me lave pas les cheveux, je devrais avoir le temps. Tant pis, je me ferai un chignon et prétendrai être en pleine cure de sébum. Il paraît que c'est tendance, le cheveu gras.

À 11 heures, je dois récupérer mon *drive* pour le dîner de ce soir. Stéphane a convié plusieurs chefs d'entreprise ainsi que leurs femmes à dîner chez nous. Ils sont en train de monter une sorte d'association, histoire de peser plus lourd lors d'achats groupés de matériel ou de fournitures de bureau, et d'obtenir ainsi de meilleurs prix. Stéphane s'est investi à fond dans ce projet, ne comptant pas ses heures.

Ni les miennes...

Chaque soir, alors que nous sommes couchés, il me fait le récit de ses journées trépidantes, pleines de réunions, de décisions à prendre et de contrariétés associées. Il travaille depuis maintenant quinze ans dans une entreprise d'import-export dont il a gravi tous les échelons jusqu'au poste de directeur qu'il occupe aujourd'hui.

Et le moins que l'on puisse dire, c'est qu'il en a à raconter ! Si bien que, lorsque arrive le « Et toi, ta journée ? », je suis tellement fatiguée que je peine à garder les yeux ouverts. De toute façon, mes « J'ai trié les boîtes de conserve par dates de péremption » ne font pas le poids contre ses « On vient de signer un contrat de neuf millions d'euros ! ». Alors la plupart du temps, je me limite à un « Ça a été, rien de particulier », dont il se contente avant de me souhaiter bonne nuit. Certains soirs, s'il n'est pas trop fatigué et que je ne m'endorme pas sur mon livre ouvert, il se tourne vers moi, glisse sa main sous mon tee-shirt dans l'attente d'une approbation. Je pose alors mon livre et nous faisons l'amour. C'est moins passionné qu'au début de notre relation, mais ça n'en reste pas moins très agréable. Et parfois même, pleinement satisfaisant.

Il y a quelques années, nous profitions des minutes suivant le plaisir pour parler d'avenir, de voyages, de projets... Aujourd'hui, il s'endort et moi je reprends mon livre. Quand je m'en fais la réflexion, je me rassure en me disant que c'est probablement le lot de tous les couples mariés avec enfants. Et qu'on ne peut pas tout avoir.

Alors que je parcours les tâches du jour dans mon carnet, je me dis qu'il serait bien, si j'ai le temps avant de me mettre aux fourneaux, que je passe chez le notaire. Il m'a envoyé un e-mail hier après-midi pour me réclamer des documents concernant la succession de maman. Des documents que je lui ai déjà donnés dont certains plusieurs fois.

Il faut que j'intègre aussi qu'à 17 h 30 Malone a son cours de water-polo. Si Lalie n'est pas trop mal lunée, et qu'elle a terminé de préparer sa valise, je lui demanderai si elle veut bien accompagner son frère. La piscine n'est qu'à dix minutes à pied de la maison, mais c'est l'équivalent de mille kilomètres au moins sur l'échelle de l'adolescence.

Les minutes défilent, il est bientôt 6 h 35 – je ne vais pas avoir le temps de passer à la boulangerie – et je peine à trouver l'énergie de me lever. J'ai bien dormi cette nuit, pourtant je me sens très fatiguée ce matin.

C'est alors que mes yeux se posent sur la date du jour et que je comprends. Nous sommes le 22 juin. Aujourd'hui, elle aurait fêté ses 72 ans. Ma maman qui me manque tellement et qui est partie il y a six mois maintenant.

Si elle était encore là, elle serait venue me voir à la maison et m'aurait embarquée dans une virée shopping. Elle adorait sa journée d'anniversaire dont elle profitait pour dépenser sans compter et s'offrir quantité de choses aussi inutiles qu'indispensables. Nous aurions déjeuné dans son restaurant préféré et elle n'aurait commandé que des desserts. Nous aurions trinqué au champagne, bien qu'elle n'en aimât pas vraiment le goût, juste parce que ça faisait chic.

Nous étions très proches et pas seulement parce que j'étais son unique enfant. Non, nous nous aimions comme des amies, indépendamment des liens du sang. Elle était celle à qui je me confiais, celle qui me soutenait mais ne mâchait malgré tout pas ses mots quand il le fallait. Son décès a créé un vide immense, d'autant plus qu'elle est partie sans aucun signe avant-coureur, sans me laisser la moindre chance de m'y préparer. La vie est ainsi mal faite : le cœur peut en effet décider de s'arrêter de battre sans crier gare, d'une minute à l'autre, alors qu'on a encore de nombreuses années devant soi. C'est de cette façon que vous vous levez un matin fille d'une mère pleine d'énergie et de projets et que vous vous couchez le soir orpheline.

Au début, le mot m'a frappée par sa violence, il est pourtant celui qui me définit à présent. Après la perte de mon père il y a dix ans, je dois maintenant faire face à celle de ma mère. À même pas 40 ans, je n'ai plus de parents.

Il est 6 h 42 lorsque je trouve enfin l'énergie de quitter mon lit et de me diriger vers la salle de bains, mon carnet toujours à la main, pour une douche qui, compte tenu de l'heure, ne pourra être que rapide.

Stéphane, lui, est déjà prêt, habillé en costume parfaitement coupé, comme chaque jour de la semaine. Il en possède une dizaine qu'il a tous achetés dans le même magasin. « À quoi bon aller ailleurs, quand on a trouvé ce qui convient », me répond-il chaque fois que je le taquine à ce sujet. Ces derniers temps, j'ai le sentiment que cette réplique est aussi valable pour moi, comme si j'étais moi aussi une sorte de chemise sur mesure. Après plus de quinze ans de mariage, je le trouve toujours aussi séduisant. Grand, crâne rasé, yeux verts, mâchoire carrée, torse ferme qu'il entretient à la salle de sport deux fois par semaine. Je suis tombée amoureuse de lui dès qu'il m'a souri. Aujourd'hui encore, c'est sans aucun doute son arme de séduction massive. Un sourire franc qui, comme chez notre fille, fait apparaître deux fossettes au creux de ses joues.

— Bonjour, ma chérie, tu joues les marmottes ce matin ? me demande-t-il affectueusement.

6 h 42 n'est pas vraiment un horaire de marmotte, mais je choisis de m'abstenir de tout commentaire.

— Alors, quoi de beau dans ton carnet pour aujourd'hui ?

— Des sandwichs à préparer pour Malone qui a une sortie scolaire, des courses à faire, passer chez le notaire pour lui apporter un document pour la millième fois au moins, vérifier que Lalie n'a pas oublié de mettre des chaussettes dans sa valise pour partir en Irlande, préparer le repas de ce soir... Et toi, quel est ton programme de la journée ?

— Rien de bien passionnant, crois-moi ! Plusieurs réunions dont certaines promettent d'être particulièrement assommantes. J'aimerais être à ta place par moments, me dit-il en souriant avant de déposer un baiser sur mes lèvres et de quitter la pièce.

Je reste interdite pendant quelques secondes et je sens les larmes me monter aux yeux. C'est fréquent ces derniers temps. Hier, une publicité à la télévision m'a quasiment fait pleurer. Ça arrive à tout le monde bien sûr, sauf que c'était une publicité pour des tubes de colle...

Je m'asperge le visage d'eau fraîche, je ne dois pas être bien réveillée. Oui, c'est forcément ça. L'image que me renvoie le miroir n'est pas désagréable. Malgré mes traits tirés, je continue à me trouver plutôt jolie. J'aime la couleur verte de mes yeux, ma bouche ni trop fine, ni trop épaisse, mes longs cheveux blonds, même s'ils me demandent beaucoup de soins. J'apprécie d'avoir une peau quasi sans défauts malgré les ravages de l'acné en son temps et une fine cicatrice sur le menton, résultat d'une belle chute à vélo lorsque j'avais 6 ans. Il n'y a guère que mon front que je trouve beaucoup trop grand.

Ce matin pourtant, je détourne rapidement les yeux avant de me déshabiller et d'entrer dans la douche.

* * *

Il est 7 h 15 lorsque je rejoins la cuisine pour me servir ma première tasse de café, la seule sans doute que je réussirai à boire chaude. Ma fille est déjà attablée devant son bol de céréales, vêtue comme depuis quelque temps d'habits trois fois trop grands pour elle, en pleine conversation animée avec Stéphane. Elle lui sourit, ce qui fait apparaître les deux fossettes paternelles sur ses joues. Si je me suis toujours réjouie qu'elle soit proche de son père, cela me pèse un peu depuis qu'elle l'est moins de moi. D'ailleurs, aussitôt qu'elle me voit, elle se renfrogne – exit les fossettes – et d'un seul coup semble trouver les flocons de maïs qui flottent dans son lait d'un fol intérêt.

— Il faut que je file, moi, je vais être en retard, dit Stéphane, en posant sa tasse sur la table de la cuisine. Ah oui, j'ai oublié de te demander, ma chérie : est-ce que tu pourras passer prendre ma chemise bleue au pressing ? Je sais que tu trouves ça stupide, mais je suis certain que cette chemise me porte chance. Alors, je voudrais la mettre ce soir.

— C'est-à-dire que je n'ai pas prévu d'aller du côté du pressing aujourd'hui...

— Si je pouvais la récupérer moi-même, tu sais que je le ferais volontiers, mais aujourd'hui j'ai vraiment une journée de dingue qui m'attend. S'il te plaît...

— Bon, très bien, j'y passerai après le notaire, avant de récupérer Malone et de l'emmener à son cours de water-polo...

— Merci ! Qu'est-ce que je ferais sans toi ?

Tu porterais une autre chemise et franchement ce ne serait pas la fin du monde ! je me retiens de lui répondre, surprise par ce mouvement d'humeur. Que m'arrive-t-il, ce matin ?

Visiblement satisfait, Stéphane m'embrasse de nouveau, dépose un bisou sur le crâne de sa fille, attrape sa mallette puis quitte la maison.

— Ma puce ? Est-ce que tu pourras aller acheter deux baguettes à la boulangerie quand tu auras terminé tes céréales ? demandé-je dans la foulée à ma fille. Ton frère a une sortie scolaire aujourd'hui et il n'y a plus de quoi lui faire des sandwichs.

— Pourquoi moi ? réplique-t-elle aussitôt.

— Parce que ça me rendrait service. Je ne vais pas avoir le temps, il faut que j'aille réveiller ton frère d'ici un quart d'heure, que je lui prépare son petit déjeuner tout en surveillant qu'il ne se rendorme pas pendant qu'il est en train d'enfiler ses chaussettes.

— Tu ne pouvais pas t'en apercevoir hier ? Après tout, c'est ton boulot, non ? Tu n'as que ça à faire de tes journées.

Malgré ses lunettes et sa frange qui commence à lui manger les yeux, je ne peux passer à côté du regard plein de défi qu'elle m'adresse.

Cela fait plusieurs mois que Lalie m'envoie ce genre de vacheries, cherchant à me faire sortir de mes gonds ou à me blesser, même si j'essaie de me convaincre de l'absurdité de cette seconde hypothèse. En général, j'essaie de passer par-dessus, mettant ce comportement sur le compte de l'adolescence ou de cette rivalité mère/fille que pourtant je n'ai pas connue. Or ce matin, je n'y arrive pas.

— Tu ne me parles pas sur ce ton, jeune fille ! Mais qu'est-ce que je t'ai fait, Lalie ? Tu peux me le dire ?

— C'est bon, pas besoin de m'engueuler, je vais aller les chercher, tes baguettes. J'ai hâte d'être en Irlande, comme ça, au moins, je t'aurai plus sur le dos, grommelle-t-elle en se levant, abandonnant son bol vide sur la table.

— Eh bien, tu sais quoi ? Moi aussi j'ai hâte de ne plus avoir affaire à ta méchanceté et ta mauvaise humeur permanente ! je rétorque sans réfléchir, avant de le regretter aussitôt.

Sans un mot, mais non sans me balancer un regard noir, elle enfile la veste en jean qu'elle avait posée sur le dossier de sa chaise, sort de la cuisine puis me fait sursauter en claquant la porte d'entrée.

Les larmes aux yeux, pour la seconde fois en moins d'une heure, je me dirige vers la chambre de Malone pour le réveiller. Il est 7 h 40, on va finir par être en retard.

L'ambiance est tout autre avec mon fils qui enroule ses bras autour de mon cou et niche sa tête au creux de mon épaule, les paupières encore lourdes de sommeil.

— Il est déjà l'heure de se lever ?

— Eh oui, mon canard, tu as même eu un peu de rab. Mais ça va être chouette aujourd'hui, tu vas aller voir des oiseaux avec ta classe.

— C'est des tortues qu'on va voir, maman, rectifie-t-il tout en bâillant à s'en décrocher la mâchoire.

Je me disais bien que j'avais remplacé les écailles par des plumes.

— C'est bien, les tortues, aussi.

— On pourra en adopter une ? Tu sais, mon copain Robin, il a un chien, deux perruches, trois lapins et plein de poules ! Oh, on pourrait avoir des poules aussi ? C'est gentil, une poule, et comme ça, on mangerait des omelettes tout le temps.

Malone réclame un animal de compagnie depuis un moment et si j'ai souvent envie de faire plaisir à mon petit garçon, je résiste en pensant à toutes les tâches supplémentaires que cela me demanderait. Car bien entendu, passé la joie et l'enthousiasme de l'arrivée de l'animal, il deviendrait vite logique que ce soit à moi de m'en occuper. Puisque après tout, je n'ai « que ça à faire », je pense, amère.

— Je te laisse t'habiller. Tes vêtements sont posés sur ton bureau. Dès que tu seras prêt, tu pourras prendre ton petit déjeuner. Je peux te faire des pancakes, si tu veux ?

C'est mesquin, mais la technique du détournement de l'attention en évoquant le sucre a depuis longtemps fait ses preuves avec Malone.

— Oh ouais, des pancakes, miam ! se réjouit-il.

Il détache ses bras de mon cou et se dirige à toute vitesse vers son bureau.

— J'espère que tu m'as pas mis un tee-shirt qui gratte ! Parce que celui d'hier, il grattait. Tu avais pas coupé l'étiquette.

Je soupire avant de quitter la chambre. Dénicher des vêtements qui ne doivent ni gratter, ni piquer, ni serrer, c'est presque pire que tenir en équilibre sur les poteaux de « Koh-Lanta ». Si bien sûr on part du principe que les pyjamas ne sont pas admis à l'école.

19

Dans la cuisine, je trouve sur la table – en plus du bol de ma fille et de la tasse de mon mari, qu'ils n'ont pas pris la peine de débarrasser – les deux baguettes que Lalie est allée acheter à la boulangerie. Elle m'a également laissé un petit mot : « Pas besoin de m'emmener, je prendrai le bus. »

Bien que ça m'arrange, je ne peux m'empêcher de me dire que s'il lui arrive quelque chose, les derniers mots qu'elle aura entendus de ma bouche auront été des mots de colère. Depuis le décès subit de ma mère, je suis hantée par cette idée que les paroles que l'on prononce à un instant T seront peut-être les dernières à être entendues, sans possibilité de se rattraper ou de les rectifier. Lorsqu'elle est brutale, la mort, en plus de vous enlever la personne aimée, vous ôte les paroles d'adieu. La dernière conversation que j'ai eue avec ma mère avant son décès, bien que je ne m'en souvienne pas avec exactitude, devait être d'une banalité affligeante. Si j'avais su que c'était la dernière fois que nous nous parlions, je lui aurais dit combien je l'aimais et combien elle comptait pour moi. Je n'aurais pas dû m'emporter contre Lalie tout à l'heure, pas juste avant qu'elle ne quitte la maison pour se rendre au lycée.

Alors que je sors les œufs, le lait et la farine des placards, mets une poêle à chauffer, pèse les ingrédients et commence à les mélanger – je crois que je pourrais faire cette recette de pancakes les yeux fermés –, j'en profite pour m'enquérir de l'état d'avancement de l'opération *habillement* du côté de Malone. Mon fils a en effet cette faculté rare de pouvoir enfiler une chaussette puis de mettre dix minutes à enfiler la seconde. Entre les deux, il doit être comme happé par une faille spatiotemporelle. C'est assez drôle à voir, quand on n'est pas pressé par le temps : une chaussette au pied et l'autre dans la main, il reste figé, le regard perdu dans le vide, avant de revenir à lui d'un seul coup et de terminer l'enfilage en cours.

— Tu t'habilles, mon canard ? je demande assez fort pour qu'il m'entende alors que je commence à verser plusieurs louches de pâte dans la poêle chaude.

— Oui, oui ! crie-t-il à son tour. Mais je ne trouve pas mon slip ! Tu as oublié de me mettre un slip, maman.

— Mais si, regarde bien.

— Ah oui, il était tombé par terre ! Oh non, je l'aime pas, celui-là, il a des coutures.

J'oubliais dans la liste des choses à éviter : les coutures. Ce qui est relativement compliqué à supprimer en matière de vêtements...

— Il n'y en a plus d'autres, désolée. Je n'ai pas eu le temps de faire sécher le linge hier.

Quand Malone me rejoint dans la cuisine, il a revêtu, en plus de ses vêtements, son regard de martyr, comme s'il avait sur les fesses un slip en métal bardé de clous pointus. Je me retiens pour ne pas éclater de rire.

— Tu veux de la pâte à tartiner ou de la confiture, sur tes pancakes, mon canard ?

— Les deux.

Quelle question ! J'aurais dû m'en douter, pourquoi choisir ? Je dépose donc dans son assiette un pancake moitié pâte à tartiner, moitié confiture de fraises, qu'il s'empresse de commencer à manger avant de retrouver le sourire.

— C'est cro bon, maman, me dit-il, la bouche pleine. J'en veux bien un autre ! Est-ce que tu crois que les tortues ça mange de tout comme les poules ? Je pourrais peut-être prendre un pancake avec moi pour leur donner ?

Je lui souris et me réjouis que l'affaire du slip à coutures soit déjà oubliée.

— Je ne suis pas une experte, mais je ne suis pas sûre que les tortues mangent des pancakes.

— Oh, répond-il, déçu. Dommage.

— Mais tu peux peut-être emporter de la salade ?

— Tu crois ? se réjouit-il aussitôt, avec un grand sourire.

— Je vais te préparer quelques feuilles dans un sachet que je mettrai à côté de tes sandwichs.

— Merci, maman ! Je peux ravoir un autre pancake ? Il faut que je prenne des forces pour les tortues, tu sais.

Et de nouveau j'ai les larmes aux yeux. Je les essuie aussi vite que possible pour que Malone ne s'en aperçoive pas. La différence est aujourd'hui si grande entre mes relations avec mon fils et celles que je peux avoir avec ma fille. Je ne peux m'empêcher de me demander à quel moment j'ai tout raté.

– 2 –

Il est déjà près de 15 h 30 lorsque je me rends compte qu'il serait peut-être judicieux que je file me laver les cheveux si je veux avoir ne serait-ce qu'une petite chance de le faire avant de récupérer les enfants, de finaliser le départ en Irlande demain, pour Lalie, et de commencer à cuisiner le repas de ce soir. Pas sûre en effet que l'argument « cure de sébum en cours » fasse mouche pour un dîner d'affaires.

J'ai l'impression de courir après le temps. Pourtant, je ne chôme pas depuis ce matin, mais chaque tâche me demande une énergie un peu plus grande que la précédente.

Après avoir préparé les sandwichs de Malone – jambon, beurre, tomate, mimolette, ses préférés –, je l'ai déposé à l'école juste avant la fermeture des portes, sous le regard agacé et culpabilisant de sa maîtresse. C'est fou, ça, comme si nos aptitudes maternelles étaient jugées à l'aune de l'heure d'arrivée à l'école. Et donc quoi ? Quand on arrive à 8 h 20, on est forcément une bien meilleure mère que lorsqu'on arrive à 8 h 34 ?

Il a fallu ensuite que je fasse un crochet par le lycée de Lalie pour remettre le dernier chèque d'acompte pour le voyage en Irlande à Mme Isaac. Je devais le donner à ma fille ce matin, mais comme elle a pris le bus – fâchée d'avoir dû, ô scandale, aller jusqu'à la boulangerie pour acheter deux baguettes –, elle est partie sans. À l'instar de la maîtresse de Malone, j'ai été gratifiée d'un regard agacé, accompagné carrément d'un soupir on ne peut plus significatif, me confirmant, s'il en était encore besoin, que j'étais vraiment une mère en dessous de tout.

Je note pourtant chaque tâche à accomplir, et scrupuleusement avec ça, mais ces derniers temps cela n'est plus suffisant. J'oublie, ou pire je crois que j'ai oublié et je fais les choses deux fois. J'ai beau vérifier et revérifier la page du jour, ça ne s'imprime pas ou pas correctement.

De retour à la maison, vers 9 h 30, j'ai commencé par vider la machine à laver pour ensuite remplir le sèche-linge et ainsi éviter demain matin un nouvel épisode du « oh non, pas ce slip, il a des coutures ». Si encore cette corvée se limitait à vider l'une pour remplir l'autre, le tout sans réfléchir, la vie serait beaucoup plus simple ! Mais, non. Il faut d'abord sortir le linge, trier ce qui peut se sécher en machine et se résoudre à étendre tout le reste. Il y a encore quelques années, je suivais avec beaucoup de discipline les indications sur les étiquettes, quitte à me retrouver avec quatre slips et treize chaussettes dans le sèche-linge – la quatorzième ayant été absorbée par un trou d'antimatière à un moment quelconque du cycle de lavage… Aujourd'hui, je suis beaucoup moins regardante, tant pis pour ce qui rétrécira.

À peine l'aspirateur passé dans toutes les pièces du rez-de-chaussée, c'était l'heure de reprendre la voiture, pour chercher les courses au *drive* du supermarché, avant de faire un crochet par le primeur afin d'acheter les figues qui n'étaient pas disponibles en ligne et dont j'avais besoin pour les tartes que j'ai choisi de faire ce soir, puis de récupérer au pressing la fameuse chemise bleue porte-bonheur.

Le temps de ranger les courses, d'avaler les restes réchauffés du gratin de chou-fleur d'hier soir, de me brûler la moitié des papilles, de retraverser toute la ville pour remettre les documents réclamés par le notaire – qui pour bien faire n'ouvre son office au public que les après-midi –, voilà comment il est, déjà, 15 heures et je suis épuisée comme si je venais de faire un effort physique démentiel. Des journées comme celles-ci j'en ai toujours eu, et parfois même des bien plus chargées, mais depuis quelques semaines, je dois me rendre à l'évidence que tout est vraiment plus difficile.

J'évite de repenser aux deux moments où je me suis mise à pleurer, la première fois devant le rayon des fruits exotiques parce que j'ai cru un instant qu'ils n'avaient plus de figues, et la seconde en cherchant désespérément mes lunettes de soleil dans mon sac à main alors qu'elles étaient sur mes cheveux.

Je suis au milieu des escaliers lorsque mon portable vibre dans la poche de mon jean.

— Allô oui ?

— Madame Etcheverry ? Maître Gonzagues à l'appareil.

— Je vous ai déposé en début d'après-midi les documents que vous m'aviez redemandés, dis-je aussitôt.

— Tout à fait, je les ai devant les yeux… Mais…

Ah non, s'il vous plaît, pas de mais… Je suis trop fatiguée pour encaisser un mais.

— … vous avez oublié de signer l'un d'entre eux.

Ça va, c'est un petit mais, je devrais réussir à faire avec.

— Je suis désolée pour cet oubli, maître Gonzagues, c'est un peu la course en ce moment. Je passerai demain à votre étude pour le signer.

— Vous ne pourriez pas repasser aujourd'hui plutôt ? Avant la fermeture, à 16 h 30.

Non, je ne peux pas ! Parce que j'ai les cheveux sales et que j'aimerais bien pouvoir les laver, que je dois aller chercher mes enfants dans moins d'une heure pour ensuite préparer un dîner pour huit personnes, le tout en essayant de ne pas fondre en larmes toutes les deux minutes.

Alors, je tente d'esquiver :

— C'est si urgent que ça ?

— C'est-à-dire que l'étude sera fermée les quinze prochains jours ; il faut bien prendre des vacances, rit-il à l'autre bout du fil, parce que sans doute il se croit drôle. J'aimerais pouvoir clore votre dossier avant mon départ, mais sans ce document signé...

— Très bien. J'arrive d'ici vingt minutes.

— Ah, parfait, madame Etcheverry ! Je vous attends donc !

Il raccroche. Et moi, je reste plusieurs secondes immobile dans l'escalier, à six marches à peine des cheveux propres. Puis je fais demi-tour, la vue brouillée. Tant pis, il faudra cette fois se contenter d'un shampoing sec.

* * *

Lorsque Stéphane rentre à 19 h 30, tout est sous contrôle. Le notaire a son document signé, les enfants ont été récupérés presque à l'heure – on ne va pas chipoter pour cinq minutes –, ils ont mangé, la valise de Lalie est prête pour demain matin, la maison est propre – en tout cas pour les pièces susceptibles d'être visitées –, la table est mise et un parfum alléchant de poulet à l'estragon embaume la cuisine.

J'ai enfilé une petite robe noire, des ballerines assorties et mis un soupçon de mascara sur mes cils. C'est dans ces moments-là que je me réjouis de ne pas être une grande adepte du maquillage. J'ai toujours préféré mon visage au naturel.

— Tu n'imagines pas la journée de dingue que je viens de passer ! s'exclame mon mari en m'embrassant. Mais j'ai quand même réussi à quitter le bureau plus tôt pour te filer un coup de main, ajoute-t-il, visiblement fier de l'exploit. Qu'est-ce que je peux faire ?

Euh... Au hasard comme ça, je dirais... rien. Il est 19 h 30, les invités arriveront d'ici une quinzaine de minutes, donc heureusement que tout est prêt.

— C'est bon, tout est OK, ne t'inquiète pas.

— Ah, mais je ne m'inquiète pas, je sais que tu gères toute cette organisation comme une pro, dit-il en me prenant dans ses bras.

Pendant un instant, j'ai envie de lui dire qu'en ce moment je ne gère rien du tout. Que je n'ai même pas eu le temps de me laver les cheveux, aujourd'hui. Que je suis fatiguée. Que je me mets à pleurer devant une tarte aux figues qui cuit dans le four. Que notre fille m'a à peine adressé la parole depuis qu'elle est rentrée du lycée. Et que ma mère me manque plus que jamais. Mais je ne dis rien.

— Tu es passée au pressing prendre ma chemise ? demande-t-il.

— Oui, bien sûr. Elle est accrochée dans ta penderie.

— Ah, merci beaucoup ! Tu es la meilleure épouse qu'un homme puisse avoir.

Il m'embrasse, puis me laisse là, au milieu du salon, pour aller se changer. La meilleure épouse qu'un homme puisse avoir...

Une petite mélodie en provenance de la cuisine m'indique que le gratin de patates douces est prêt. Il ne restera plus que la salade verte à assaisonner juste avant de servir le fromage. Malone est dans sa chambre, en pleine bataille de dragons contre dinosaures. Lalie doit avoir les yeux et les doigts rivés sur son téléphone.

La sonnette de l'entrée retentit. Les premiers invités sont là. Moi, et mes cheveux doux comme de la paille qui sentent le carton, on se dirige vers la porte.

— Bonsoir, entrez entrez, nous n'attendions plus que vous, dis-je avec le grand sourire de la meilleure épouse qu'un homme puisse avoir.

* * *

Je profite de l'apéritif qui s'éternise pour m'éclipser et monter souhaiter bonne nuit aux enfants. Malone m'attend sagement dans son lit pour notre rituel du « meilleur moment de la journée ». Depuis plusieurs mois, avant qu'il n'éteigne sa lumière, je m'allonge à côté de lui et chacun doit raconter à l'autre le meilleur moment de sa journée. J'ai instauré cette routine à la suite d'une journée difficile qu'il avait passée à l'école, et depuis il l'espère, chaque soir avec impatience.

— Vas-y, maman, allonge-toi ! dit-il en se poussant un peu contre le mur afin de me faire de la place.

Je m'exécute.

— C'est qui qui commence ?

— À toi l'honneur, mon canard !

— C'est difficile de choisir parce qu'il y a eu plein de moments trop chouettes aujourd'hui. Mais le plus mieux, c'est quand j'ai pu caresser la tête d'une très grosse tortue ! Y a plein de filles qui avaient peur, tu sais, mais moi je savais qu'elle était gentille, la tortue.

— Ah bon ? Et comment tu le savais ?

— Elle avait des grands yeux noirs tout gentils. Ça m'a fait penser à MamieLuce. Je suis triste qu'elle soit montée au ciel, tu sais.

— Moi aussi, mon canard, moi aussi. Mais comme elle est au ciel, elle veille sur toi et elle peut voir tout ce que tu fais à travers les nuages.

— Tu crois qu'elle m'a vu caresser la tortue ? demande-t-il, plein d'espoir.

— Je ne crois pas, j'en suis certaine.

Rassuré par ma réponse, il enchaîne :

— À toi, maintenant ! C'est quoi, ton plus chouette moment de la journée ?

Il y a six mois, quand j'ai proposé ce rituel, je n'avais aucun mal à en choisir un. Je n'avais même pas besoin de réfléchir, Malone me posait la question et un épisode s'imposait très vite à moi. Depuis plusieurs semaines, je constate que c'est de plus en plus laborieux. Et si je n'y réfléchis pas à l'avance, rien ne me vient. Ces derniers jours, j'ai même failli *inventer* un meilleur moment de ma journée.

— Alors, mon meilleur moment de la journée, c'est lorsque j'ai sorti la première tarte aux figues du four.

— C'est tout ? Je ne sais pas si ça peut être un meilleur moment, ça !

— Et pourquoi pas ? L'odeur était si délicieuse que j'avais envie de m'en couper une part tout de suite.

— J'aurais voulu en avoir en dessert, bougonne-t-il.

— Je t'en garderai une part pour demain matin, promis. Et quand je serai rentrée du lycée, je te la ferai tiédir et j'y ajouterai même un peu de chantilly.

— Dis, maman, est-ce qu'il faut voler au-dessus de l'eau pour aller en Irlande ? me demande-t-il soudain.

— Ah oui, on n'a pas trop le choix.

— Mais, et si l'avion s'écrase ? Comment elle fera, Lalie ? Tu sais, les avions, des fois, ça s'écrase. J'ai vu des vidéos sur YouTube ! Des oiseaux peuvent se mettre dans les réacteurs et le pilote il peut rien y faire.

— Alors, premièrement, l'avion ne va pas s'écraser et deuxièmement... pas besoin de deuxièmement puisque l'avion ne va pas s'écraser, dis-je en lui ébouriffant les cheveux. Allez, il est tard, il est temps de dormir.

Il n'était pas vraiment nécessaire de me raconter cette histoire d'oiseaux dans les réacteurs... J'étais déjà inquiète pour le vol de demain, je suis maintenant carrément angoissée.

Si Malone et Lalie se chamaillent souvent, je sais qu'ils s'aiment beaucoup malgré tout. Ça me touche qu'il s'inquiète comme ça pour sa grande sœur. Je me relève, replace sa couette et lui dépose un bisou sur le front.

— Fais de beaux rêves, mon canard.

— Bonne nuit, maman, répond-il en bâillant, les yeux déjà ensommeillés.

Devant la porte de la chambre de Lalie, j'hésite quelques secondes avant de frapper. Ces derniers temps, avec ma fille, je ne sais jamais si mon entrée va déclencher l'équivalent d'un holocauste nucléaire ou ne récolter, au mieux, qu'une vague indifférence.

Elle est assise sur son lit, les AirPods qu'elle a eus à Noël vissés dans ses oreilles. Elle daigne en enlever un quand elle me voit, sans pour autant couper la musique qui continue sûrement à lui faire perdre des décibels d'audition de l'autre côté.

— Il est tard, ma chérie, il faut que tu dormes. Demain, je te réveille à 5 heures, il faut qu'on soit au lycée à 5 h 45.

— Astrid a proposé de passer me prendre avec sa mère.

— Tu remercieras Astrid, mais c'est non, je tiens à t'emmener.

— Mais pourquoi ? Pourquoi est-ce qu'il faut toujours que tu sois relou ! s'exclame-t-elle avec humeur. Je ne suis plus un bébé, je vais avoir 16 ans. Je n'ai plus besoin que tu m'escortes. Tu comptes aussi me moucher le nez, c'est ça ?

— Tu vas peut-être bientôt avoir 16 ans, mais tu restes ma fille. C'est la première fois que tu pars aussi loin en voyage, j'ai juste envie de t'accompagner au lycée, parce que ça me fait plaisir, c'est un crime ?

Pour toute réponse, elle replace son écouteur dans son oreille, s'allonge sous la couette, éteint sa lumière de chevet puis me tourne le dos.

— Fais de beaux rêves, ma princesse, je murmure, même si je sais que de toute façon, elle ne m'écoute pas.

* * *

— Tu n'as pas été très bavarde ce soir, dit Stéphane alors qu'il me rejoint dans notre lit.

— Excuse-moi mais je n'ai pas grand-chose à dire en matière de politique de groupement d'achats ou de difficultés de l'import-export à l'ère du Brexit...

— Certes, mais même avec les femmes des directeurs, tu n'étais pas très loquace. J'espère qu'elles ne se seront pas trop ennuyées. C'était un peu un pari d'organiser un dîner d'affaires en mode familial chez nous.

— Est-ce que je dois comprendre que si jamais votre projet d'association n'aboutit pas, ce sera à cause de moi ? Parce que je n'ai pas suffisamment fait la conversation à ces dames que je ne connais pas et avec qui je n'ai probablement aucune affinité ? répliqué-je.

— Ce n'est pas du tout ce que je voulais dire. Juste que je comptais sur toi pour peut-être leur rendre la soirée moins pénible. Mais qu'est-ce que tu as en ce moment ? Ça fait plusieurs jours que tu ne sembles pas dans ton assiette. Tu prends tout mal.

Je me redresse brusquement et me tourne vers lui.

— Qu'est-ce qui m'arrive en ce moment ? Je rêve, là, tu me demandes ce qui m'arrive *en ce moment* ? Oh, rien de bien grave. Juste que c'est l'anniversaire de ma mère aujourd'hui, tu vois. Ma mère qui est morte il y a à peine six mois, tu t'en souviens ? Ah, et à part ça, il m'arrive que je passe mon temps à courir à droite et à gauche pour les enfants, pour la maison, pour récupérer ta chemise bleue porte-bonheur, que je n'ai même pas eu cinq minutes pour me laver les cheveux aujourd'hui parce qu'il fallait que je prépare un repas pour huit personnes que je n'avais jamais vues et dont je me contrefiche, que notre fille me déteste… Franchement, c'est vrai, on se demande ce que je peux bien avoir en ce moment !

Ce qui devait arriver arrive, je fonds en larmes. Et je me sens encore plus mal. Stéphane m'attire alors à lui et me prend dans ses bras.

— Hey, ma chérie, ne pleure pas, je suis désolé, c'est vrai que je n'ai pas été très présent à la maison ces derniers temps pour t'aider. C'est la folie au bureau en ce moment. Je peux peut-être déposer Lalie demain au lycée, comme ça, tu ne seras pas obligée de te lever trop tôt ?

Oui, et comme ça, tu continueras à être un héros à ses yeux et moi une moins que rien…

— Non, c'est bon, je vais l'emmener. Il faut que j'essaie de lui parler avant qu'elle parte.

— Comme tu voudras. Qu'est-ce que je peux faire qui pourrait t'aider ?

— Je n'ai pas besoin qu'on m'aide, réponds-je sèchement. Je... je suis fatiguée, une bonne nuit de sommeil, et ça ira mieux. Excuse-moi de m'être emportée.

Pour mettre fin à cette discussion qui, pour une raison que j'ai du mal à identifier, fait monter la colère en moi, et pour laquelle, de toute façon, je ne suis pas en état, je dépose un bref baiser sur ses lèvres, me rallonge et me tourne pour éteindre la lumière. Stéphane n'insiste pas et en fait de même. Quelques minutes plus tard, sa respiration régulière m'indique qu'il dort.

Quant à moi... je fais ce que je sais faire de mieux depuis ce matin, je pleure.

Bon anniversaire, ma p'tite maman.

Lalie est déjà attablée dans la cuisine lorsque je l'y rejoins. Elle s'est fait griller une tranche de pain de mie sur laquelle elle a étalé une couche de beurre ridiculement fine.

— Tu ne veux pas que je te prépare quelque chose ? Tu vas avoir faim dans deux heures si tu ne manges que ça.

— C'est bon, je suis une grande fille, me rétorque-t-elle.

Ce serait le moment de lui demander pourquoi elle m'en veut comme ça. Nous sommes seules et, à cette heure-ci, j'ai la garantie de ne pas voir débarquer Stéphane ou Malone. Pourtant, je n'ose pas. Ma propre fille de 16 ans me fait perdre tous mes moyens. La force de sa colère m'intimide. Alors, je la regarde manger sa tartine sans rien répondre. Et pour la millième fois, devant cette adolescente qui semble ignorer qu'elle est jolie et se cache derrière ses lunettes et sous un sweat à capuche New York et un jean, les deux beaucoup trop larges pour elle, je me demande où est passée la petite fille qui se jetait dans mes bras tous les matins au réveil pour que je lui fasse un câlin, parce que « je me suis manquée de toi, maman, cette nuit ».

— Pourquoi est-ce que tu me regardes comme ça ? J'ai un bouton ?

— Non… je me disais juste que tu as grandi, c'est tout.

Elle ouvre la bouche sans doute pour me rembarrer de nouveau mais finalement ne dit rien, ce que je prends pour un encouragement.

— Ça va, pas trop stressée par ce voyage ?

— J'vois pas ce qui pourrait être stressant.

— C'est la première fois que tu vas prendre l'avion par exemple.

— À qui la faute ? réplique-t-elle du tac au tac.

Oui, bien sûr. J'aurais dû le voir venir. C'est encore moi, le problème, moi et ma peur panique de monter dans un avion. Stéphane m'a plusieurs fois proposé de faire un stage pour tenter d'enrayer ma phobie, me vantant les mille et une merveilles qui n'attendraient que nous, si je voulais bien faire un effort… Et tout organiser ensuite, cela va sans dire. Mais chaque fois que je commence ne serait-ce qu'à l'envisager, je suis terrassée par de terribles crises d'angoisse. Cette idée d'être dans les airs, avec l'immensité du vide sous mes pieds, voire de l'océan, ce qui est encore pire, et ce sans rien pouvoir contrôler, me terrifie.

Après tout, cela ne nous a pas empêchés de voyager lors des rares congés que s'octroie Stéphane chaque été, et de visiter plusieurs pays européens, tous accessibles par la route. Je repense souvent aux quinze jours que nous avons passés en Italie il y a deux ans, à nous régaler de glaces et de plats de pâtes, à rire de nos piètres tentatives de compréhension de la langue. À cette époque-là, le regard de ma petite fille était encore rieur et plein d'émerveillement.

— Tu sais déjà si tu pourras être dans la même chambre qu'Astrid et Jade ? je demande, pour changer de sujet.

L'espace d'un instant, la colère dans le regard de ma fille laisse la place à la tristesse. C'est fugace, mais ça lui échappe quand même. Et comme pour la remarque à propos de l'avion, je comprends que là encore j'ai tout faux. Astrid, Jade et Lalie, les trois inséparables depuis l'école maternelle. Toujours fourrées chez l'une ou chez l'autre. J'aurais dû noter que ces derniers temps il y avait moins d'Astrid par-ci ou de Jade par-là dans la bouche de ma fille. Mais comme il n'y a plus grand-chose du tout à vrai dire, je n'ai pas pensé qu'il pouvait y avoir un problème à ce niveau-là.

— Il faut qu'on y aille, on va être en retard, dit-elle comme pour valider mon hypothèse.

À quel moment ma fille a-t-elle cessé de me raconter ses chagrins ? À quel moment ai-je cessé de m'en préoccuper ?

* * *

C'est l'effervescence devant le lycée. Entre les quatre-vingts élèves de seconde inscrits pour ce voyage, leurs parents, les professeurs, les chauffeurs de bus, il y a foule. L'ambiance est bien celle d'un départ imminent : de la fébrilité, de l'excitation, des visages radieux, d'autres plus crispés.

Je suis heureuse que Lalie ne m'ait pas demandé de la déposer avec sa valise quatre rues plus loin. Je vais pouvoir la regarder monter dans le car et lui faire un petit signe d'au revoir.

Non loin de là, je repère Astrid et Jade, qui sont toutes les deux collées serrées en compagnie de deux garçons que je ne connais pas. Je salue leurs mères d'un sourire et d'un signe de tête. Bien que nos filles soient très proches depuis près de douze ans, nous n'avons jamais dépassé le stade des salutations amicales et courtes discussions un peu convenues. Je ne sais pas vraiment pourquoi.

Après quelques instants d'hésitation, Lalie se dirige vers le petit groupe qui l'accueille chaleureusement. Si problème il y a, les trois filles ne le laissent pas transparaître.

— Bonjour, madame Etcheverry ! me lance Jade. Elle est trop chouette, votre veste !

— Bonjour, Jade, et euh... merci. C'est mon fils qui m'a convaincue de l'acheter, parce que ça faisait star de cinéma, réponds-je en riant.

— Franchement, Lal, t'as de la chance d'avoir une mère trop stylée, approuve Astrid.

— Hey ! s'offusque aussitôt sa propre mère. Parce que moi je ne le suis pas assez, c'est ça ? demande-t-elle en levant les yeux au ciel. Les joies de l'adolescence ! On peut s'attendre à ce que des vaches tombent du ciel lorsqu'un compliment sort de leur bouche.

Je devine que je ne suis pas la seule avec qui c'est un peu compliqué à la maison et, égoïstement, j'avoue que je m'en réjouis. J'observe ma fille du coin de l'œil. À sa place j'aurais été hyper fière que mes copines complimentent ma mère, mais cela ne semble pas être le cas. Les mains bien enfoncées dans les poches du sweat qu'elle a piqué à son père et qu'elle ne quitte plus, la capuche rabattue sur la tête, elle semble perdue dans la contemplation du bitume. Elle me déteste donc à ce point ?

Ce n'est pas le moment de te mettre à pleurer, ma petite Megg. Parce que, pour le coup, c'est sûr que la prochaine fois, tu n'auras pas la permission de dépasser le coin de la rue.

Le professeur principal de Lalie, un type assez désagréable que je n'ai jamais vraiment apprécié, sonne le rassemblement des élèves et les invite à prendre place « calmement » dans les trois cars affrétés par le lycée pour le transfert à l'aéroport. Évidemment, le résultat obtenu est l'exact opposé. En plein brouhaha, chacun se saisit de sa valise, accepte non sans rechigner une bise du parent accompagnateur et se précipite vers les soutes des cars dont les portes sont désormais grandes ouvertes.

Astrid et Jade sont bras dessus, bras dessous avec, dans leur main libre, celle de leur petit copain du moment donc. Elles rient aux éclats. Lalie les suit, un peu en retrait. Voilà sans doute une partie de l'explication. Elles ont un copain et pas elle. Il n'en faut souvent pas plus pour délier les trois nœuds pourtant solidaires d'une même corde. Aussitôt mon cœur se serre pour ma petite fille vers laquelle j'ai envie de me précipiter pour la prendre dans mes bras et lui dire que ce n'est pas grave, qu'elle aussi aura un jour la main d'un type dans la sienne.

Je me contente d'un « Bon voyage, ma chérie » plus acceptable pour mon adolescente revêche, dont elle me remercie d'un demi-sourire.

— À quel moment nos bébés sont-elles devenues des jeunes femmes ? me demande la mère d'Astrid.

— Je me pose la question chaque matin !

— Bonne journée à vous ! dit-elle comme si elle ne m'avait pas entendue, avant de s'éloigner pour rejoindre sa voiture. À dans cinq jours.

— Bonne journée à vous également.

Je reste quelques minutes sur le trottoir, juste le temps de voir Astrid et Jade s'asseoir l'une à côté de l'autre. Lalie, quant à elle, prend place sur le même rang mais de l'autre côté du couloir, seule, avant d'enfoncer ses AirPods dans ses oreilles.

Essaie de profiter de ton voyage, ma princesse, maman sera là à t'attendre à ton retour.

* * *

La maison n'est jamais bien bruyante à 11 heures du matin un jour de semaine – il faut dire que nous vivons dans un quartier résidentiel d'une petite ville plutôt tranquille –, pourtant elle me semble étrangement plus calme que d'habitude. Lalie avait 2 ans lorsque nous avons emménagé ici, dans cette maison que nous avons fait construire et pour laquelle j'ai supervisé le moindre détail, jusqu'au choix des cache-prises. Mélange de moderne et d'ancien, confortable et chaleureuse, elle correspond en tout point à ce que j'avais imaginé pendant des mois et des mois.

N'ayant reçu aucune notification relative à une catastrophe aérienne en partance de Roissy, je commence peu à peu à me détendre. Mon carnet devant les yeux, j'essaie de déterminer quelle tâche me demandera le moins d'énergie afin de commencer par celle-ci. Sachant qu'aujourd'hui, j'avais prévu de continuer à faire des cartons pour vider le pavillon de ma mère que je voudrais mettre en location rapidement. Stéphane a essayé de me convaincre de le vendre, or pour l'instant, j'en suis incapable. Malgré la disparition de mes deux parents, trop de souvenirs restent attachés à cet endroit. J'y ai vécu plus de vingt ans, c'est trop tôt, je ne peux pas m'en séparer.

Alors que je m'apprête à rejoindre la buanderie pour plier du linge, quelqu'un sonne.

— Entre, Romy !

En effet, pas besoin d'aller jusqu'à la porte pour savoir qui se tient derrière. Romy, ma voisine depuis moins d'un an et amie depuis presque autant finalement, a pris l'habitude de passer me voir le matin, comme ça, pour parler de tout et de rien. Surtout de rien. Si au début ça m'agaçait un peu parce que ça désorganisait mes journées, ces derniers temps je dois dire que j'accueille ses visites avec beaucoup de plaisir, voire de soulagement.

— Salut, Megg ! me lance-t-elle après être entrée et avoir refermé la porte. Ça y est, l'héritière s'est envolée pour l'Irlande ?

Comme toujours lorsqu'elle entre chez moi, elle apporte comme un supplément de vie. Je ne sais jamais à l'avance quelle en sera la couleur, mais je sais que Romy portera une robe aux teintes chatoyantes et qu'elle y aura assorti le bandeau qu'elle met toujours dans ses cheveux bruns coupés court. Aujourd'hui, elle a choisi une robe chasuble orange vif qui lui arrive aux genoux et ne saucissonne pas ses rondeurs – à quoi bon se sentir boudinée dans ses vêtements alors qu'on peut être à l'aise en choisissant un autre modèle ou une taille au-dessus ? se plaît-elle à répéter –, avec des pâquerettes cousues sur les fines bretelles. Rien de tel que l'orange pour contraster avec le violet de ses lentilles de contact. Pour parfaire l'ensemble, et compenser son petit mètre cinquante-cinq, elle est juchée sur des sandales avec dix centimètres de talon. Jaune poussin, les sandales.

Le moins que l'on puisse dire, c'est que mon style plutôt classique détonne à côté de celui de Romy. En général, je n'y prête pas attention, mais aujourd'hui je me sens particulièrement terne dans mon pantalon cigarette noir, mon chemisier rose poudré et mes sandales bleu marine plates.

— Oui, je l'ai accompagnée au collège à 6 heures ce matin.

— Voilà qui me rassure ! J'ai rêvé cette nuit qu'elle ne partait pas à cause d'une sombre histoire de dinosaure. Je savais que regarder *Jurassic Park* pour la centième fois hier n'était pas une bonne idée. Ça a vieilli, ce film, non, tu ne trouves pas ?

Lumineuse et invariablement de bonne humeur. Voilà pourquoi j'attends ses visites avec impatience. Elle chasse mes idées sombres.

— Est-ce que tu as quand même noté ce rêve sur ton calepin ?

Moi, j'ai un carnet sur lequel je consigne les tâches à accomplir, les emplois du temps de chacun, le rappel des factures à payer... Romy, elle, y écrit ses rêves.

— Bien sûr ! Dans trois mois, peut-être que j'en comprendrai la signification cachée, qui sait. Tu n'aurais pas du thé glacé dans ton immense réfrigérateur d'Américaine française ? Ah, et si tu as encore un ou deux de ces petits cookies aux cranberrys et au chocolat blanc que tu m'as servis l'autre fois, je ne dis pas non.

Elle prend place sur l'une des chaises hautes qui entourent le plan de travail en bois clair de la cuisine et dépose sur une autre, celle qui ne la quitte jamais et qu'elle emmène partout : Rex, la petite chienne yorkshire qu'elle a adoptée il y a peu alors qu'elle faisait un essai pour un poste d'hôtesse d'accueil dans un élevage canin. Romy n'aime pas les gros chiens. « Tu me verrais, moi, du haut de mes un mètre cinquante-cinq en train de balader un doberman ? Ce serait plutôt lui qui me promènerait ! » Pour autant, elle ne voyait pas pourquoi renoncer à un prénom viril qui puisse faire peur aux éventuels visiteurs non désirés, m'avait-elle expliqué la première fois qu'elle m'avait présenté son adorable boule de poils.

Si l'idée de base se défend, pas sûr en revanche que le visiteur en question se décide à tourner les talons une fois découvert l'animal se cachant derrière le terrifiant prénom de Rex.

Surtout si elle est vêtue comme aujourd'hui de son petit manteau d'été en vichy rose et qu'elle porte son nœud papillon en velours vert entre les oreilles.

Docile, la petite chienne toute mignonne, néanmoins prénommée Rex, se couche en boule sur la chaise.

Je me dirige vers le réfrigérateur pour en sortir le pichet de thé glacé maison encore à moitié plein que j'ai préparé hier soir pour le dîner. C'était le fantasme de Stéphane d'avoir un énorme frigo comme les Américains, à deux portes. On pourrait y conserver une famille entière à l'intérieur. À vrai dire, j'ai moi-même une ou deux fois songé à y enfermer mes enfants lorsqu'ils me poussaient à bout... avant de culpabiliser d'avoir eu ne serait-ce que cette pensée pas du tout « mère parfaite compatible ».

Il ne reste plus de cookies – les derniers sont partis hier pour la sortie scolaire de Malone –, alors faute de mieux, j'ouvre une boîte de gâteaux au chocolat fourrés à la praline et je pose le tout sur le plan de travail.

— Tu as quoi de prévu aujourd'hui ? Je t'invite au restaurant ! m'annonce Romy aussi sec.

— Comme ça ? Sur un coup de tête ?

— Ça se pourrait, oui, mais il se trouve que nous avons quelque chose à fêter, toi et moi !

— Quelque chose à fêter ? Pas nos anniversaires en tout cas puisque nous ne sommes qu'en juin.

Romy et moi sommes nées toutes les deux en août de la même année, à une journée près. Elle est du 22 et moi du 23. Ce qui ne manque pas de la désespérer parce que, en grande fan d'astrologie, elle a tout de suite remarqué, qu'en dépit de cette proximité calendaire un gouffre nous séparait : elle est Lion – les meilleurs selon elle – et moi je ne suis que Vierge.

— Compte sur moi pour prévoir une fête mémorable pour nos 40 ans ! Non, aujourd'hui, on célèbre l'anniversaire de notre rencontre ! J'ai débarqué dans ce quartier il y a un an tout pile. Ça vaut bien un restaurant, non ?

— C'est-à-dire que je dois aller chez mes parents pour continuer à vider les cartons. Il me reste encore tout le grenier à faire. Je n'y ai pas encore mis les pieds et je crains, connaissant ma mère, que ce ne soit un vrai capharnaüm.

— Pas de souci, nous irons ensuite ! Ce sera plus agréable de faire ça avec dans l'estomac une délicieuse salade de homard et un bon dessert au chocolat.

Nous ? Toute autre personne m'aurait demandé si j'avais besoin d'aide et aurait espéré secrètement que je décline tout en remerciant de l'offre. Mais pas Romy. Elle, elle décide qu'elle m'accompagne, voilà tout. Elle s'impose. Encore une chose qui m'avait agacée au début et à laquelle je me suis habituée. Parce que c'est toujours fait avec une bonne intention.

Déjà un an qu'elle a emménagé dans la maison d'à côté ! Je me souviens parfaitement de la première fois où elle a frappé à ma porte, quelques heures à peine après le départ des déménageurs. Elle m'avait apporté un assortiment de viennoiseries, une bonne trentaine, dans un grand panier en osier qu'elle avait décoré d'un ruban rouge noué sur l'anse, comme dans toutes les séries américaines qu'elle regarde avec assiduité.

« J'ai au moins dix paniers comme celui-ci à la maison, m'avait-elle appris avec un soupir dépité, mais vous êtes apparemment la seule personne présente durant la journée dans ce quartier. Je suis un peu déçue, je dois dire. Je m'attendais à une Wisteria Lane à la française. »

J'avais moi-même été surprise de ne croiser quasiment personne la journée dans ce genre de quartier résidentiel de petite ville plutôt huppée, où devaient habiter, me semblait-il, une multitude de femmes au foyer, à mon image. Au lieu de ça, nombre de mes voisines travaillent et les autres mènent une vie remplie de tout un tas d'obligations extérieures : manucure, coiffeur, épilation…

« Enchantée, je m'appelle Megg Etcheverry, avais-je dit en prenant le panier. Vous voulez entrer ? Je viens justement de préparer une pleine carafe de thé glacé à la mangue. Recette maison, vous m'en direz des nouvelles.

« – Megg comme dans Megg, Jo, Amy et… je ne sais jamais comment s'appelle la dernière des quatre filles du docteur March ?

« – Beth. C'est comme ça que s'appelle la quatrième. Eh oui, tout à fait. Ma mère vouait un culte à ce roman qu'elle a dû lire une bonne centaine de fois.

« – Moi, c'est Romy Spielman. Inutile de demander, c'est bien une référence à Romy Schneider. Mettez-moi n'importe quel épisode de *Sissi*, coupez le son et je suis capable de vous réciter les dialogues par cœur ! »

Romy était entrée, s'était assise dans ma cuisine – à l'époque sans compagnon poilu – et n'en était repartie que plusieurs heures plus tard.

Je n'avais jamais rencontré quelqu'un comme elle. Aussi à l'aise en présence d'inconnus, volubile mais pour autant attentive à l'autre. Et surtout, d'une excentricité folle. Elle venait de gagner une importante somme d'argent suite à sa participation à un jeu télévisé, son autre passion avec les séries. Grâce à cet argent, elle avait décidé de s'offrir une belle maison confortable dans un quartier résidentiel pour se faire de nouvelles amies quarantenaires et créer un club de lecture un peu select où l'on boirait des cocktails colorés et certainement pas *virgin*.

Pour finir, il n'y avait eu qu'elle et moi dans ce club de lecture. Nous n'avons jamais beaucoup lu. En revanche, la promesse a toujours été tenue niveau cocktails.

— Va pour un restaurant alors ! Je n'en reviens pas que cela fasse déjà un an que tu es arrivée. Le temps passe à une de ces vitesses. J'y pense soudain, qu'as-tu fait de tous les paniers de viennoiseries que tu n'as pas pu distribuer le jour de ton arrivée ?

— Ne m'en parle pas, j'ai dû tout congeler et je n'en suis venue à bout qu'avant-hier. Le prochain croissant qui croisera la route de mon estomac n'est pas près d'être fabriqué ! Sans parler des pains aux raisins qui m'ont causé pas moins de vingt cauchemars. Ça n'a l'air de rien, mais je peux t'assurer qu'être poursuivie dans un couloir par un pain aux raisins géant, c'est hyper flippant !

* * *

Moins d'une demi-heure plus tard, nous sommes assises en terrasse, toujours avec Rex, dans l'un des restaurants préférés de Romy, face à deux énormes salades de homard aussi copieuses qu'appétissantes.

— Lalie t'a vraiment balancé que tu n'étais qu'une bonniche ? s'exclame Romy tellement choquée qu'elle en repose sa fourchette pleine de homard dans son assiette.

— Elle n'a pas exactement employé cette expression, mais en substance c'est ce que ça voulait dire, oui. Que je n'avais qu'à aller acheter les baguettes moi-même, et sans me plaindre parce que c'est mon rôle et qu'après tout je n'ai que ça à faire de mes journées.

— Si j'avais dit un truc pareil à ma mère, je crois que je me serais pris une gifle bien sentie. Je ne suis pas une adepte de ces méthodes d'un autre âge, mais j'espère que tu l'as remise à sa place ?

— Oui…

— C'est un petit oui, ça, ou je ne m'y connais pas ! Pourquoi est-ce que tu la laisses te marcher sur les pieds comme ça ? Je sais bien qu'elle est Sagittaire et que par conséquent elle n'a pas beaucoup de tact, mais quand même. Tu as beau être Vierge, tu restes sa mère !

— Tu as raison, je devrais être plus ferme. Mais... sur le fond elle a raison.

— Comment ça, elle a raison ?

— Je ne travaille pas, alors on attend de moi que je tienne la maison et que tout tourne sans problème. On attend de moi qu'il y ait toujours du pain pour préparer des sandwichs en cas de sortie scolaire, que je passe chercher au pressing les chemises porte-bonheur, que je sois souriante lorsque de parfaites inconnues dînent chez moi...

Sans m'en rendre compte, j'ai un peu haussé le ton, dérangeant la conversation du couple installé près de nous qui s'est tu quelques instants pour me dévisager. Les larmes me montent aux yeux. Je m'étais pourtant promis ce matin en me levant de ne pas pleurer aujourd'hui. Je l'avais même noté dans mon carnet, comme si cela pouvait conjurer le sort. C'est raté.

— Oh, Megg ! Je me disais bien que tu n'avais pas l'air dans ton assiette ces derniers temps. Je mettais ça sur le compte du décès de ta maman. Mais il n'y a pas que ça, apparemment. Et ton mari, tu lui en as parlé ? Qu'en pense-t-il ?

— J'ai craqué hier soir. J'étais complètement à bout après cette journée de dingue où je n'ai même pas réussi à trouver cinq minutes pour me laver les cheveux. Il m'a demandé ce qu'il pouvait faire pour m'aider. Eh bien, tu sais quoi ? Plutôt que de me soulager et de me faire du bien, ça m'a foutue en colère, et je ne sais même pas pourquoi.

— Il t'a demandé ce qu'il pouvait faire pour t'aider ? Je comprends que ça t'ait mise en colère. J'aurais réagi pareil, crois-moi !

— Mais pourquoi ? C'était gentil de sa part.

— Parce que en disant cela, il ne fait que valider l'idée que ce sont des tâches qui t'incombent, enfin ! me répond Romy comme si ça tombait sous le sens. Toutes ces femmes qui se réjouissent d'avoir un mari qui les « aide » beaucoup pour le ménage ne font que confirmer le fait que cela leur revient. On ne doit pas attendre du mari qu'il aide, mais qu'il fasse sa part et c'est tout. L'un « n'aide » pas l'autre, les deux font, sans que cela s'inscrive dans une quelconque hiérarchie.

Mon amie est survoltée, je ne l'avais jamais vue s'enflammer ainsi. Et ne la savais pas aussi intéressée par toutes ces questions d'ordre domestique. Elle vit seule et jure ses grands dieux que jamais elle ne cohabitera avec quelqu'un, plutôt se faire arracher les cils un par un.

— Et c'est en regardant *La Petite Maison dans la prairie* que tu as compris tout ça ?

Romy éclate de rire.

— Charles et Caroline Ingalls ne sont pas vraiment des modèles en la matière. C'est juste que j'ai été à bonne école. Ma mère était membre du Mouvement de Libération des Femmes et crois-moi que ça n'était pas juste pour faire bien dans les soirées.

— La mienne était vendeuse de lingerie à domicile... Une brûleuse de soutiens-gorge et une vendeuse de petites culottes dans la même pièce, ça aurait fait des étincelles ! Concernant Stéphane, c'est vrai que je n'avais jamais vu les choses sous cet angle. C'est lui qui travaille, alors c'est logique que je m'occupe du reste.

— Bonjour la charge mentale ! Tu t'épuises, Megg, à force de vouloir tout gérer. Tu viens de subir une perte douloureuse. Ta maman, dont tu étais très proche, est décédée, c'est normal que tu sois à fleur de peau. À force de trop tirer sur la corde, elle va finir par casser et, là, ce sera beaucoup plus long et compliqué pour la réparer. Plutôt que de t'envoyer chercher une stupide chemise au pressing, Stéphane devrait t'offrir un séjour dans un hôtel de luxe pour te ressourcer. Ou apprendre à repasser ses chemises lui-même !

Je suis touchée par sa sollicitude que je sens sincère.

— Merci, Romy. Je suis bien contente que tu sois venue frapper à ma porte avec ton panier de pains aux raisins il y a un an.

— Ah pitié, ne prononce plus ce mot, ça me colle des aigreurs d'estomac. Je te propose de commander une bonne part de moelleux au chocolat, plutôt !

Joignant le geste à la parole, Romy hèle le serveur de sa main valide pour qu'il nous apporte la carte des desserts.

Étrangement, je n'avais pas repéré au premier abord qu'elle n'avait pas de main droite. Lorsqu'elle était entrée chez moi la première fois, sa personnalité et sa présence étaient si fortes que je n'avais remarqué cette malformation qu'au moment de son départ. Elle n'en parle jamais, alors je ne pose pas de question. Ça semble si naturel que je me demande parfois si elle-même ne l'oublie pas.

Par bien des aspects, Romy est une femme hors du commun. Pleine d'énergie, de créativité et de joie de vivre. J'ai été comme ça, moi aussi. Il faut croire que je me suis éteinte, au fil des années.

Jusqu'à ne plus vraiment aimer la Megg que je vois dans le miroir chaque matin.

– 4 –

Il est presque 15 heures lorsque nous arrivons devant la maison de mes parents. Il va falloir être efficace si je veux être à l'heure pour récupérer Malone à la sortie de l'école.

Fille unique restée très proche de mes parents, j'avais fait le choix de ne pas trop m'éloigner d'eux. Je voulais pouvoir rendre visite à ma mère sans avoir plusieurs heures de route à faire.

— Elle est magnifique, cette maison ! s'exclame Romy une fois à l'intérieur.

Le rez-de-chaussée ayant déjà été vidé de tous ses meubles, l'espace salon, salle à manger, cuisine – entièrement ouvert – est en effet très lumineux et paraît gigantesque. Rex court comme une folle d'un bout à l'autre de la pièce. Peut-être qu'elle poursuit un chat imaginaire…

— Ma mère a décidé de refaire la maison après la mort de papa. Elle ne voulait pas la quitter, mais cela lui était insupportable d'y vivre sans lui. Elle a fait abattre toutes les cloisons, poser un parquet uniforme, puis a repeint elle-même tous les murs et changé la cuisine pour une plus moderne et fonctionnelle. C'était comme déménager sans bouger, en somme.

— C'est très réussi, en tout cas, acquiesce Romy, admirative. Cette maison respire les bonnes ondes, tu n'auras aucun mal à trouver un acquéreur.

— Je vais la louer pour l'instant. Il faut croire que je suis comme ma mère, incapable de m'en séparer.

— Tu ne m'as jamais vraiment parlé de ton enfance, dit Romy tout en arpentant le rez-de-chaussée le nez en l'air. Comment était la petite Megg à 5 ans ?

— Il n'y a pas grand-chose à raconter, j'ai vécu une enfance plutôt heureuse. J'étais fille unique mais ça ne m'a jamais pesé. Mon père, qui était médecin, travaillait beaucoup, mais maman était à la maison et passait beaucoup de temps avec moi.

— Ah bah, tout s'explique !

— Comment ça ?

— Le fait que toi aussi tu aies décidé de ne pas travailler à la naissance de tes enfants et de prendre en charge l'organisation de tout et de tout le monde. Un père peu présent ? Une mère à la maison ? Tu ne vois pas le lien ?

— Possible, oui… C'est sûr que je me suis un peu construite sur ce modèle parental.

— Mais tu ne m'as pas dit tout à l'heure que ta mère vendait de la lingerie à domicile ?

— Si, mais c'est une activité qu'elle a commencée sur le tard, une fois qu'elle a estimé que je n'avais plus besoin d'elle. Elle est rapidement devenue une vendeuse redoutable ! La meilleure de la région. Elle remportait tous les challenges et raflait tous les cadeaux. Quand j'ai vidé les placards de la cuisine, j'ai trouvé trois Thermomix et je ne sais combien de blenders à smoothie.

— C'est d'elle que tu tiens tes talents culinaires, alors ?

— Oui. Quand j'étais petite, nous faisions souvent la cuisine toutes les deux. Elle m'avait acheté un marchepied pour que je sois à la bonne hauteur et un petit tablier. Nous épluchions les légumes, je pesais tous les ingrédients qu'elle m'aidait ensuite à verser dans le saladier, et chaque samedi nous malaxions la pâte pour la brioche du dimanche matin. Elle m'a aussi appris l'art des confitures et des conserves de fruits confits.

— Quand je pense que je ne sais même pas casser un œuf sans mettre la moitié de la coquille dans la préparation. Par contre, si un jour tu as un pneu crevé, tu peux compter sur moi ! plaisante Romy, hilare.

— C'était son anniversaire hier, dis-je presque à voix basse en caressant le bois clair du plan de travail de la cuisine. Elle aurait eu 72 ans...

— Je suis désolée pour toi... Je ne suis pas vraiment proche de ma famille, mais j'imagine combien ça doit être difficile.

— Oui. Ils me manquent tous les deux. Au point que j'ai parfois du mal à respirer. Bon, je te propose que nous nous attaquions au grenier, avant que je me mette à pleurer comme une Madeleine, je réplique soudain en essuyant mes yeux humides.

— À vos ordres ! J'adore les greniers. On y sent toujours la présence d'un ou deux fantômes.

J'entraîne Romy vers l'escalier qui mène à l'étage, elle attrape Rex au passage, qui a la langue pendante d'avoir tant couru. Au bout du couloir qui dessert les quatre chambres et l'unique salle de bains de la maison, une porte masque l'accès au grenier. Je lui explique :

— Quand j'étais petite, j'avais une trouille bleue rien que de m'avancer jusqu'à la porte. De ma chambre, je l'entendais parfois grincer.

— Ça amuse beaucoup les fantômes de nous faire peur, c'est leur manière à eux de nous rappeler qu'on empiète sur leur territoire. Mais en général, ils ne sont pas animés de mauvaises intentions.

— Parce que tu sais de quelles intentions sont animés les fantômes, toi ? Vous faites des réunions Tupperware de temps en temps pour en parler ?

— Arrête, j'adorerais ! Mais hélas, non. J'ai tenté plein de fois de faire des séances de spiritisme mais ça n'a pas donné grand-chose. C'est ma grand-mère qui m'a raconté tout ça. Elle arrivait à voir mon grand-père, elle. Tu peux ouvrir la porte sans crainte, les fantômes détestent la solitude, alors quand une maison n'est plus habitée, ils ont tendance à mettre les voiles.

Devant mon air sceptique, elle tend le bras et sans hésitation ouvre la porte derrière laquelle se trouve l'étroit escalier en bois brut menant au grenier où je ne suis pas montée depuis au moins vingt ans.

Malgré une forte odeur de poussière qui me prend aux narines, l'espace est moins encombré que ce que j'imaginais. Il y a bien entendu des dizaines de caisses en plastique, des cartons, des vieux meubles chinés dans l'attente d'être décapés ou repeints, des sacs de supermarché remplis de toutes ces choses dont on se dit qu'on doit les jeter et qu'on entrepose là sur le moment... Mais tout est à peu près bien rangé le long des murs. Au milieu de la pièce, se trouve un immense tapis rond dont on devine qu'il a été bleu turquoise à une époque, sur lequel Rex se couche en boule aussitôt.

— Comment veux-tu procéder ? me demande Romy.

— Le plus simplement possible. On va faire trois tas : un tas pour les choses à jeter, un tas pour celles qui peuvent encore être données et un dernier tas pour les affaires que je garde.

— On voit tout de suite que toi et moi on ne regarde pas du tout les mêmes émissions à la télévision ! lance mon amie dans un nouvel éclat de rire.

Lorsque je m'approche d'une première caisse, je comprends pourquoi j'ai repoussé le moment de m'attaquer à cette pièce. Ici ont été entreposés beaucoup de souvenirs que ma mère se refusait à jeter. J'ouvre le couvercle et tombe sur des dizaines de mes dessins d'enfant, allant de ma période bonhomme bâton à celle plus élaborée des champs de fleurs que je dessinais avec passion.

— Ça va aller ? me demande Romy, devinant sans doute mon trouble. Dis-toi que ce sont aussi de bons souvenirs, et que tu peux les laisser envahir ton cœur sans crainte. Tu avais du talent, dis-moi, poursuit-elle en me prenant des mains un champ de tulipes que j'ai dû faire vers l'âge de 15 ans.

— C'est parce que tu n'as pas vu cette magnifique maison avec escaliers pointus, je réplique, en lui tendant l'une de mes œuvres plus anciennes.

Mais Romy reste bloquée sur les tulipes.

— Tu m'as dit que tu as fait des études pour devenir photographe, c'est ça ?

— Oui. Mais c'était il y a longtemps.

— Quand on regarde ce dessin, on sent que tu as cette fibre artistique. Pourquoi est-ce que tu as arrêté ?

— Je n'ai jamais vraiment commencé, en fait. J'ai su que j'étais enceinte de Lalie quelques mois à peine après l'obtention de mon diplôme. On s'est dit avec Stéphane que ça ne servait à rien que je cherche du travail puisqu'on avait décidé que, de toute façon, je m'arrêterais de travailler pour pouvoir m'occuper de nos enfants. À l'époque, il avait déjà un bon poste au sein de son entreprise.

— Mouais, grommelle Romy, ne relançons pas cette discussion. Mais maintenant que Lalie et Malone sont grands, tu pourrais reprendre ? Ça ne te manque pas ?

— C'est loin, tout ça, dis-je en reposant le dessin sur la pile. Tu peux garder le champ de tulipes si tu veux, je te l'offre avec plaisir.

— Merci beaucoup ! Il ira très bien dans ma salle de bains.

Je connais suffisamment bien Romy pour savoir qu'elle n'est pas dupe de ma réponse pour le moins évasive. Mais elle n'insiste pas et je lui en sais gré. La vérité, c'est que je m'en sens totalement incapable. Trop de temps a passé, je ne me suis pas tenue au courant des avancées techniques, je n'ai pas pratiqué – photographier ses enfants souffler leurs bougies d'anniversaire à l'aide d'un téléphone, ça ne compte pas pour moi –, et puis, autant se rendre à l'évidence, je n'ai probablement aucun talent.

Alors, à quoi bon ?

* * *

Pendant près d'une heure, j'ouvre les caisses et les cartons, vide les sacs sur le sol, indiquant ce que je jette, garde ou donne, me laissant parfois envahir par les émotions liées aux objets, racontant à Romy leur histoire.

Je dois m'arrêter quelques minutes pour reprendre mon souffle quand je tombe sur une photo encadrée de mes parents et moi dont je n'avais plus le souvenir. À la mort de papa, maman a décroché ou rangé tous les cadres où il apparaissait, ne supportant plus de ne voir désormais son sourire que sur papier glacé.

À la moitié du tri, le tas des affaires à jeter est beaucoup plus gros que les deux autres.

— Tu as vu, il y a une pellicule photo coincée au fond de ce carton que tu viens de vider, m'indique Romy en me la tendant.

— Ah oui, je n'avais pas fait attention, merci.

Je m'apprête à faire grossir le tas gagnant – qu'est-ce que je pourrais bien faire d'une pellicule à l'ère du numérique ? – avant de remarquer qu'il ne s'agit pas d'une pellicule vierge mais d'une pellicule pleine non développée.

— Tiens, c'est bizarre, elle contient des photos celle-ci.

— Ah oui ? Comment le sais-tu ? me demande Romy.

— Parce qu'il n'y a pas d'amorce de film qui dépasse pour le mettre en place dans l'appareil. Ça veut donc dire que la pellicule a été utilisée.

— C'est vrai qu'on finit presque par oublier comment c'était à l'époque, commente Romy en me prenant la pellicule des mains et en l'examinant attentivement comme si elle pouvait voir ce qu'elle contenait, rien qu'en fermant un œil. Je ne compte plus les fois où je n'ai récupéré que trois ou quatre photos chez le photographe sur une pellicule de cinquante poses. Tu aurais vu la tête du type à chaque fois ! Il était tellement désolé de me tendre une pochette quasi vide qu'il était presque prêt à m'offrir le tirage. Aujourd'hui, on sait tout de suite si le cliché est réussi, c'est sûr que c'est plus économique, mais ça n'a pas le même charme.

— Et ce bruit de la molette quand il fallait rembobiner la pellicule ! poursuis-je, plongée malgré moi dans cette époque un peu lointaine.

— M'en parle pas ! Si tu ne le faisais pas bien ou que ça se bloquait, toutes les photos étaient fichues quand tu ouvrais ton boîtier pour sortir la pellicule. Y a pas à dire, ça avait du bon, ce temps-là. Et on pourrait lister un tas d'autres trucs ! s'exclame Romy en s'asseyant sur une partie encore libre du tapis, à côté de sa petite chienne qu'elle se met à caresser, la pellicule toujours dans sa main. Est-ce que tu te souviens des cassettes sur lesquelles on collait du Scotch pour pouvoir réenregistrer de la musique dessus ?

— Mais oui ! Enfin, je me rappelle surtout avoir passé des heures le doigt au-dessus de la touche « Rec » de mon magnétophone à écouter la radio dans l'attente du morceau que je voulais enregistrer. Et invariablement, il me manquait toujours un peu le début voire carrément le milieu quand j'arrivais à la fin de la bande et qu'il fallait que je me dépêche pour sortir la cassette et la retourner.

— Le monde est peuplé de quarantenaires qui n'ont écouté les morceaux d'East 17 que jusqu'à la moitié ! rigole Romy.

— Les East 17 ? Tu veux dire les New Kids on the Block, plutôt ? plaisanté-je. Eux, ils étaient vraiment bons.

— Et ce stylo qu'il fallait garder à proximité pour remettre la bande en place lorsqu'elle avait foutu le camp… Attends, attends, je pense à un autre truc ! enchaîne Romy, exaltée. Est-ce que toi aussi tu découpais tes cartouches d'encre pour récupérer les petites billes qu'il y avait à l'intérieur ?

— Tu n'es pas sérieuse avec cette question ? je m'offusque avant de me lever, de fouiller dans le sac que je viens de commencer à trier et d'en sortir un énorme bocal en verre rempli de minuscules billes vaguement translucides. J'ai encore toute ma collection, moi, madame.

Romy éclate de rire.

— Je me demande bien pourquoi on faisait ça. On est d'accord que ça ne sert à rien ?

— Absolument à rien, non. Mais quand même, ce bocal, ça en jette.

— Tu devais sacrément écrire pour en avoir autant.

— Oui, et j'avais tout le temps les doigts pleins d'encre.

— À ton avis, il y a quoi, là-dedans ? demande Romy en me rendant la pellicule photo.

— Aucune idée ! Je ne sais même pas à qui elle appartient, donc il peut y avoir tout et n'importe quoi.

— Justement, c'est ça qui est excitant ! Tu n'as pas envie de savoir ? Moi, je dis qu'il faut que tu fasses développer cette pellicule. Tu imagines un peu si ce sont des photos de toi adolescente ? Je tiens absolument à voir ça !

— Je ne sais même pas s'il existe encore des boutiques qui développent les pellicules. Et hélas, il est fort probable que le film se soit détérioré à l'intérieur après toutes ces années.

— Toi qui es photographe, tu n'as pas une chambre noire dans ta cave ? Comme Prue dans *Charmed* ?

— Non, pas de chambre noire. Rien qu'une buanderie avec une énorme machine à laver pleine de linge à trier. Je te promets que je vais essayer de la faire développer. Ça m'intrigue un peu aussi, je l'avoue. Allez, on s'y remet ? Parce qu'il nous reste encore une bonne partie des cartons à vider.

— Euh... Megg ? Tu n'avais pas dit qu'il fallait qu'on soit parties au plus tard à 16 h 45 ? me demande Romy d'une voix ennuyée.

— Si, pourquoi ?

— Avec notre séquence nostalgie adolescente, on n'a pas vu passer l'heure. Il est 16 h 52.

Je me lève d'un bond du tapis sur lequel je m'étais assise avec Romy et Rex, et fourre la pellicule dans la poche de mon pantalon. Je vais être en retard pour récupérer Malone.

* * *

La grille est fermée et tous les enfants sont déjà partis lorsque nous arrivons à l'école. Avec dix petites minutes de retard.

Mme Barteau, l'œil réprobateur, m'attend de l'autre côté, la main de Malone dans la sienne.

— Vous êtes en retard, madame Etcheverry, me réprimande-t-elle d'un ton sec, comme elle le ferait avec une petite fille. C'est la deuxième fois cette semaine.

— Je suis désolée, j'étais en train de vider la maison de ma mère et je n'ai pas fait attention à l'heure.

— Oh, je voulais venir avec toi chez MamieLuce ! pleurniche Malone. Tu m'avais dit que tu me montrerais le grenier ! Est-ce que tu as trouvé un trésor ? me demande-t-il, plein d'espoir.

— Pas encore, mon canard, je te promets que je t'y emmènerai bientôt et qu'on le cherchera tous les deux.

Je regarde de nouveau Mme Barteau pour qu'elle ouvre la grille, ce qu'elle daigne faire au bout de quelques secondes, de mauvaise grâce et sans dissimuler son agacement.

— Il a fallu que je prévienne votre mari cette fois, me déclare-t-elle. Je n'avais pas vraiment le choix. J'espère ne pas l'avoir dérangé pendant une réunion importante.

Il a fallu qu'elle prévienne Stéphane ? Mais pourquoi donc ? Pour l'informer de ma défaillance ? Elle n'a même pas essayé de me joindre avant. Il faudrait que je réponde, que je la remette à sa place, mais au lieu de ça, je sens les larmes qui montent. Parce que je ne peux m'empêcher de penser que c'est elle qui a raison, que je ne suis pas une mère à la hauteur en ce moment.

— C'est l'âge qui vous rend aigrie comme ça ou c'est de naissance ? lui demande soudain une Romy dont j'avais presque oublié la présence.

— Pardon ? s'étouffe à moitié Mme Barteau. Pour qui vous prenez-vous pour me parler ainsi ?

— Pour une amie de Megg. Romy Spielman, enchantée, dit-elle en s'avançant.

Surprise, je regarde Romy tendre son bras droit vers Mme Barteau qui, par réflexe, tend le sien pour lui serrer la main, avant de se rendre compte qu'il n'y a rien à saisir.

— Je… euh, je…, bredouille-t-elle. J'ai des choses à terminer. Bonne soirée, madame Etcheverry. À demain, Malone.

Puis elle tourne les talons et rentre à l'intérieur de l'école à la vitesse de l'éclair, comme si elle était poursuivie par une horde de gnous en cavale.

— Ça t'apprendra, vieille bique ! lance Romy, pas peu fière d'elle.

— C'est quoi, une bique ? s'enquiert aussitôt Malone. J'ai faim, maman, on peut aller acheter une glace ?

* * *

— Alors, comment c'était cette sortie scolaire, hier ? demande Stéphane à Malone alors que nous sommes tous les trois attablés dans la cuisine devant un plat de spaghettis. Tu n'as pas vraiment eu le temps de me raconter.

— C'était trop bien ! s'exclame Malone, ravi qu'on s'intéresse à lui.

Pour une fois que sa sœur n'est pas là, il ne boude pas son plaisir d'être le centre de notre attention.

— Tu sais, papa, j'ai caressé la tête d'une énorme tortue et même que tous les autres ils avaient peur.

61

Elle s'appelait Mathilde la tortue. C'est pas un peu bizarre comme nom pour une tortue ? Moi, si j'avais une tortue, je l'appellerais Spike. Ou non, non, Hector ! Ça, c'est un super nom de tortue ! s'enthousiasme-t-il. Et tu sais, tout à l'heure, Romy elle a traité Mme Barteau de grosse biquette, glousse-t-il.

— De vieille bique, pas de grosse biquette, je le corrige, non sans sourire à mon tour.

Perplexe, Stéphane se tourne vers moi, pour obtenir le fin mot de l'histoire.

— Nous sommes arrivées dix minutes en retard à peine pour récupérer Malone et Mme Barteau en était tout sauf ravie. Elle m'a réprimandée comme une gamine et... disons que Romy a pris ma défense.

— En la traitant de vieille bique ?

— Elle l'avait mérité. Elle m'a dit qu'elle avait dû t'appeler pour te prévenir ? Parce qu'à moi elle n'a passé aucun coup de fil, on se demande bien pourquoi...

— Oui, j'étais en pleine réunion. Elle semblait désolée de me déranger pour... Quelle expression a-t-elle utilisée déjà ? Ah oui, des « contingences domestiques ». Elle voulait juste me prévenir que tu n'étais pas là.

— Quand elle m'appelle pour me dire que Malone est malade, elle n'est jamais désolée de me déranger pour des « contingences domestiques », et elle ne te téléphone pas dans ce cas-là pour te prévenir, dis-je en me levant et en commençant à débarrasser la table. Tu veux un dessert, mon canard ? Il y a des crèmes à la vanille dans le frigo.

— Celles qui sont bonnes ?

— Oui, celles-là. Attends, je vais t'en chercher une.

Stéphane se lève à son tour pour mettre une capsule dans la machine à expressos.

— Est-ce que j'aurais moi-même dû traiter Mme Barteau de vieille bique quand elle m'a appelé ? me demande-t-il en me prenant dans ses bras, alors que je cherche les crèmes dans le frigo. C'est pour ça que tu sembles fâchée ?

— Je ne suis pas fâchée. C'est juste que je constate qu'en ce qui te concerne, on est toujours désolé de te déranger. Comme si tu n'étais pas un recours potentiel ni normal.

— Peut-être, mais qu'est-ce que j'y peux ?

— Rien, rien. Inutile d'en parler pendant des heures. Je ferai en sorte d'arriver bien en avance les prochains jours, comme ça, personne n'aura à te déranger pour mes défaillances.

— Megg...

— Voilà ta crème, mon canard, dis-je à Malone pour couper court.

— Merci, maman ! Est-ce que tu chais si l'avion de Lalie a bien atterri ? me questionne-t-il, la bouche pleine. Elle t'a envoyé des photos ? Elle m'avait dit qu'elle t'en envoyerait.

— Qu'elle t'en enverrait, je le corrige. Et non, elle ne m'a pas encore envoyé de photos, mais je suis sûre que son avion a bien atterri, ne t'inquiète pas.

Alors que je termine de débarrasser la table et que Stéphane boit son café, je remarque qu'il semble gêné. Aussitôt, je comprends.

— Elle t'a envoyé des photos, c'est ça ?

— Une ou deux, oui. Mais je suis sûr qu'elle n'a pas forcément choisi à qui elle les adressait, tente-t-il pour ne pas me faire de peine.

— Tu me montres les photos, papa ? Tu me les montres ?

C'est ça, disons qu'elle n'a pas choisi à qui elle les expédiait... En l'occurrence, ce n'est pas tombé sur moi.

* * *

— Tu as passé l'après-midi avec Romy ? m'interroge Stéphane alors qu'il me rejoint dans la chambre.

Ce soir, je suis montée me coucher juste après le rituel « meilleur moment de la journée » avec Malone. J'avais envie d'avancer dans le livre que j'ai commencé à lire il y a des semaines. Il y a quelques années encore, je dévorais les romans mais, aujourd'hui, force est de constater que je peine à garder les yeux ouverts au bout de trois pages.

— Oui. Nous avons déjeuné toutes les deux, ce midi. Tu sais que cela fait déjà un an qu'elle a emménagé à côté de chez nous ?

— Déjà ? Le temps passe à une de ces vitesses !

— Pourquoi est-ce que j'ai l'impression que tu ne l'aimes pas beaucoup ?

— Ce n'est pas que je ne l'apprécie pas… mais elle m'a toujours mis un peu mal à l'aise. Je ne sais pas trop à quoi ça tient…

— Il n'y a pas beaucoup de femmes comme elle, c'est certain. En tout cas, elle compte beaucoup pour moi. C'est une véritable amie et, quand j'y pense, peut-être même la seule.

— Oui, je sais, et loin de moi l'idée de te demander de moins la voir.

Encore heureux !

— Et après le restaurant, relance-t-il après quelques secondes, vous êtes allées faire les boutiques ?

C'est vrai, que pourrions-nous faire d'autre après tout ?…
Et puis, j'ai tout le temps pour ça.

— Euh… Non. Nous sommes allées directement chez mes parents pour commencer à vider le grenier. C'était moins le bazar que je ne l'imaginais, heureusement, mais il y a quand même de quoi occuper quelques après-midi. Tiens, d'ailleurs, en parlant du grenier, j'y ai fait une drôle de trouvaille.

Je me lève et me dirige vers la chaise sur laquelle j'ai posé mon pantalon, afin d'y récupérer la pellicule photo dans la poche.

— Regarde ! dis-je à Stéphane en m'asseyant au bord du lit de son côté.

— C'est une vieille pellicule photo ?

— Oui, mais pas seulement. Si tu observes bien, tu remarqueras qu'elle a été utilisée.

— C'est toi qui as pris ces photos ?

— Je n'en ai aucune idée, à vrai dire. C'est possible. Mais si ça se trouve, ce sont des photos de mes parents. Ou des photos de famille, qui sait.

— Depuis le temps, le film doit être endommagé.

— C'est ce que je crains aussi. Mais ça vaut quand même le coup d'essayer de la faire développer. Je regarderai demain si c'est encore possible.

Il me la prend des mains pour l'examiner.

— En tout cas, ça rappelle des souvenirs. Tu n'as pas retrouvé ton vieux Walkman ou ta Game Boy ? plaisante-t-il.

— À mon grand désespoir, je n'avais pas de Game Boy mais une Game Gear de Sega.

— Ce gros machin noir, là ? Qui fonctionnait avec je ne sais combien de piles ?

— Tout à fait ! Quand tout le monde jouait à Tetris, moi, je faisais des parties de Sonic endiablées.

— Et les tatoos, tu te rappelles ? poursuit-il, projeté vingt-cinq ans en arrière tout comme Romy et moi cet après-midi. On recevait un message chiffré de la part de quelqu'un mais on ne pouvait pas y répondre ! Quelle belle invention parfaitement inutile !

Alors que je souris, je me demande s'il en sera de même pour nos enfants dans trente ans, s'ils regarderont eux aussi avec nostalgie l'époque qui les aura vus grandir.

— J'y réfléchissais aujourd'hui et je me disais que peut-être je pourrais recommencer à faire des photos..., dis-je soudain, prenant de vitesse mes peurs et mes doutes, ce dont je suis la première étonnée.

— Pourquoi pas ? Cela fait un moment que je me dis qu'il serait temps de renouveler les photos des enfants dans les cadres. Après tout ils n'en sont plus au stade des joues rebondies.

— Je pensais à une reprise professionnelle, en fait.

— Ah, excuse-moi, je n'avais pas compris. Mais tu crois que tu réussirais à concilier la gestion de la maison, des enfants et la reprise d'une activité professionnelle ? Ça ne risque pas de faire beaucoup ?

La meilleure épouse qu'un homme puisse espérer... J'avais oublié.

— Oui, c'est vrai, tu as raison, dis-je après quelques secondes de silence. C'était juste une idée comme ça.

Une idée ridicule. J'ai déjà du mal à aller au bout de chacune de mes journées, alors... Et même si je parvenais à mieux m'organiser, il n'en demeure pas moins que sans grand talent...

Je lui reprends la pellicule photo des mains afin de la remettre dans la poche de mon pantalon, puis me recouche.

— Grosse journée demain ? je m'enquiers pour être sûre que le sujet photo ne revienne pas sur la couette.

— Oh que oui ! On reçoit un gros groupe d'investisseurs chinois. Si l'on veut s'assurer une stabilité monétaire pour les cinq ans à venir, il faut absolument qu'ils acceptent d'entrer au capital de l'entreprise. Et toi ?

— La routine. Ménage, rangement, repassage...

— Pourquoi tu n'irais pas faire un peu de shopping avec Romy ? Ce serait sans doute sympa.

C'est ça... Je devrais aller faire du shopping avec Romy...

– 5 –

Ce matin, j'étais en avance pour déposer Malone à l'école. Mme Barteau m'a gratifiée d'un regard gêné et d'un léger signe de tête. D'une certaine façon, j'ai trouvé son malaise jouissif. *Ça t'apprendra, vieille bique !* C'est plutôt de bonne humeur que, de retour à la maison, je m'attaque à une tâche on ne peut plus fastidieuse, le changement des draps de tous les lits. Ce qui implique en ce qui concerne celui de mon fils de le vider de tout son contenu – peluches, livres, petites voitures, feutres… – avant de pouvoir ôter son drap-housse. J'essaie de penser au plaisir que j'éprouverai ce soir en me glissant dans des draps propres et frais pour garder la motivation nécessaire.

Je viens à peine de commencer à déblayer le matelas, qu'on frappe à la porte. Agacée, je pose par terre les figurines de dinosaures que j'ai dans les mains, pour aller ouvrir au visiteur inopiné.

— C'est toi, Romy ? dis-je, surprise, en découvrant mon amie derrière la porte.

— Hello, hello ! Je sais que je débarque à l'improviste, mais c'est pour un truc super important !

Ma voisine entre comme une tornade chez moi, avec au creux du bras Rex sagement couché dans son sac de transport.

Aujourd'hui, c'est le turquoise qui est à l'honneur. Romy porte une longue robe en voile fluide couleur lagon, avec un bandeau assorti comme toujours et des sandales rouges.

— Fonce te changer, me déclare-t-elle, je t'emmène quelque part.

— Mais, je suis habillée, répliqué-je. Qu'est-ce qui cloche avec ma tenue ?

Je baisse les yeux vers mon jean noir que j'ai assorti avec un chemisier gris perle et des ballerines.

— C'est-à-dire que... Tu n'as pas quelque chose d'un peu plus, disons, sexy ? Moi, je ne vais pas pouvoir cocher cette case, alors tous mes espoirs reposent sur toi.

— Je n'ai pas vraiment besoin d'être sexy pour changer des draps... Qu'est-ce que tu veux dire par « tous mes espoirs reposent sur toi » ?

— Nous sortons ! Il faut absolument que tu m'accompagnes quelque part. C'est une question de vie ou de mort. Enfin, peut-être pas de vie ou de mort, mais je te promets que c'est super important.

— Je ne peux pas, j'ai une tonne de trucs à faire aujourd'hui. À commencer par changer les literies. Je ne te fais pas rentrer dans la chambre de Lalie, mais si tu sentais l'odeur qui se dégage de sa couette, tu comprendrais qu'il y a urgence.

— Comme je me doutais que tu allais m'objecter quelque chose dans le genre, je me suis occupée de tout. J'ai demandé à ma femme de ménage de venir chez toi aujourd'hui plutôt que chez moi. C'est une perle, tu vas voir ! Il suffit de lui laisser la clé planquée à un endroit et je te promets que tu n'en reviendras pas. D'ailleurs, si je peux me permettre un petit conseil, tu devrais en avoir une depuis bien longtemps.

— Pourquoi est-ce que je prendrais une femme de ménage ? Je suis à la maison.

— Pour faire autre chose justement ! À commencer par m'accompagner aux sélections d'un nouveau jeu télévisé. Ça a lieu à quelques kilomètres à peine. Pour une fois qu'il ne faut pas faire des heures de trajet jusqu'à Paris, je ne peux pas rater ça.

Cette passion de Romy pour les jeux télévisés est pour le moins envahissante et chronophage. Elle parcourt chaque mois des centaines de kilomètres et écume les sélections organisées par les boîtes de production pour tenter sa chance. Sans distinction entre les émissions : du jeu de culture générale au pur divertissement. L'été dernier, elle s'était même mis en tête de participer à « Ninja Warrior », commençant à réfléchir au moyen de s'entraîner dans son jardin. Fort heureusement, la distance géographique avec le plateau de l'émission avait fini par la décourager. Il s'en est fallu de peu pour que les spectateurs voient débarquer un petit bout de femme flanquée d'un yorkshire femelle prénommé Rex. Et que j'aie à supporter la vue d'une tour des héros de plusieurs centaines de mètres de ma fenêtre.

Cela dit, même si je me moque, je dois bien reconnaître que cette passion a eu le mérite de lui faire gagner beaucoup d'argent, suffisamment pour s'offrir sans crédit la maison qu'elle occupe aujourd'hui. Parce que en plus d'être déterminée, il se trouve que Romy a beaucoup de chance.

— Tu n'as besoin de personne d'habitude pour ce genre de chose, tenté-je une nouvelle fois.

— Je ne serais pas venue te trouver si ce n'était pas important. Si tu acceptes, tu pourras me demander tout ce que tu veux ! Crever les pneus de voiture de la vieille bique de l'école ou accompagner Malone à ses cours de water-polo, tout ce que tu voudras !

La perspective d'une Mme Barteau dépitée devant ses quatre pneus crevés n'est pas sans me réjouir. Et le pire, c'est qu'à n'en pas douter Romy en serait capable si je le lui demandais.

— C'est loin, tes sélections ? Ça va prendre combien de temps ? capitulé-je.

— Nan, ce n'est pas loin, à même pas cinquante kilomètres d'ici. On sera rentrées bien avant que la cloche sonne pour Malone, je te le promets. Je te jure que je te le revaudrais, insiste Romy, enthousiaste. Mais avant de partir, montre-moi ta garde-robe, je sais qu'on peut trouver mieux que ce pantalon. Si j'avais la chance d'avoir ta silhouette, crois-moi, il n'y aurait pas beaucoup de tissu sur mes jambes.

* * *

Une bonne heure plus tard, nous sommes arrivées à destination, un hôtel assez chic. Romy dans sa robe turquoise et moi dans une robe rouge à fleurs blanches et noires dénichée dans le fond de mon armoire par une Romy bien décidée à ne pas me laisser porter mon pantalon.

Comme c'est la première fois que je l'accompagne pour une phase de sélection, je n'ai aucune idée de la manière dont les choses vont se dérouler, si je vais pouvoir assister aux essais de mon amie ou devoir l'attendre en faisant les cent pas dans un couloir.

Romy qui semble, elle, totalement au fait de l'organisation, se dirige sans hésiter vers une jeune femme coiffée d'une queue-de-cheval, assise derrière une table dans le hall de l'hôtel.

— Bonjour ! la salue-t-elle avec entrain. Nous sommes venues pour les sélections du jeu « Culture et Chansons ».

72

— Et vous êtes ? demande la femme qui semble aussi heureuse d'être là que moi quand je tiens le stand de pêche aux canards à la kermesse de Malone, en attrapant un listing à côté d'elle.

— Romy Spielman et Megg Etcheverry.

— Voici vos badges d'identification. Les sélections ont lieu dans la salle Aubépine au premier étage. Patientez dans le couloir et attendez que l'on vienne vous chercher.

Elle nous tend deux gros autocollants marqués d'un numéro, et Romy, en habituée, colle le sien sur sa robe.

— Merci, et très bonne journée à vous ! lance-t-elle joyeusement avant de se diriger vers les escaliers.

Mon autocollant dans la main, je lui emboîte le pas.

— Elle n'a pas l'air ravie d'être là…

— En effet. Mais je te rassure, c'est toujours un peu comme ça. Ce doit être une stagiaire qu'on a postée derrière cette table depuis 6 heures ce matin. Et qui n'en bougera sans doute pas avant minuit. Le tout avec à peine dix minutes de pause dans la journée, le temps d'aller chercher un sandwich à la boulangerie d'à côté, histoire de ne pas faire de malaise vagal.

— Sympa…

— Je l'ai fait une fois au début de mes études d'assistante de production. C'était pour le casting de « Nouvelle Star ». Sur une seule journée, tu n'imagines même pas combien de personnes j'ai vu défiler à ma table. Sauf qu'ensuite elles restaient dans le hall à répéter leur chanson en attendant qu'on les appelle. Crois-moi qu'au bout de douze heures à entendre en boucle « *Somewhere over the rainbow* », j'aurais pu commettre un meurtre.

— Tu as fait des études d'assistante de production ? Je l'ignorais.

— Oui, il y a une dizaine d'années. Je suis partie au bout de deux mois. Être à l'écoute des moindres désirs du producteur, c'était pas trop mon truc.

Je ne compte plus les études ou activités commencées par Romy et qui au final se sont rapidement révélées ne pas trop être « son truc ».

À l'étage, dans le couloir de la salle Aubépine, plusieurs chaises sont disposées le long du mur. Romy prend place sur l'une d'elles, et pose sur celle d'à côté le sac contenant Rex, dont je n'ai même pas aperçu le museau depuis notre départ de la maison, il y a une heure.

— Tu devrais coller ton badge si tu ne veux pas que la fille d'en bas, qui est déjà au bout de sa vie, se fasse enguirlander parce qu'elle n'a pas donné les consignes.

— Que toi tu en aies un, je peux le comprendre, mais en donner un aussi aux accompagnateurs, c'est un peu du gâchis, dis-je en m'exécutant malgré tout.

— C'est-à-dire que tu n'es pas exactement là en tant qu'accompagnatrice…

— Comment ça ?

— Disons que tu participes aux sélections avec moi. C'est un jeu qui nécessite d'être en binôme.

— Quoi ?!

— Chuuut ! Parle moins fort. Il ne s'agirait pas de les mettre de mauvaise humeur avant même de commencer.

— Pourquoi est-ce que tu ne me l'as pas dit avant de partir ? je reprends à voix plus basse.

— Parce que tu n'aurais jamais accepté de venir.

— Qu'est-ce que tu en sais ?

— Tu aurais accepté ?

— Non, mais…

— Tu vois ! C'est bien pour ça que je ne te l'ai pas dit. S'il te plaît, Megg, maintenant qu'on est là, tu ne vas pas me laisser tomber ! Tu verras, je suis sûre qu'on va beaucoup s'amuser. C'est pour une nouvelle émission, mais de ce que j'ai lu sur le communiqué de presse, ça a l'air drôlement sympa.

— Je ne peux pas faire ce genre de choses. Je ne suis pas à l'aise comme toi ! Et puis, je te rappelle que je suis mère de famille.

— Non, tu es Megg Etcheverry et tu as deux enfants. Ce n'est pas tout à fait pareil.

— Tu joues sur les mots, là.

— Je ne crois pas. Mère de famille, ça n'est rien d'autre qu'une fonction, ça n'est pas ta définition. Tu es d'abord une personne et qui plus est une personne qui a besoin de se changer les idées. Et pour ça, quoi de mieux qu'un petit casting pour une émission de télévision ? me demande Romy, visiblement très fière de sa plaidoirie.

Est-ce qu'elle a raison ? Est-ce que j'ai fini par m'oublier complètement derrière la mère de famille, la femme au foyer ? Je n'ai cependant pas le temps de m'appesantir sur cette question. La porte de la salle Aubépine s'ouvre, laissant sortir deux personnes avec un autocollant sur la poitrine.

— Numéros 30 022 et 30 023 ?

— C'est nous, répond Romy, en bondissant de sa chaise et réveillant Rex par la même occasion, dont la truffe et les oreilles pointues se laissent à présent deviner.

Comme je reste assise, elle se tourne vers moi et me supplie du regard. *Je ne suis obligée à rien*, pensé-je. Après tout, elle m'a prise en traître en ne me prévenant pas qu'elle m'avait inscrite avec elle.

Je suis sur le point de décliner quand je repense à ce qui m'attend à la maison. Des draps à changer, du linge à repasser, des poussières à faire, le tout en essayant de ne pas pleurer à la vue de l'ours en peluche sur la bouteille d'adoucissant... Romy a peut-être raison, ces derniers temps, ma vie se résume à une seule fonction. Alors, contre toute attente, je me lève et, avec un grand sourire que j'espère suffisamment Ultra brite pour le petit écran, je dis :

— Oui, c'est nous !

Je crois que je me souviendrai longtemps des deux heures qui ont suivi. D'ailleurs, je ne pensais pas que cela prendrait autant de temps. Il a fallu d'abord se présenter face caméra, ce qui est loin d'être un exercice facile. Excepté pour Romy dont l'aisance et le naturel m'ont bluffée. Je savais qu'elle était à l'aise avec les inconnus, mais même devant une caméra, malgré son handicap, elle est tout aussi spontanée. Si je me suis sentie gauche et inintéressante à côté d'elle, Romy a néanmoins tout fait pour me mettre à l'aise.

Passé l'épreuve de la présentation, une fois que nous étions lancées dans le jeu, j'ai fini par réussir à me détendre et même à me laisser emporter par l'envie de gagner. Les règles étaient assez simples : des questions de culture générale posées à chacune de nous à tour de rôle, et en cas de mauvaise réponse, un gage en chanson. Si l'on m'avait dit ce matin à mon réveil que j'allais me retrouver à chanter « Les Lacs du Connemara », en sautant à cloche-pied pendant trente secondes...

— Alors, avoue que ça t'a plu ? insiste Romy après que nous nous sommes installées dans un restaurant à proximité de l'hôtel pour déjeuner.

— C'était sympa. Mais je t'en veux encore de ne pas m'avoir prévenue !

— Juste sympa ? J'aurais aimé pouvoir te filmer lorsque tu as chanté « La Salsa du démon », on aurait dit une possédée !

— Il ne restait que quelques secondes, il fallait bien que je fasse quelque chose pour qu'on gagne le point ! Oui, bon d'accord, je me suis beaucoup amusée, c'est vrai, je l'avoue. Satisfaite ?

— Tout à fait, répond-elle avec un grand sourire. Je te présente mes excuses pour t'avoir mise devant le fait accompli. Mais c'est juste parce que je savais que tu allais aimer ça.

— Et comment ça se passe ensuite ? je demande de manière aussi détachée que possible.

Pas suffisamment, puisque Romy éclate de rire.

— Tu es à fond en fait ! jubile-t-elle. La production va regarder les rushs et s'ils nous trouvent à leur goût, ils nous rappelleront pour enregistrer l'émission, la vraie, cette fois.

Malgré moi, je suis parcourue par un frisson d'excitation. En revanche, je ne sais pas comment je vais expliquer ça à Stéphane si jamais nous sommes prises.

— Sinon, tu as regardé pour ta pellicule photo ? s'enquiert Romy avant de charger sa fourchette d'un généreux morceau de quiche chèvre épinards.

— À quel moment est-ce que j'aurais eu le temps de faire ça ? J'ai dû emmener Malone chez le coiffeur après être allée le chercher à l'école hier, puis il y a eu les devoirs, le repas à préparer… Et comme j'étais fatiguée, je me suis couchée à peine Malone dans son lit. Quant à ce matin… tu connais la suite, plaisanté-je avec un clin d'œil.

— On va s'en occuper tout de suite alors ! dit-elle avant de sortir son téléphone portable de son sac. Il faut battre le fer tant qu'il est chaud. Notre ami Google va bien nous donner une ou deux adresses de professionnels compétents pour pellicule abandonnée.

Pendant qu'elle tape sa requête d'un doigt, le téléphone posé sur la table, je me régale des lasagnes que j'ai commandées.

C'est sans doute mon plat préféré. Et celles qui sont dans mon assiette, si elles ne valent pas celles que me préparait ma mère, sont délicieuses.

— J'ai trouvé ! s'exclame-t-elle au bout d'à peine trois minutes et d'une seule bouchée de lasagnes pour moi. Il te suffit de passer commande sur un site et de leur envoyer par la poste la pellicule à développer. Mince, ils annoncent un délai de quarante-huit heures.

— Et ?

— Il va falloir attendre encore tout ce temps pour savoir ce que contient ta pellicule ! On envoie des fusées sur la Lune, je te rappelle, alors c'est quand même dingue qu'il faille quarante-huit heures pour recevoir des photos.

Elle paraît si dépitée que je ne peux m'empêcher d'éclater de rire.

— Tu devrais les appeler et leur expliquer à eux aussi qu'il s'agit d'une question de vie ou de mort.

— Ne me tente pas, tu ignores ce dont je suis capable pour parvenir à mes fins.

— Oh si, je le sais, hélas.

Je comprends l'impatience de Romy ; moi aussi d'un côté j'ai vraiment hâte de savoir ce qu'il y a sur cette pellicule. Mais à cela s'ajoutent pour moi les émotions qu'elle pourrait déclencher. J'ai peur de ne pas être assez forte pour découvrir d'éventuelles photos de famille.

* * *

— À toi, maman : quel a été ton meilleur moment de la journée ?

Allongée près de mon petit garçon, je prends le temps de réfléchir pour ménager mes effets. Depuis ce midi, j'attends avec impatience le moment de lui raconter mon aventure avec Romy. J'ai plusieurs fois failli tout lui déballer depuis la sortie de l'école.

— Alors je crois que mon meilleur moment de la journée... c'est quand j'ai participé à un casting avec Romy pour un jeu à la télévision.

— Tu as fait quoi ? demande-t-il aussitôt en se redressant, les yeux brillants d'excitation. Tu as vu Denis Brogniart ?

Depuis tout petit, Malone a une passion pour « Koh-Lanta » et pour son présentateur.

— Ha, ha ! non, c'était un casting, donc ils nous ont juste enregistrées pour voir si Romy et moi on est assez bien pour participer à l'émission.

— C'est une émission où on doit manger des vers de terre et se rouler dans la boue ?

— Pas vraiment. Mais on doit parfois chanter en sautant à cloche-pied !

— Et tu l'as fait ?

— Oui, pourquoi ?

— Je savais pas que tu savais sauter à cloche-pied, tu le fais jamais.

Je n'ai pas le temps de lui dire que j'ai rarement le besoin ou l'occasion de le faire. Il enchaîne déjà :

— Et tu crois que c'est Denis Brogniart qui présentera l'émission ?

— Je ne sais pas... Mais si jamais c'est un copain à lui, je te promets que je me débrouillerai pour t'obtenir un autographe.

— Trop cool ! Tu sais, maman, j'aime beaucoup mieux ton meilleur souvenir de ce soir, que celui de la tarte aux figues de l'autre jour.

Je l'embrasse sur le front avant de lui souhaiter bonne nuit et de quitter sa chambre. C'est lui qui a raison.

Cela faisait longtemps que je n'avais pas eu un authentique meilleur moment de la journée. Un qui m'a fait vraiment plaisir.

Et je me rends compte que je n'ai pas pleuré depuis ce matin.

Enfin, sauf quand j'ai entendu la publicité Carglass à la radio sur le chemin de l'école. Ça ne compte pas, elle fait pleurer tout le monde, cette publicité...

Lorsque j'ai posté l'enveloppe avec la pellicule à l'intérieur, je n'étais pas loin, comme Romy, de pester contre le délai de quarante-huit heures annoncé par le site marchand.

Pourtant, à présent que la pochette photo est là devant moi, je suis incapable de l'ouvrir. Le facteur me l'a déposée au milieu d'autres courriers il y a près de deux heures. Et depuis, les battements de mon cœur sont toujours aussi désordonnés. J'ai envoyé un texto à Romy pour la prévenir, elle était chez le toiletteur pour Rex et m'a fait promettre de ne pas l'ouvrir sans elle. Jamais promesse n'a été aussi facile à tenir, je suis comme tétanisée.

Si ça se trouve, ce sont des photos prises par moi qui n'ont pas grand intérêt. Mais quelque chose me dit que ce sont mes parents que je vais voir sur ces clichés. Si j'ai souvent feuilleté les albums de photos après la mort de mon père, je n'ai pas encore été capable de regarder la moindre photo de ma mère.

Pour me détendre et tenter de retrouver un semblant de rythme cardiaque normal, j'ai cuisiné. Pétrir une pâte a toujours eu un effet apaisant sur moi. Une tarte aux pommes est donc au four. Ainsi qu'une tarte prunes/abricots.

Et un moelleux au chocolat. Malone en offrira à ses copains demain pour son dernier jour d'école avant les vacances d'été.

Je termine de préparer une bonne quantité de crème chantilly lorsque Romy ouvre la porte sans même avoir frappé, essoufflée comme si elle venait de courir un marathon.

— J'ai fait aussi vite que j'ai pu ! halète-t-elle.

Elle pose sur le sol Rex qui se met aussitôt à renifler partout, et se penche en avant, la main gauche sur la cuisse pour récupérer son souffle.

— Entre, Romy, dis-je pour la taquiner.

— Ah oui, pardon, j'ai oublié de frapper.

— Pas de souci, je t'attendais. Mais tu n'étais pas obligée de courir, hein, la pochette ne va pas s'envoler, je la rassure en la lui montrant d'un signe du menton.

— Comment as-tu fait pour réussir à ne pas l'ouvrir ? demande-t-elle, incrédule, prenant place sur un tabouret après avoir retrouvé son souffle. Ça sent drôlement bon, dis-moi ! Tu as quelque chose au four ?

— Je n'ai pas grand mérite, je suis morte de trouille. Alors pour ne pas y penser, j'ai préparé deux tartes et un moelleux au chocolat. Ça explique les bonnes odeurs.

— Je me suis toujours demandé quel intérêt il y avait à posséder autant de fours. J'ai ma réponse. Mais, pourquoi as-tu si peur ?

— Je ne sais pas... Le décès de maman est encore tout frais...

— Si ce sont des photos que tu as prises, toi, on va se marrer, et si ce sont des clichés de toi et de tes parents, je suis certaine qu'ils respireront l'amour. Dans un cas comme dans l'autre, c'est une bonne chose, tente de me rassurer Romy.

Je m'assois à mon tour en face d'elle, tends la main pour attraper la pochette et la décachette. Elle contient une vingtaine de clichés. Les larmes me montent instantanément aux yeux. Ce ne sont pas des photos prises par moi. La première représente ma mère posant assise sur un muret de pierre surplombant la mer. Il fait beau et le ciel est d'un bleu magnifique, sans nuages. Les cheveux courts, elle porte une robe que je lui ai offerte, les mains devant les yeux pour se protéger du soleil, et elle sourit.

Je tends le cliché à Romy qui a eu la délicatesse de ne rien dire et de ne pas faire de remarques sur mes joues sans doute barbouillées de mascara.

— C'est ta mère ? Quelle question, tu es sa copie conforme ! Elle est magnifique, cette photo, ça te dit quelque chose ?

Je réponds d'un signe de tête négatif, incapable de prononcer le moindre mot.

Lentement, je regarde les tirages les uns après les autres, elle irradie sur chacun d'eux. Ce ne sont que des clichés de ma mère, près de ce muret qui surplombe la plage, dans différentes positions, sous un soleil éclatant. Ils sont superbes. Derrière l'œil du photographe, on devine tout l'amour que mon père avait pour elle.

Les trois dernières photos, si elles ont le mérite de sécher mes larmes, me bloquent la respiration.

— Quelque chose ne va pas ? me demande aussitôt Romy. Megg ? Qu'y a-t-il ? insiste-t-elle devant mon mutisme. Dis quelque chose, tu me fais peur, là.

Ma mère est dans les bras d'un homme.
Un homme qu'elle embrasse à pleine bouche.
Et ce n'est pas mon père.

– 7 –

— À ta tête, je devine que celui que ta mère embrasse n'est pas vraiment celui que tu t'attendais à voir, soupire Romy après avoir regardé les trois dernières photos.

— Non, en effet, dis-je d'une voix blanche.

— Et… tu sais qui c'est ?

— Je n'en ai pas la moindre idée.

— Ni de quand elles datent ?

— Ma mère n'a pas souvent eu les cheveux courts. Sauf à l'été 2009. Je me souviens qu'elle avait tout coupé sur un coup de tête, elle a laissé repousser ensuite sans jamais y revenir. Elles ont donc été prises un an avant la mort de mon père…

— Aïe ! Ça n'a peut-être rien à voir avec ce que tu crois ? tente de me rassurer mon amie. Peut-être s'agit-il d'un ami et rien d'autre ?

— Tu embrasserais un ami passionnément comme ça sur la bouche, toi ? J'en doute. Non, c'est exactement ce dont ça a l'air. Ma mère avait un amant. Et je n'en ai jamais rien su.

Ma mère dont j'étais si proche, avec qui je partageais tout, à qui je confiais mes peines et mes doutes… Ma mère qui elle, de son côté, avait une double vie. Et qui ne s'en est jamais ouverte à moi.

Je l'observe attentivement sur les différentes photos, même celles où elle est seule. Dans ses yeux, je devine tout l'amour qu'elle porte à celui qu'elle regarde. Ma mère n'avait pas seulement un amant, elle était amoureuse de quelqu'un d'autre que mon père, ça ne fait aucun doute.

— Je suis désolée, intervient Romy pour rompre le silence qui s'est installé. Finalement, ça n'était pas une si bonne idée que ça de faire développer cette pellicule.

— Jamais elle ne m'a parlé de quelqu'un d'autre, jamais ! Combien de temps ça a duré, hein ? Combien de temps ? Tu crois qu'elle courait le retrouver dès qu'elle le pouvait pendant que papa luttait à l'hôpital contre son cancer ? Et lui, est-ce qu'il avait deviné que sa femme le trompait ?

Tristesse et colère s'entremêlent à quelque chose de plus douloureux, la déception. Jamais je n'aurais cru ma mère capable d'une telle trahison. Et pourquoi ne m'a-t-elle rien dit ? J'attrape l'une des photos sur laquelle elle rit en tenant son chapeau pour qu'il ne s'envole pas et je la froisse avant de la jeter à travers la pièce.

— Megg, ne fais pas ça. Tu es sous le coup de l'émotion, tu vas regretter ensuite de les avoir abîmées.

— Elle a menti ! hurlé-je. Pendant plus de dix ans, elle m'a menti ! Mais pourquoi elle a fait ça ? Pourquoi ? Et aujourd'hui, elle n'est même plus là pour m'expliquer.

Romy me prend dans ses bras et je ne me dérobe pas. Sans doute apeurée par mes cris et mes sanglots, Rex émet de petits jappements et me lèche la cheville par intermittence. Je pleure sans pouvoir m'arrêter pendant de longues minutes, à tel point que j'en ai mal dans la poitrine. Puis, peu à peu, les larmes se tarissent, je sors un mouchoir du paquet que j'ai toujours dans ma poche – quand on est maman il y a toujours un nez à moucher – et je me tamponne les yeux.

— Je suis désolée, je... Tout ça, c'est..., bredouillé-je.

— Pas de ça avec moi, on est amies, non ? Ça sert aussi à ça les amies.

— Merci beaucoup, Romy.

— Par contre, je sais que le moment est sans doute mal choisi pour te dire ça, mais je crois que tes tartes sont en train de brûler.

* * *

Alors que Romy déguste une part de tarte prune/abricot un peu trop caramélisée, après s'être excusée environ mille fois de conserver de l'appétit malgré la situation, j'étudie à m'en abîmer les yeux les trois photos de ma mère avec son amant.

Sur la première, ils sont collés l'un à l'autre, elle un bras autour de sa taille, et lui autour de ses épaules. Elle lève les yeux vers lui et sourit. Sur la deuxième, ils sont main dans la main, les doigts entrelacés, il a dû dire quelque chose de drôle juste avant parce que ma mère rit. Si je me concentre, je suis presque capable d'y associer une sonorité. Elle avait un rire puissant et communicatif. Et sur la troisième, elle est sur la pointe des pieds, son chapeau est en train de s'envoler et ils s'embrassent. Comme si rien d'autre ne comptait, comme s'il y avait urgence.

Je peux sans mal imaginer comment ces photos ont été prises. Un couple d'amoureux qui demande à un passant de bien vouloir immortaliser l'instant pour eux. Le passant, qui accepte avec joie – comment résister à cet amour qui émane de ce couple –, prend l'appareil photo qui lui est tendu, recule peut-être de quelques pas pour obtenir un cadrage idéal et une lumière parfaite, puis leur demande de sourire et enfin appuie sur le déclencheur. Sans se douter une seule seconde que ces clichés seront regardés pour la première fois des années plus tard par la fille de la femme amoureuse. Et qu'ils occasionneront une telle révélation.

— Tu as vu, il y a un bâtiment à l'arrière-plan, m'indique Romy en le pointant du doigt sur l'un des clichés. Focalisée sur le couple au premier plan, je n'ai absolument pas fait attention au décor. Une falaise en bord de mer et effectivement, non loin derrière, un bâtiment. Peut-être un hôtel.

— Attends, je crois qu'il y a le début du nom, Ryala, ou Byala quelque chose, tente-t-elle de déchiffrer en plissant les yeux.

— Byala Perla ?

— Oui, c'est possible. La suite est floue. Tu connais un hôtel de ce nom-là ?

— Ma mère m'a parlé de cet hôtel. Byala Perla, ça veut dire « perle blanche » en bulgare. Elle y a séjourné pendant quelques jours. Ça semblait paradisiaque, à l'écouter. Je pensais qu'elle y était allée avec mon père. Qu'est-ce que j'ai pu être idiote !

— Bulgare comme pour Bulgarie ?

— Très bonne déduction, ma chère Watson, plaisanté-je sans pouvoir réprimer un sourire.

— C'est bien ce que je craignais… C'est pas la porte à côté, quoi. Mais bon, ça doit être faisable, même en voiture. On ne doit pas franchir d'océan pour aller en Bulgarie ?

— Je ne pense pas, non. Mais, je ne te suis pas, là, qu'entends-tu par « ça doit être faisable, même en voiture » ?

— Exactement ce que je viens de dire. C'est pas la porte à côté, mais ce n'est pas impossible d'y aller en voiture. J'ai toujours rêvé de partir en road trip à travers l'Europe. Je cherchais quelque chose que nous pourrions faire ensemble pour nos 40 ans, voilà une idée géniale !

— J'ai peur de comprendre… Tu voudrais que nous allions en Bulgarie, toutes les deux ? Mais pour quoi faire ?

— Eh bien, pour découvrir qui est ce type qu'a aimé ta mère ! Pour l'instant tu es sonnée parce que tu viens d'apprendre qu'elle avait un amant, mais je peux te dire que d'ici à quelques jours tu vas être obnubilée par la question de son identité. Fais-moi confiance. Tu vois un autre moyen, toi, que d'aller sur place pour savoir qui est ce type ?

— Je ne sais pas si j'ai envie de le savoir… J'aimais mon père et…

— Ça ne changera rien à tes sentiments pour ton père. Tu ne le trahiras pas en partant à la recherche de cet homme.

— Admettons que tu aies raison et que dans quelques jours je n'aie qu'une envie, découvrir l'identité de ce type, en quoi partir en Bulgarie va aider à résoudre le mystère ? Tu veux que je placarde des copies d'une des photos sur les arbres, comme pour les chiens perdus ? Dans l'espoir insensé que ce type passe devant et se dise : « Tiens, mais c'est moi avec Lucile sur cette photo ! »

— Franchement, tu ne regardes pas assez de films, Megg. Plus simplement, on peut se rendre à l'hôtel et demander à voir ses registres. Avec un peu de chance, ils auront réservé sous son nom à lui…

— Si ce n'est que ça, on peut leur passer un coup de fil, non ? Ça nous épargnera des kilomètres et la déception au bout du compte de constater qu'ils n'ont pas gardé le registre de cette année-là.

Romy éclate de rire.

— Quoi ? J'ai dit quelque chose de drôle ? je demande, un peu vexée.

— Si une inconnue t'appelait pour obtenir ce genre d'information, tu la lui donnerais par téléphone ?

— Je ne sais pas... Peut-être que non.

— Sûrement que non, même ! Parce que tu t'imaginerais que l'inconnue au bout du fil travaille pour le FBI et traque un dangereux criminel, or tu ne veux pas risquer de voir apparaître un jour prochain une petite lumière rouge projetée sur ton front. Non, il faut aller sur place, je te dis.

— C'est toi qui regardes trop de films, je crois ! Je ne vais pas parcourir des milliers de kilomètres rien que pour ça. Et franchement, je ne vois pas comment je pourrais me le permettre.

— Je crois, moi, au contraire, que ce voyage te ferait le plus grand bien. Tu es à cran, Megg, tu ne peux pas le nier. Entre les enfants, ton mari et l'entretien de cette immense baraque, quand est-ce que tu as pris du temps pour toi pour la dernière fois ? Je veux dire, vraiment du temps pour toi ?

— ...

— C'est bien ce qu'il me semblait. Tu penses qu'il va se passer combien de jours avant que tu ne craques complètement et qu'il faille te ramasser à la petite cuillère ? Crois-moi, ce voyage, c'est exactement ce qu'il te faut ! Même si au bout du compte on ne trouve pas l'identité du type. Je m'occupe de tout, ne t'inquiète pas, conclut-elle, enthousiaste.

— C'est non, Romy. Il n'est pas question que je parte en Bulgarie. Oui, je suis bouleversée parce que je viens de découvrir que ma mère avait un amant et qu'elle ne me l'a jamais dit. Et oui, je suis un peu fatiguée en ce moment, mais rien de bien grave. Je vais me coucher tôt ce soir, demain c'est la fin de l'école pour les enfants, Lalie rentre d'Irlande, tout sera plus calme ensuite. Et moi... j'irai mieux.

— C'est moi que tu cherches à convaincre, là ?

De colère, je suis sur le point de lui demander de quoi elle se mêle, mais devinant qu'elle est sans doute allée trop loin, Romy prend les devants :

— Excuse-moi, je me suis laissé emporter, tu me connais. C'est juste que je suis ton amie et que je m'inquiète pour toi, Megg. Promets-moi juste d'y réfléchir. Si dans quelques jours tu es toujours opposée à ce voyage, je ne prononcerai plus jamais le mot de Bulgarie. Heureusement que ça ne me sert pas tous les jours, plaisante-t-elle pour détendre l'atmosphère.

— Je ne changerai pas d'avis, mais je te promets d'y réfléchir.

* * *

Les heures qui suivent sont pour le moins étranges. Je vaque à mes occupations, cochant au fur et à mesure les tâches dans mon carnet, mais je ne suis pas vraiment là. Mon esprit passe en revue les souvenirs des dernières années avec ma mère, traquant un indice, quelque chose qu'elle aurait essayé de me dire sans que j'en comprenne le sens. Mais il n'y a rien. Pas le moindre élément qui me fasse penser qu'elle m'a tendu la perche.

Elle aimait ce type, c'est une évidence. Alors, pourquoi ne m'en a-t-elle pas parlé ? Entretenaient-ils encore une relation au moment de son décès ? Ce qui signifierait qu'elle aurait vécu une histoire d'amour secrète pendant plus de dix ans. Non, impossible. Nous nous voyions souvent, je m'en serais forcément aperçue. Même si la photo est la preuve que j'étais dans l'ignorance.

Les images de ces longs mois passés au chevet de mon père à l'hôpital me reviennent par bribes. Elle lui rendait visite tous les jours, essuyant régulièrement les larmes qu'elle ne voulait pas que je voie. Est-ce qu'en réalité elle pensait à lui, à cet autre homme qui faisait battre son cœur ? Tous ces moments que nous passions ensemble, essayant de tromper l'inquiétude et d'éloigner l'issue inexorable, étaient-ils factices ? Courait-elle le retrouver chaque nuit, une fois ôté le masque de l'épouse angoissée ?

Chaque nouvelle question me tord un peu plus l'estomac que la précédente. Et je n'ai aucun moyen d'y apporter des réponses.

* * *

J'écoute d'une oreille peu attentive le récit que me fait Stéphane de sa journée et notamment de sa réunion avec le fameux investisseur chinois.

Auparavant, la soirée a été plutôt calme. Pour la plus grande joie de Malone, j'ai accepté qu'on se fasse livrer des pizzas, ce qui m'a valu le titre temporaire mais néanmoins agréable de meilleure maman de l'univers. La vérité, c'est que j'étais de toute façon incapable de me concentrer sur quoi que ce soit, pas même sur une omelette aux pommes de terre. À tel point que je crois avoir accepté, à demi-mot au moment de lui souhaiter bonne nuit, que Malone organise dans notre jardin un week-end de camping avec son meilleur copain Enzo. Ce qui ne va pas être simple dans la mesure où nous n'avons pas de tente…

Je me suis déshabillée et brossé les dents de manière mécanique, puis je me suis allongée avec l'image de ma mère embrassant cet inconnu, comme gravée dans ma rétine.

— Je crois qu'il va nous faire une offre pour prendre part au capital. Ce qui, au-delà d'être une satisfaction personnelle, est une vraie chance pour l'entreprise. Nous allons pouvoir envisager de construire un site en Espagne. C'est génial, non ? Megg, tu m'écoutes ? me demande Stéphane au bout de quelques secondes.

— Pardon, euh, oui, bien sûr, c'est super ! Tu dois être content.

— Je te saoule avec mes histoires, message reçu.

— Mais non, tu ne m'embêtes pas. J'étais ailleurs. Je sais combien c'était important et je suis donc très heureuse pour toi et pour l'entreprise. Vraiment, dis-je avec le maximum de conviction dont je suis capable.

Cela semble suffisant puisqu'il enchaîne.

— Il faudra probablement que j'aille en Chine pour finaliser tout ça. Apparemment, M. Nachima aime bien que les tractations et les signatures se fassent chez lui, à Shenyang. Avant un repas qui, à en croire la rumeur, dure plusieurs heures, avec dégustation de plats typiques en prime.

— Ah oui ?

— Ne t'inquiète pas, ce sera l'affaire de quelques jours, une semaine tout au plus. Si tout va bien, avant la fin du mois de juillet. Je te donnerai les dates dès que je les aurai, pour que tu puisses les noter dans ton carnet.

Et me demander avant si c'est bon pour moi, non ? Tu as raison, quel intérêt puisque je suis toujours présente et disponible ? On s'en fiche de ce que je pourrais avoir prévu. De toute façon, ça aura moins d'importance que d'obtenir les millions de M. Je ne sais qui.

— Et sinon, toi, ta journée ? me demande-t-il, souriant. Ça s'est bien passé ? Tu as vu Romy ?

Un instant je suis tentée de ne pas lui raconter pour les photos. Non pas parce que je n'ai pas envie d'en parler, mais quand je l'aurai fait, ça deviendra réel. Pour l'heure, je peux presque me convaincre que c'est un mauvais rêve.

— Je n'ai pas fait grand-chose de bien intéressant. À part des tartes que j'ai failli oublier dans le four.

Mais, à quoi bon être mariée si on ne peut pas partager sa peine avec son mari ?...

— Par contre, j'ai reçu les photos de la pellicule trouvée chez ma mère.

— Aussi vite ? C'est fou quand même, la technologie. Et alors ? Il y a quoi sur ces photos ?

J'attrape la pochette posée sur le chevet à côté de moi et la lui tends. Sans doute à mille lieues d'imaginer ce qu'elle contient, comme moi tout à l'heure, il sort les tirages et commence à les regarder un à un.

— C'est qui, ce type ?

— Aucune idée...

— Tu veux dire que ta mère...

— ... avait un amant ? Ça m'en a tout l'air.

— Elle l'a peut-être connu après le décès de ton père, ce n'est pas forcément un amant.

— Ma mère n'a porté les cheveux courts comme sur la photo qu'une seule fois dans sa vie, durant l'été 2009. Un an avant la mort de mon père. Donc techniquement si ; je crois que j'emploie le bon mot.

— Et... tu l'ignorais ? Je veux dire, elle n'a jamais rien laissé entendre ?

Je soupire et dois faire un effort pour retenir mes larmes.

— Je me suis posé cette question toute la journée. Mais non, je suis certaine qu'elle n'a jamais dit quoi que ce soit qui puisse laisser entendre... qu'elle aimait quelqu'un d'autre que papa.

— Ma chérie. J'imagine ce que tu dois ressentir.

Je suis sur le point de lui rétorquer que non, il est très loin d'imaginer, mais je me retiens. Après tout, il n'y est pour rien.

— Et tu n'avais jamais vu ce type auparavant ?

— Jamais. En revanche, je sais où les photos ont été prises. En Bulgarie. Romy a remarqué qu'il y avait un bâtiment en arrière-plan et j'ai fait le lien entre les quelques lettres que l'on devine et un hôtel dont m'avait parlé maman. Le Byala Perla. Elle semblait avoir passé un très bon moment dans cet endroit, et moi, je n'ai rien soupçonné, je pensais qu'elle y était allée avec papa.

— C'est fou, quand même. Jamais je n'aurais cru que ta mère..., dit-il sur un ton presque amusé qui me blesse.

Je lui reprends les photos des mains pour les remettre dans leur pochette. Je les ai assez vues pour aujourd'hui.

— Tu ne devineras jamais comment a réagi Romy ! Elle a proposé que nous fassions le voyage en voiture jusqu'en Bulgarie pour essayer de découvrir l'identité du type dont ma mère semble si follement amoureuse.

— Elle a proposé quoi ? s'esclaffe-t-il. C'est ridicule. Tu ne peux pas aller en Bulgarie. On voit bien qu'elle vit seule et surtout sans enfants pour avoir une idée pareille.

Bien que ce soit en substance ce que j'ai répondu à Romy, je me rends compte que j'accepte moins bien cette réponse de la part de Stéphane. Si lui part en Chine sans me demander mon avis en ne m'informant que des dates – suprême largesse – pour que je puisse les noter, pourquoi est-ce que moi je ne pourrais pas partir en Bulgarie de la même manière ? Il pourrait au moins chercher à savoir ce que je pense de cette idée.

— Cette Romy, c'est vraiment une drôle de bonne femme ! Partir en Bulgarie, comme ça, du jour au lendemain, pour tenter de retrouver un type qui figure sur une photo prise il y a plus de dix ans. Elle est bien bonne, celle-là !

Il se met à rire, et même si ce soir je n'ai pas l'énergie de le contredire, je sens que quelque chose a changé en moi par rapport à cet après-midi. Après tout, pourquoi est-ce que je ne partirais pas ? Moi aussi, j'en ai le droit, non ?

– 8 –

En tant qu'élève, j'ai toujours aimé les derniers jours d'école. Le matin, on partait sans cartable sur le dos, que l'on troquait contre quelques jeux de société. La promesse était celle d'une journée festive avant une longue séparation estivale. Malone, s'il est heureux du programme à venir, est malgré tout un peu triste. Sa maîtresse qu'il aime tant a annoncé à la classe il y a quelques jours qu'elle ne serait plus là l'année prochaine. Elle suit son mari, muté dans une autre région. La nouvelle a été un peu rude pour mon petit garçon qui s'attache aux gens bien plus facilement que moi. Pour atténuer sa peine, je lui ai proposé de fabriquer un cadeau pour l'institutrice, quelque chose de personnalisé. Il a eu l'idée de lui faire un petit recueil de souvenirs, composé de dessins qu'il a légendés de son orthographe encore très approximative. Il a ainsi représenté le premier jour de classe où ils ont fait connaissance, noté des expressions qu'elle utilise visiblement souvent, en passant par des anecdotes qui l'ont marqué. Il s'est vraiment appliqué pour ce cadeau dont le résultat est émouvant.

Ce matin, juste avant de partir, il m'a demandé de faire un joli paquet, « parce que sinon c'est nul, ça fait pas vrai cadeau ».

À présent qu'est venu le moment de le lui donner, je le sens tout timide. De l'autre côté de la grille, comme les parents n'ont pas le droit de pénétrer dans l'enceinte de l'école, je l'observe hésiter avant de s'approcher d'elle.

Elle m'aperçoit et m'adresse un sourire quand elle repère Malone. Il lui tend son cadeau et se précipite pour rejoindre ses copains.

Mon petit garçon cœur d'artichaut qui ne veut pas que cela se sache…

J'ai une petite heure à tuer avant d'aller chercher Lalie au collège. Son avion atterrissait à 6 heures ce matin. Si elle a continué à envoyer des photos de son séjour, le hasard n'a hélas jamais décidé de jouer en ma faveur. Comme je n'ai pas envie de rentrer à la maison pour en repartir à peine vingt minutes plus tard, je décide de m'attabler en terrasse et de commander un café frappé. Il n'est même pas 9 heures, pourtant il fait déjà chaud. Je regrette de ne pas avoir opté pour une petite robe en m'habillant ce matin. La toile de mon jean noir me colle à la peau.

Une fois assise, ma boisson devant moi, il ne faut pas longtemps à mon esprit pour faire de nouveau apparaître l'image de ma mère dans les bras de cet inconnu. Aussitôt, je tape « Byala Perla » sur le moteur de recherche de mon téléphone.

L'hôtel existe toujours. Je fais défiler en boucle les quelques photos sur leur site Internet, cherchant à y retrouver l'émotion décrite par ma mère. L'hôtel semble tout à fait charmant avec ses chambres doubles décorées avec goût et sa piscine à débordement, cependant je comprends que l'émotion ne venait pas du lieu, mais bien de la personne avec qui elle s'y trouvait.

Je ne sais pas ce qui me pousse à entrer l'adresse dans une application calculant les itinéraires, pourtant je le fais. Presque trois mille kilomètres pour près de trente heures de route. Un long périple. Mais pas infaisable, je pense, avant de refermer l'application. *Pas infaisable.*

Je termine mon café frappé et règle ma consommation, je ne dois pas traîner si je ne veux pas être en retard pour récupérer Lalie au collège.

* * *

Lorsque j'aperçois ma fille qui descend du car, elle est souriante. Parce que je suis heureuse de la voir et qu'elle m'a manqué, je prends conscience que ces quelques jours de séparation m'ont fait du bien. Il faut absolument que je trouve un moyen d'apaiser notre relation afin de recréer la complicité qui était la nôtre il n'y a pas si longtemps.

Je l'observe quelques instants discuter et rire avec ses amies Astrid et Jade. Elles semblent de nouveau proches ; j'ai dû me faire des idées l'autre jour.

C'est elle qui me repère la première et j'essaie de me convaincre que ce n'est pas ça qui éteint son sourire.

— Bonjour, les filles, alors c'était comment, l'Irlande ? je demande après m'être rapprochée du petit groupe.

— Bonjour, madame Etcheverry, répond Astrid. C'était carrément trop bien. La France, à côté, c'est pouah, trop naze. Bon, les filles, il faut que je vous laisse, ma mère est là-bas. À plus ! On se parle sur Snap ? Au revoir, madame Etcheverry, et bonnes vacances, Lal !

Astrid, valise à la main, se dirige d'un pas rapide vers sa mère, sans doute pressée de lui expliquer pourquoi il faut absolument que toute la famille déménage en Irlande, ce pays qui est tellement moins naze que la France. Elle est suivie en cela, à peine quelques minutes plus tard, par Jade qui fait promettre à Lalie de se caler un ciné la semaine prochaine.

Je saisis la poignée de la valise de ma fille et nous nous dirigeons à notre tour vers notre voiture.

— Toi aussi, tu as trouvé que l'Irlande c'était chouette ? je lance après quelques secondes de silence et d'hésitation. Vous avez fait des visites sympas ?

— C'était vraiment cool. J'aurais aimé qu'on y reste plus de temps. Avec le voyage et tout, c'est vite passé. C'est vachement plus facile d'apprendre l'anglais comme ça.

— On pourrait regarder pour que tu puisses y retourner pour un séjour linguistique cet été si cela te dit ?

— Sérieux ?

— Il faudra que j'en parle avec ton père, mais je ne vois pas en quoi cela pourrait poser problème. Après tout, tu vas bientôt avoir 16 ans, l'âge idéal pour ce genre d'expérience.

Dans le regard de ma fille, je devine le combat entre l'envie de s'enthousiasmer au risque de perdre une partie de sa colère, et celle de se renfrogner parce que la proposition vient de moi.

— Franchement, ce serait trop cool ! J'aimerais trop !

Je souris. Si l'enthousiasme l'emporte, c'est que peut-être tout n'est pas encore perdu. Bien sûr, j'aurais aimé qu'elle me saute au cou comme lorsqu'elle avait 8 ans, et que je lui ramenais une nouvelle peluche du supermarché, mais je me contente de sa réaction.

— Quand je vais dire ça à Jade tout à l'heure, elle sera trop dég. Sa mère ne veut déjà pas qu'elle aille au cinéma à pied toute seule alors que c'est même pas à vingt minutes de chez elle.

J'ouvre le coffre et dépose sa valise à l'intérieur, avant de prendre place au volant.

— Tout va bien avec Astrid ?

— Pourquoi ça n'irait pas ? répond-elle d'un ton sec, sur la défensive face à cette insupportable ingérence.

— Je ne sais pas, c'est juste une impression que j'ai eue l'autre jour en vous regardant toutes les trois ensemble.

— Tout va bien.

Pour couper court à la discussion, Lalie place ses AirPods dans les oreilles. Je la vois sélectionner une musique sur son téléphone, puis elle pose la tête contre le carreau de la voiture et ferme les yeux.

Il me faudra donc me contenter du maigre enthousiasme de tout à l'heure. La complicité, ce n'est pas pour tout de suite. Alors que nous roulons vers la maison, je repense aux liens qui m'unissaient à ma mère. Lorsque j'étais ado, elle était quasiment ma meilleure amie. Je lui confiais tout sans aucun tabou. Ça me fait mal de savoir qu'il n'en allait pas de même pour elle. Et qu'en tant que maman, aujourd'hui, je n'ai pas réussi à instaurer cette relation avec ma propre fille.

* * *

Vers 16 heures, alors qu'elle a passé l'après-midi recluse dans sa chambre, je suis agréablement surprise que Lalie accepte de venir avec moi à l'école pour aller chercher son petit frère. Je ne doute pas qu'ils se sont manqué pendant ces quelques jours de séparation.

Lorsque la sonnerie retentit, le brouhaha qui monte de l'intérieur du bâtiment arrive jusqu'à nous. Les cris, les rires et les chaises bousculées ne laissent pas de place au doute : c'est le dernier jour de l'année scolaire. Il emporte avec lui la fin des contraintes et a déjà le petit goût des longues semaines d'amusement en perspective. Tous les élèves courent vers la sortie, pressés d'être en vacances et bien décidés à ne pas en perdre une miette.

Le visage de Malone s'éclaire dès qu'il nous aperçoit toutes les deux derrière la grille. Lui aussi s'est précipité, comme tous les autres, et adresse de grands signes à sa sœur.

Quand la directrice de l'école ouvre la grille, c'est la déferlante.

— Lalie ! s'exclame-t-il une fois qu'il nous a rejointes. C'est trop bien que tu sois là ! C'était bien, l'Irlande ? Est-ce que tu as mangé de l'estomac de mouton ? L'autre jour, j'ai regardé une vidéo et y avait des types qui en mangeaient. Ça avait l'air trop dégueu ! Maman, elle a commandé des pizzas hier et c'était trop bon. J'en ai presque mangé une à moi tout seul ! Et l'avion ? Est-ce qu'il y a eu des trous d'air ? Est-ce que ça faisait peur ?

— Pense à respirer entre tes questions ! je m'exclame devant la logorrhée de mon petit garçon. Est-ce que ça vous dit qu'on aille se manger une bonne grosse glace, tous les trois ? Après tout, il faut fêter la fin de l'école et le début des vacances.

— Oh ouais, trop cool ! Est-ce que je pourrais prendre un banana split ? Mais que avec de la glace au chocolat ?

— Tout ce que tu voudras.

L'école n'étant pas très loin du centre-ville, nous nous dirigeons à pied vers le restaurant où nous dînons plusieurs fois par an et qui a une carte de desserts glacés bien fournie. Il n'en faut pas plus à Malone pour revenir à la charge vis-à-vis de sa sœur.

— Alors, est-ce que tu as mangé de l'estomac de mouton ?

— C'est en Écosse qu'on mange du haggis, pas en Irlande, répond-elle. J'ai mangé du *Irish Stew*, c'est ça le plat typique du pays. C'est une sorte de ragoût avec des pommes de terre et des carottes. Je n'ai pas goûté la viande, mais sinon c'était super bon.

Malone semble déçu que sa sœur n'ait pas d'histoire de dégustation de panse de brebis farcie à raconter. Mais, comme toujours chez lui, cela ne dure pas longtemps, une idée en chassant une autre presque aussi vite.

— Tu sais quoi ? Maman elle va rencontrer Denis Brogniart ! Et peut-être qu'elle va faire « Koh-Lanta » ! lance-t-il alors que nous arrivons à proximité du restaurant.

— Je crois que tu vas un peu vite en besogne, j'ai simplement participé aux sélections pour un jeu télévisé. Il y a peu de chances à mon avis pour qu'il soit présenté par Denis Brogniart. Et heureusement pour moi, on est très loin de « Koh-Lanta ». Regardez, il reste une table pour quatre en terrasse. Allons-y avant qu'elle ne nous passe sous le nez. Avec ce beau soleil, nous ne sommes pas les seuls à avoir l'idée de venir prendre une glace apparemment.

— C'est quoi, cette histoire de jeu télévisé ? me demande Lalie une fois la commande passée. Tu t'es inscrite pour participer à une émission ?

— Alors non, la vérité, c'est que je me suis fait avoir par Romy qui voulait que je l'accompagne à une sélection, sauf qu'elle avait omis de me dire qu'il s'agissait d'un jeu en binôme et que, par conséquent, elle m'avait inscrite avec elle. Franchement, au final, c'était très sympa, j'ai passé un bon moment.

— Mais tu ne vas pas poursuivre ?

— Je n'en sais rien. D'après Romy, la boîte de production va examiner les enregistrements et, s'ils nous trouvent à leur goût, ils nous rappelleront.

— Tu ne peux pas faire ça ! s'exclame Lalie. Nan, mais tu imagines, tout le monde va te voir !

— Et alors ? En quoi ce serait grave que tout le monde me voie ? Tu as honte de moi à ce point ?

— Moi, je voudrais trop que tu passes à la télé, nous interrompt Malone alors que le serveur dépose devant lui un banana split, avec uniquement des boules de chocolat, recouvert de crème chantilly. Je le dirai à tous mes copains pour qu'ils regardent !

Lalie, quant à elle, se renfrogne. Je devine au pli de sa bouche qu'elle continue à ruminer. Si je suis blessée par sa réaction, ce qui est pire, c'est que je ne la comprends pas. Qu'ai-je bien pu faire pour que ma fille m'en veuille au point de souhaiter que je m'efface totalement ?

— Tu manges pas ta glace, maman ? me demande Malone, la bouche pleine de banane à la chantilly.

— Si, si, mon canard, réponds-je en avalant un morceau de ma pêche melba qui me donne une impression de carton dans la bouche.

Et alors que je regarde ma fille, murée dans sa posture d'adolescente en colère, chipoter son chocolat liégeois, je décide que c'en est trop et que l'on ne peut pas continuer comme ça. Il faut que je prenne du temps avec elle pour comprendre ce qui ne va pas, ce que j'ai pu faire ou ne pas faire. Et pour ça, je ne vois qu'une solution.

* * *

J'ai réfléchi toute la soirée à la manière d'annoncer ma décision à Stéphane. Si je redoute sa réaction, je sens malgré tout monter en moi une forme d'excitation pour les jours à venir.

Il est assis sur le canapé, devant l'un de ces films de science-fiction qu'il affectionne et qui, moi, me font bâiller à m'en décrocher la mâchoire au bout de dix minutes. Je le rejoins avec deux tasses de café fumantes dans les mains.

— Merci, chérie, dit-il en prenant l'une des tasses que je lui tends. Rien de tel qu'un bon café et un bon film après une journée chargée. Malone s'est endormi ?

— Il était bien trop excité par cette dernière journée d'école. Je l'ai autorisé à lire un peu. Après tout, c'est les vacances, on peut assouplir l'heure d'extinction des feux.

— Et comme ça, il se lèvera plus tard demain matin et tu seras plus tranquille. Tiens, j'y pense, j'ai eu un appel de Didier Juliard cet après-midi.

— Didier qui ?

— Didier Juliard, il est venu dîner l'autre soir avec sa femme à la maison. Une grande blonde avec un énorme collier.

— Peut-être, oui... Et ?

— Apparemment, elle a adoré ton poulet à l'estragon et a demandé à son mari s'il pouvait en obtenir la recette, me déclare-t-il, tout sourires. Je sais que tu as passé du temps à préparer ce dîner, alors je me suis dit que ça te ferait plaisir de le savoir.

Comme quoi, ce n'était pas si grave que je ne sois pas très bavarde ce soir-là...

— Bien sûr, je te l'enverrai par mail, comme ça, tu pourras la lui transmettre.

Je termine mon café, pose la tasse sur la table basse et me lance :

— J'ai réfléchi à la proposition de Romy d'aller en Bulgarie.

Stéphane me regarde, surpris.

— Je croyais qu'on avait dit que ce n'était pas possible ?

— Non, tu as dit que ce n'était pas possible. Moi, je n'ai rien dit du tout.

— Je ne comprends pas...

— C'est TOI qui as décrété que je ne pouvais pas y aller, parce qu'il y avait la maison et les enfants. Tu ne m'as pas demandé ce que MOI j'en pensais. Tu as décidé que je n'irais pas. Au début, ça a été ma réaction à moi aussi à vrai dire. Mais, j'y ai réfléchi et je crois que j'ai envie de le faire. J'ai envie d'y aller. S'il y a une chance sur un million de découvrir là-bas l'identité du type de la photo, je dois la tenter. Et... je me suis dit que ce serait aussi l'occasion de prendre du temps avec Lalie. Je vais l'emmener avec nous.

— Donc, tu pars en Bulgarie avec notre fille et ton amie à moitié folle ? Et tu m'annonces ça comme ça ?

— Alors déjà, Romy n'est pas à moitié folle. Et ce sera l'affaire d'une quinzaine de jours maximum. Tu m'as bien annoncé, toi, que tu allais partir en Chine, sans me demander ce que j'en pensais, encore moins si ça allait perturber mon organisation.

— Pardon, mais c'est complètement différent.

— Ah bon, en quoi ?

— Je travaille, moi. C'est pour le boulot que je pars en Chine, pas pour le plaisir. Si tu crois que j'ai envie d'y aller, détrompe-toi, je préférerais ne pas avoir à le faire et rester tranquillement à la maison.

— Évidemment, tu travailles, TOI ! dis-je en haussant le ton. Et moi, non. Moi, je ne suis que *la meilleure épouse qu'un mari puisse rêver d'avoir*. Celle qui cuisine des poulets à l'estragon pour les femmes de tes amis directeurs, qui va chercher au pressing tes chemises, qui conduit les enfants à l'école. Et ça, ce n'est pas un travail. Qu'est-ce que c'est d'ailleurs, tu peux me le dire ?

Malgré moi, les larmes me montent aux yeux. Ça faisait longtemps, tiens... La dernière fois, c'était il y a vingt minutes.

— Megg...

— Quoi, Megg ? Parce que je ne gagne pas de salaire, je n'ai pas le droit de m'absenter, c'est ça ? Je me dois d'être tout le temps présente à la maison pour que toi, tu puisses en toute sérénité partir chaque matin au bureau ? C'est ça, ma vie ? C'est à ça que je me suis réduite ? Tu dis souvent que tu préférerais être à ma place parfois. Réjouis-toi : tu vas en avoir l'occasion !

— Tu ne te rends pas compte de ce que tu me demandes, là. Comment je vais faire avec Malone ? Et si jamais je dois partir en Chine pendant que tu es absente ?

— Ah mais si, je me rends parfaitement compte. Pour une fois, depuis la naissance de nos enfants, je te propose d'en être responsable, la belle affaire ! Et encore, je te facilite la tâche, je t'en prends un sur les deux. Je crois que c'est surtout toi qui ne te rends pas compte...

Nous nous faisons face, lui a le visage crispé, et moi, je sens que je suis sur le point de m'effondrer.

— C'est Romy qui a raison, je ne vais pas bien, Stéphane, pas bien du tout, poursuis-je, à voix basse. Je n'en peux plus de ne pas exister, de ne m'occuper que des contingences domestiques. Je souffre du rejet de Lalie. Ma mère me manque terriblement et je viens de découvrir qu'elle m'a menti pendant près de dix ans. Ce voyage, c'est... une question de survie.

Je n'avais pas vu les choses ainsi avant de les énoncer à voix haute. Pourtant, cela m'apparaît comme une évidence. J'ai un besoin quasi vital de prendre de la distance, si je ne veux pas m'écrouler et risquer de ne pas avoir l'énergie suffisante pour me relever.

— En fait, tu as fait plus que réfléchir à l'idée farfelue de Romy. Tu as clairement pris ta décision et, moi, je n'ai plus qu'à m'incliner.

— Je suis désolée que tu le prennes comme ça. Il n'y a pas à s'incliner... Juste à entendre que moi aussi j'ai besoin d'exister.

Stéphane repose sa tasse vide sur la table basse et se lève.

— Je monte me coucher. J'ai une grosse journée qui m'attend demain.

Sans un mot, je le regarde quitter la pièce. Je ne m'attendais pas à ce qu'il saute de joie à l'idée de ce voyage, mais j'espérais qu'au moins il finirait par comprendre. Peut-être même qu'il aurait quelques mots de réconfort. Pour la première fois depuis que nous nous connaissons, j'ai l'impression qu'un mur s'est érigé entre nous. Et je ne sais pas s'il sera facile de le détruire.

20 juin 2009

Paul,

Cela faisait des années que je n'avais pas acheté de papier à lettres pour écrire à quelqu'un. Tu m'aurais vue plantée dans les allées de la papeterie, à hésiter entre un joli liseré bleu et ce petit bouquet de tulipes que j'ai fini par choisir. J'ai eu le sentiment de rajeunir de quarante ans !

Quel plaisir de prendre ce temps, c'est tellement plus agréable que ces messages que l'on peut s'envoyer sur les téléphones. D'ailleurs, est-ce que tu t'y fais, toi ? Hier, il m'a fallu près de vingt minutes pour en taper un avant de l'envoyer à ma fille. Je crois que j'aurais dû renoncer au « affectueusement » qui m'a quasiment valu une crise d'angoisse à lui tout seul. Tout ça me fait me sentir plus vieille que je ne le suis. Tu verrais la vitesse avec laquelle ma fille tape ses textos...

C'est étrange de t'écrire alors que je t'ai quitté il y a quelques heures seulement. Mais j'aime cette idée de correspondance entre nous. Je ne prends jamais plaisir à ouvrir ma boîte aux lettres qui m'amène rarement de bonnes nouvelles. Désormais, chaque fois que j'irai relever le courrier, j'aurai l'espoir d'y trouver une lettre de ta part.

Depuis que je t'ai rencontré, c'est comme si j'étais redevenue une adolescente de 15 ans, avec le romantisme fleur bleue et dégoulinant qui va avec. Le ciel m'est témoin que je ne m'attendais pas à ça !

Jamais je ne m'étais imaginée dans les bras d'un autre homme que ceux de mon mari. Jamais je n'avais eu envie des lèvres d'un autre sur les miennes. Pourtant, lorsque mon regard a croisé le tien, c'était comme une déflagration intérieure. Je me souviendrai longtemps de cette émotion qui m'a envahie et coupé le souffle.

Avant de te rencontrer je pensais que cette histoire de coup de foudre, c'était du folklore, qu'il n'était pas possible d'aimer comme ça en un instant un parfait inconnu. Parce que l'amour est un sentiment qui se construit, au fur et à mesure que l'on apprend à connaître l'autre.

Mais toi et moi... Ça ressemble furieusement à un coup de foudre, non ? Comment expliquer, sinon, que ce soit si fort ? Comment expliquer que rien qu'en t'écrivant cette lettre j'ai les jambes en coton et le cœur qui palpite ? Comment expliquer que mon corps est en manque perpétuel du tien ?

Rien de tout ce qui m'arrive en ce moment n'était prévu, et cela me rend heureuse autant que cela me terrifie.

J'ai hâte d'être à nouveau dans tes bras. Tu me manques à chaque instant.

Lucile.

PS : La prochaine fois, je te promets de faire taire l'adolescente fleur bleue qui s'est emparée de moi. Est-ce que tu te souviens de cette chanson qui dit « Ça dégouline d'amour, c'est beau mais c'est insupportable » ? C'est tout à fait moi en ce moment.

– 9 –

La nuit n'a pas été des plus reposantes. J'ai peiné à trouver le sommeil et je me suis réveillée de nombreuses fois. Je n'ai pas découvert de petit mot scotché au miroir de la salle de bains. Au début de notre relation, c'est ainsi que Stéphane s'excusait lorsque nous nous étions disputés. Il m'écrivait des « pardon », des « excuse-moi d'avoir été si nul » ou encore des « j'espère que tu ne regrettes pas d'avoir épousé un sale con comme moi » sur des Post-it qu'il collait ensuite sur le miroir de la salle de bains. Ça me touchait parce que faire des excuses ne semble pas être une compétence acquise par tous.

Avec le temps, les occasions de fixer des Post-it sur les miroirs se sont espacées. Sans doute parce que, petit à petit, je me suis effacée derrière ma fonction de mère et d'épouse.

Je mentirais si je disais que je n'ai pas espéré trouver un petit mot en entrant dans la salle de bains. Car malgré nos incompréhensions, j'aime mon mari. Et ça, quasiment depuis le premier jour.

Dans la cuisine, je trompe mon angoisse en préparant des crêpes pour les enfants. Après les pancakes, c'est le deuxième petit déjeuner préféré de Malone. Lalie aussi aime ça en principe, mais je n'en mettrais pas ma main à couper tant j'ai le sentiment que ma propre fille est devenue une étrangère.

Elle est la première à me rejoindre vers 9 h 30. Alors que je suis en train de terminer de faire les crêpes, elle s'assoit et se sert un grand verre de jus d'orange fraîchement pressé.

— Bonjour, ma fille, bien dormi ?

— Normal.

— J'ai fait des crêpes, tu en veux une ? Je crois qu'il reste un peu de confiture de mirabelles au réfrigérateur.

— J'ai pas très faim, je vais juste prendre un yaourt nature.

Je pose l'assiette pleine de crêpes chaudes sur la table et l'observe prendre un yaourt et commencer à le manger sans même y ajouter une cuillerée de sucre en poudre.

Moi, je ne résiste pas et me verse une bonne dose de sucre sur une crêpe que je plie en quatre avant de m'asseoir à mon tour.

— Pendant que tu étais en Irlande, Romy et moi on est allées chez MamieLuce pour commencer à vider le grenier.

Rien dans la posture de Lalie n'indique qu'elle est intéressée par ce que je dis, ni même qu'elle m'écoute, mais je continue.

— Au fond d'un carton, on a trouvé une vieille pellicule photo non développée. Quand j'avais ton âge, il n'y avait pas d'appareils photo numériques. On achetait des pellicules et on ne savait jamais si les photos allaient être réussies ou pas. Et comme, le plus souvent, elles étaient ratées, c'était une pochette quasiment vide qu'on récupérait chez le photographe.

— Pourquoi est-ce que tu me racontes ça ? Je ne suis pas débile, hein, je sais comment fonctionnaient les appareils photo avant.

Elle n'est peut-être pas intéressée, mais, au moins, elle écoute.

— J'ai fait développer la pellicule trouvée chez ta grand-mère. C'étaient des photos d'elle en vacances en Bulgarie. À l'époque où elle avait les cheveux courts, juste avant la mort de papou, tu t'en souviens ? Tu avais à peine 5 ans, je sais... Elle a séjourné dans un hôtel qui s'appelle le Byala Perla qu'elle a adoré. Elle m'en a parlé il y a quelques années.

— Et alors ? s'impatiente Lalie.

J'hésite à lui parler de l'homme de la photo, mais j'ai trop peur de ne pas bien réagir à ses éventuelles moqueries, alors je ne dis rien et je fais l'impasse sur ce détail, pour le moment.

— Romy a proposé que l'on fasse un petit voyage là-bas. Pour fêter nos 40 ans un peu en avance.

— Pour mes 40 ans, je préférerais aller à New York, perso, mais si la Bulgarie, ça vous fait kiffer, c'est vous que ça regarde. Et papa est d'accord ?

— Fort heureusement la femme n'a plus besoin de l'autorisation de son mari pour voyager, répliqué-je, surprise par mes propres propos.

— Ouais, bah, que papa ne compte pas que je fasse tout dans la maison et que j'aille lui chercher ses chemises, je ne suis pas une bonniche, moi.

La pique est à peine voilée. Pour la première fois de toute ma vie, je suis prise d'une envie de la gifler et il me faut faire un important effort pour ne pas y céder. Parce que je le regretterais aussitôt et surtout parce que je réalise que cette image qu'elle a de moi n'est pas très loin de celle que j'ai, ni même de la vérité.

115

— Tu n'as pas à t'inquiéter à ce niveau-là, puisque tu viens avec nous.

Au fond, c'est un peu comme cette histoire de pansement. Inutile de mettre les formes ni de faire des détours, autant l'arracher d'un coup.

— Hein, quoi ? Comment ça ?

— Oui, j'ai décidé de t'emmener, avec Romy, pour ces quelques jours de vacances.

— Mais pourquoi ? se récrie-t-elle.

— Parce que ce sera sans doute très sympa, et que ça nous permettra de passer du temps rien que toutes les deux. On n'a plus jamais de moments ensemble. Et puis, tu aimes découvrir de nouveaux pays, non ? Regarde l'Irlande, tu avais déjà envie d'y retourner à peine rentrée en France.

— En Irlande, j'étais avec mes copines. Je crois que je préfère encore faire la bonniche que de partir avec toi et la voisine ! réplique-t-elle avant de quitter précipitamment la cuisine et de monter s'enfermer dans sa chambre.

Pas d'enthousiasme débordant non plus de ce côté-là. Je me console en me disant qu'il y aura au moins une personne qui sera ravie d'apprendre ma décision. J'attrape mon téléphone posé sur le plan de travail et envoie un texto à Romy pour la prévenir de commencer à faire sa valise.

* * *

Je suis en pleine partie de bataille navale, à deux doigts de me faire couler mon porte-avions, lorsque l'on sonne à la porte et que je découvre, derrière, une Romy les bras chargés de livres. Rex, qui pour une fois a dû voyager sur ses pattes jusque-là, aboie pour manifester son mécontentement.

— Je suis passée à la librairie et j'ai acheté tout ce que j'ai pu trouver comme guides sur l'Italie, la Croatie, la Serbie et la Bulgarie, bien sûr, m'explique-t-elle en déposant le tout sur le plan de travail de la cuisine.

— L'Italie ? Mais pour quoi faire ?

— J'ai étudié les différents itinéraires possibles ce matin après ton texto. Le plus court n'est pas forcément le plus intéressant.

— Mais le plus rapide, non ?

— Franchement ça se joue à deux ou trois heures près. Quand on s'apprête à parcourir deux mille cinq cents kilomètres et à rouler pendant environ vingt-sept heures, on n'en est plus à trois heures près ! J'ai quand même un peu hésité parce que le trajet le plus court nous faisait passer par l'Autriche. Avec un prénom comme le mien, tu peux imaginer que la tentation était forte de s'offrir un petit pèlerinage dans le pays qui a vu naître la légende de Sissi. Mais, pas aussi forte que celle de faire du shopping à Milan ! Milan, tu imagines un peu ?

— À vrai dire, je ne pensais pas que l'on ferait des étapes autres que celles nécessaires pour manger et dormir.

— Parce que tu croyais qu'on allait traverser toute l'Europe sans en profiter ? Non pas que la Bulgarie ne m'attire pas, entendons-nous bien. J'ai feuilleté un peu les guides et ça a l'air vraiment joli… Mais Milan, Vérone, Venise, on ne peut quand même pas passer à côté ! C'est pour fêter nos 40 ans, ce périple, je te rappelle.

— C'est surtout pour essayer de découvrir l'identité de l'amant de ma mère, lui dis-je à voix basse pour éviter que Malone nous entende.

Précaution sans doute superflue puisqu'il est allongé sur le carrelage du salon à rire comme une baleine pendant que Rex, juchée sur lui, lui léchouille le visage.

— Au cas où tu l'aurais oublié, ajouté-je, c'est à cause de cette photo que tu as eu cette idée de voyage. Nos 40 ans, c'est l'argument que tu as trouvé pour l'enrober d'un joli papier cadeau et réussir à me convaincre.

— Oui, mais imagine que malgré nos efforts on ne trouve aucun renseignement sur ce type, au moins, on aura profité du trajet. Mais attends ! s'exclame-t-elle soudain. J'ai occulté un détail essentiel ! S'il y a un aller, il y a donc un retour !

— En effet. À moins que tu ne comptes t'installer en Bulgarie. Et là, autant te le dire tout de suite, n'imagine même pas que j'y resterais avec toi.

— Aucune inquiétude de ce côté-là, il n'y a pas assez de jeux télévisés en Bulgarie pour moi. Mais le retour règle la question de l'Autriche ! Rien ne dit après tout qu'il faille rentrer par le même chemin.

— Ce qui, du coup, fait surgir un problème.

— Lequel ?

— Il te manque un guide, je plaisante en regardant le monticule de livres.

— Maman, il est quelle heure ? me demande Malone en nous rejoignant dans la cuisine, au grand désespoir de Rex.

— Il est 16 h 30, mon canard, pourquoi ?

— J'ai faim ! On peut goûter ?

Sans attendre la réponse, il s'assoit sur l'une des chaises.

— C'est pour faire quoi, tous ces livres ? enchaîne-t-il.

— C'est pour un voyage que je vais faire avec ta maman, lui explique Romy. Comme on va s'arrêter dans plusieurs pays différents, j'ai acheté un livre par pays. Et tu as raison, je prendrais bien un petit goûter, moi aussi, lui dit-elle avec un grand sourire en s'asseyant à côté de lui.

* * *

— Tu vas partir en vacances avec Rex et Romy ? me demande Malone dix minutes plus tard, la bouche pleine d'une crêpe généreusement garnie de pâte à tartiner.

— Oui, mon canard.

— Et moi ? Je vais rester ici tout seul ?

— Tu ne seras pas tout seul, il y aura papa. Et puis je vais t'inscrire la journée au centre aéré. Chaque année tu me dis que tu veux y aller pour être avec Enzo. Ce ne sera pas très long, tu verras, on sera revenues avant même que je commence à te manquer.

— Et Lalie, elle va faire quoi, elle ?

— Lalie… elle vient avec nous.

— Oh, mais c'est pas juste ! Pourquoi elle vient et pas moi ?

— Est-ce que tu aimes faire les boutiques ? intervient Romy.

— Nan, c'est toujours trop long et on s'ennuie dans les magasins, il n'y a rien à faire et on peut même pas courir ou jouer à cache-cache dans les vêtements.

— C'est bien ce que je pensais. Tu sais, pendant ce voyage on va beaucoup s'arrêter pour faire les boutiques, alors…

— Et tu seras rien qu'avec papa, ajouté-je. Entre hommes.

L'argument semble plus pertinent pour Malone que celui du shopping. Je peux lire en mon fils comme dans un livre ouvert. Être qualifié d'homme lui colle un énorme sourire sur le visage. Cela fait quelques mois qu'il me demande régulièrement quand est-ce qu'il pourra se raser ou boire du café comme papa. Mon petit garçon, plus si petit, qui aimerait devenir grand. Et passer un peu plus de temps avec son père.

— J'ai une idée ! Je vais aller écrire tout ce qu'on pourra faire avec papa ! s'exclame-t-il en sautant de sa chaise avant de se précipiter hors de la cuisine, Rex aboyant gaiement sur ses talons.

— Il est mignon, ton fils.

— Il grandit en ce moment, c'est fou.

— Tu ne m'avais pas dit qu'on partait avec Lalie. Moi, je n'y vois pas d'inconvénient, mais elle, elle en pense quoi ?

— Disons qu'elle déteste autant l'idée que de devoir manger un œil de bœuf cru...

— À ce point ?

— Elle n'a pas formulé les choses ainsi, mais ça s'en rapproche. Tu es sûre que ça ne t'embête pas qu'elle vienne avec nous ? Je ne te promets pas qu'elle sera d'une compagnie agréable. En fait, je crois que c'est pour elle que j'ai pris la décision de faire ce voyage. Pour qu'on passe du temps toutes les deux, qu'elle m'explique ce qui cloche entre nous. Qu'on retrouve cette complicité qui nous liait...

— Encore un point pour l'Italie et le trajet le plus long, alors. Il ne nous faudra pas moins d'une trentaine d'heures de route pour comprendre ce qu'il se passe dans le cerveau de cette adolescente. C'est moi ou les jeunes d'aujourd'hui sont bien plus compliqués que nous ne l'étions ?

— C'est peut-être juste qu'on ne s'en souvient plus... Si j'avais gardé mes journaux intimes de l'époque, tu aurais pu voir qu'il y avait dedans plusieurs pages noircies de « *mon père et ma mère me saoulent* ». Alors que franchement nous avions une relation bien plus harmonieuse que mes copines avec leurs parents.

— Quand j'y pense, c'est vrai qu'à 14 ans, moi, j'ai repeint ma chambre entièrement en noir à la suite de la rupture entre Dylan et Brenda, s'esclaffe-t-elle.

— Vraiment ? En noir ? Depuis un an qu'on se connaît, je ne crois pas t'avoir jamais vue avec cette couleur.

Romy, comme à son habitude, porte une robe patineuse jaune citron qu'elle a agrémentée d'un gros collier à boules de couleur turquoise.

— C'est parce que j'ai ensuite promis de ne plus mettre de noir si jamais David épousait Donna. Ce mariage a effacé la douleur de la rupture de la saison 3. J'ai repeint les murs de ma chambre en vert pomme après ce dernier épisode de *Beverly Hills*.

Je ris.

— Tu es vraiment unique en ton genre !

— J'espère bien ! Parce que c'est un travail de longue haleine d'être moi. Bon, allez, trêve de blabla, on part quand ?

* * *

Jamais je n'aurais cru prendre autant de plaisir à planifier notre itinéraire de voyage. Voyage dont l'idée n'existait pas il y a ne serait-ce que trois jours. En combinant les guides achetés par Romy et les recherches sur Internet, nous avons établi un trajet qui paraît raisonnable, avec plusieurs étapes, dont la fameuse ville de Milan, incontournable selon Romy. Six jours en tout pour rejoindre notre destination : Varna en Bulgarie. Le retour sera plus court, avec néanmoins un passage par Vienne et ses palais. Au final, en comptant deux journées sur place à Varna, nous serons absentes douze jours. Même si je n'ai pas pu m'empêcher de penser que ma phobie de l'avion nous coûtait assez cher dans l'histoire, je me suis laissé gagner par l'enthousiasme de Romy et par les promesses de toutes ces belles villes à visiter.

Au milieu de l'après-midi, alors que nous étions en plein débat sur le temps à passer à Venise – trois jours au moins, à écouter Romy –, Lalie est brièvement sortie de son antre pour faire une courte excursion vers le réfrigérateur et les sodas bien frais. Si elle a consciencieusement évité de nous adresser le moindre mot, ou le moindre regard, je devine au temps infini qu'elle a mis à choisir sa boisson et à sortir un verre du placard qu'elle n'en a pas perdu une miette. J'y vois une note d'espoir. Ce voyage, si elle n'a pas choisi d'en être, ne lui est pas totalement indifférent.

Malone, quant à lui, nous a lâchées pour jouer avec Rex quand il a compris qu'il n'y aurait aucun parc d'attractions dans notre carnet de route. Faire autant de kilomètres sans même s'arrêter dans un Disneyland… une hérésie pour un gamin de 10 ans.

Je voulais commencer à regarder les hôtels, mais il se faisait tard. Romy, de toute façon, a insisté pour s'en charger, tenant à ce que ce voyage minutieusement préparé me réserve, malgré tout, quelques surprises. Intéressant pour qui aime les surprises, ce qui est loin d'être mon cas. Et connaissant Romy, je crains le pire. Avec son côté anti-conformiste, je m'attends à ce que nous nous retrouvions à dormir dans des bulles transparentes suspendues dans le vide, ou encore au milieu d'un aquarium, entourées de poissons exotiques ou de requins. J'ai bien essayé de lui faire noter quelques critères de bons hôtels sur l'échelle de Megg, mais elle les a balayés d'un sourire, me demandant de lui faire confiance.

Faire confiance à quelqu'un qui, adolescente, a peint et repeint les murs de sa chambre en fonction de l'évolution des personnages de sa série américaine préférée, voilà qui n'est pas chose aisée…

Nous nous sommes mises d'accord pour partir dans trois jours, le temps de tout caler et de réserver les hôtels, de préparer nos valises et de tout mettre en ordre à la maison pour moi. Je culpabilise de les laisser, alors j'ai prévu de préparer plusieurs repas et de les congeler afin de faciliter les choses pour Stéphane. Je suis d'ailleurs en train de cuisiner un bœuf bourguignon, son péché mignon, lorsque je l'entends rentrer, vers 19 h 30.

Nous n'avons pas échangé le moindre mot depuis notre dispute d'hier soir. Il était déjà parti lorsque je me suis réveillée ce matin, et mon téléphone est resté vierge de message toute la journée. Ne le voyant pas entrer dans la cuisine pour m'embrasser dans le cou, comme il le fait chaque soir, je devine qu'il est monté directement pour prendre une douche et se mettre plus à l'aise que dans son costume de directeur d'entreprise.

Notre dernière querelle remonte à si loin que je ne m'en souviens même pas. Mes yeux, restés miraculeusement secs depuis ce matin, s'embuent aussitôt. J'ai toujours cru que Stéphane était mon pilier et qu'il me soutiendrait quoi qu'il arrive. L'amertume est grande de constater que la réalité est un peu différente.

Je pourrais renoncer à ce voyage, après tout. À part quelques heures passées sur des cartes et à feuilleter des guides, il n'y a rien d'irrévocable. Je pourrais reprendre le cours de ma vie, noter les choses à faire dans mon carnet, les barrer quand elles sont faites, m'occuper des enfants, faire le ménage… Peut-être même oublier d'ici quelque temps les photos de ma mère et de son amant. Stéphane recommencerait alors à m'embrasser dans le cou en rentrant le soir. Et peut-être même que, petit à petit, Lalie reviendrait à de meilleurs sentiments à mon égard.

Oui, je pourrais. Mais je n'en ai aucune envie. Même si c'est encore un peu diffus, je sens que quelque chose a changé au fond de moi. Comme si cette découverte du passé amoureux de ma mère avait fait céder la digue derrière laquelle j'avais rangé mes envies, mes rêves et certaines de mes émotions. Comme si cela m'avait obligée à regarder ma vie en face et à admettre qu'elle ne me rendait plus heureuse. À admettre également que si je peine à effectuer la moindre tâche ces derniers temps, ce n'est pas seulement parce que je suis fatiguée. Non, c'est bien plus profond que cela.

Stéphane sort tout juste de la douche lorsque j'entre dans notre chambre. Torse nu, une serviette entourée autour de ses hanches, les cheveux encore humides. Malgré les années, il est toujours aussi beau, et les battements de mon cœur s'accélèrent.

— Bonsoir, dis-je en guise de premier pas. Tu as passé une bonne journée ?

Il ne se défile pas et plante son regard dans le mien. Pourtant, j'ai du mal à identifier ce qu'il pense.

— Chargée, comme d'habitude. Nous avons fixé les dates pour le déplacement en Chine et, finalement, je ne partirai qu'en septembre. Les choses prennent plus de temps à se mettre en place que je ne le pensais.

— Tant mieux ! dis-je, soulagée que ce voyage ne tombe pas en même temps que mon absence. Cet après-midi, Romy et moi avons préparé notre itinéraire. Elle a dévalisé la librairie, tu l'aurais vue débarquer avec tous les guides qu'elle a achetés, je lance dans une tentative à peine déguisée de détendre un peu l'atmosphère.

— Vous partez quand ?

— On s'est fixées sur mercredi. Dans trois jours, donc. Et on sera de retour le dimanche de la semaine suivante.

Inutile de lui préciser que je serai absente douze jours, je le vois faire le calcul. Sans le moindre commentaire, il se dirige vers son dressing pour y choisir un jean et un tee-shirt qu'il enfile rapidement.

— Sinon, j'ai prévenu Lalie que nous l'embarquions avec nous dans cette épopée. Sur le coup, l'annonce d'un rendez-vous pour une dévitalisation dentaire aurait produit le même effet... Mais pendant que nous étions en pleine préparation, elle est descendue se servir à boire et elle n'a rien perdu de ce que nous disions. Elle ne l'admettra pas, mais au fond d'elle je pense qu'elle est plutôt contente. Après tout, on va quand même traverser quatre pays européens. Malone était un peu déçu d'apprendre qu'il restait là. Ça n'a pas duré longtemps ; quand je lui ai dit que vous alliez être entre hommes, son visage s'est illuminé. Je crois qu'il est heureux à la perspective de passer du temps rien qu'avec toi. Il s'est même précipité dans sa chambre pour noter toutes les choses que vous allez pouvoir faire tous les deux.

— Ah oui ? réagit Stéphane, le regard adouci.

— Oui. Prépare-toi à une liste de plusieurs pages. Tu pourrais peut-être prendre quelques jours de congé et profiter de ton fils ? Après tout, il doit te rester l'équivalent de six mois de vacances en stock, non ?

— Je ne peux pas m'absenter comme ça, surtout en ce moment. J'ai un travail, moi, rétorque-t-il aussitôt, sans même se donner la peine d'y réfléchir.

— Ah oui, c'est vrai, j'oubliais. Tu as un travail. Toi.

— Ce n'est pas ce que j'ai voulu dire...

— Si, je crois au contraire que c'est tout à fait ce que tu as voulu dire. Tu as un vrai travail et moi je suis à la maison. Moi, je peux faire ce que je veux de mes journées. Même ne rien faire du tout, si je le décidais. Et je peux aussi partir douze jours à l'autre bout du monde à la recherche d'un type dont je ne connais même pas le prénom. C'est exactement ça que tu voulais dire, je soupire, la gorge serrée.

125

— Megg… Chérie, reprend-il en s'approchant de moi. Je ne comprends pas ce qui nous arrive ces derniers temps. Nous sommes heureux, non ?

— Toi, tu l'es. Et sans doute que je croyais l'être aussi. Sauf que… Quand on est vraiment heureux, on n'a pas besoin de puiser chaque jour un peu plus au fond de soi pour réussir à se lever le matin, on ne pleure pas pour un oui ou pour un non. Je… je ne veux plus de cette vie-là. J'ai besoin d'accomplir quelque chose pour moi. C'est aussi pour ça que je veux faire ce voyage, pour prendre le temps de réfléchir à tout ça.

— Est-ce que ça veut dire que je dois m'inquiéter… ? me demande-t-il, hésitant.

J'aimerais lui sauter au cou et lui dire que non, il n'a aucune inquiétude à se faire. Que je l'aime, qu'il est celui que j'ai choisi d'épouser pour le meilleur et pour le pire. Parce que c'est vrai que je l'aime. Pourtant, je suis incapable de prononcer les mots que sans doute il aimerait entendre. Tout est trop embrouillé. Alors, je m'approche à mon tour de lui, entoure sa taille de mes bras et pose ma tête sur son épaule.

— Je suis désolée… Mais, ça va s'arranger, hein ?

À son tour, il enserre ma taille et pose sa tête contre la mienne.

— Je l'espère, murmure-t-il.

– 10 –

J'essaie de suivre les conseils de Romy et de ne pas mettre toute ma garde-robe dans ma valise. À l'écouter, il faudrait carrément partir avec uniquement ce que l'on a sur soi, et un bagage vide prêt à accueillir tout le butin des virées shopping*. À vrai dire, quand j'examine les vêtements rangés dans mon dressing, je ne suis pas loin de penser qu'un petit coup de frais ne ferait pas de mal. Depuis des années, je me contente de ceux que j'ai, n'achetant quelque chose de nouveau qu'en cas de besoin. Et toujours des pièces un peu classiques mais, au moins, indémodables. Mes étagères sont donc composées de pantalons noirs, jeans, chemisiers unis. Quelques robes sont suspendues sur des cintres, noires le plus souvent, afin de pouvoir accompagner Stéphane lors des cocktails ou dîners professionnels auxquels il est convié.

Ça rendait folle ma mère. Elle ne cessait de me répéter que si elle avait la chance d'avoir ma silhouette mince et élancée, elle ne cesserait de courir les magasins. À quoi cela servirait, lui répliquais-je invariablement, puisque je passe tout mon temps à la maison et que je ne vois jamais personne ?

---

* Romy, présidente !

127

De son côté, elle était complexée par des bras qu'elle jugeait un peu trop pendants et par un petit ventre contre lequel elle luttait en vain à coups d'abdominaux et de séances de gymnastique inefficaces. Elle était pourtant si belle, je songe en convoquant l'image de la femme souriante et amoureuse de la photo. Image que je chasse aussitôt pour rester concentrée sur la tâche de l'instant présent et ne pas céder à la tristesse.

Je saisis une pile de pantalons et en sélectionne trois que je dépose soigneusement dans la valise ouverte sur mon lit. J'ajoute quelques chemisiers et tee-shirts, des sous-vêtements, une veste ainsi qu'un gilet pour les soirées plus fraîches, une paire de baskets blanches en plus de la paire de ballerines que j'aurai aux pieds, ça me paraît pas mal. La valise est à peine remplie au tiers, voilà qui devrait satisfaire Romy. *In extremis*, avant de la refermer, je me rappelle qu'il faut également que je prenne un maillot de bain. Après tout, le Byala Perla est au bord de la mer, il serait dommage de ne pas se baigner. Je fouille quelques minutes dans mes tiroirs avant de mettre la main sur le seul maillot que je possède, un modèle une-pièce noir, que j'ajoute dans la valise. Classique certes, mais encore une fois indémodable.

C'est au moment de refermer le dressing que je l'aperçois. Ma sacoche contenant mon appareil photo. Un reflex que m'a offert mon père il y a une éternité. Un appareil sans doute totalement obsolète, mais dont je connaissais le fonctionnement, les atouts et les limites sur le bout des doigts. Depuis combien de temps ne m'en suis-je pas servie ?

Quasiment dix ans, le calcul est vite fait. Le souvenir en est encore cuisant. Ce que je n'ai pas dit à Romy l'autre jour, c'est que j'ai effectivement envisagé de reprendre la photographie. Lalie avait 6 ans, Malone pas loin de 2, je me disais qu'il était temps. Un matin, alors que j'étais seule, ma mère ayant pris son petit-fils pour la nuit, je me suis décidée à aller faire quelques clichés. J'étais en manque de repères et rouillée, mais je ne me suis pas dégonflée. Après une sortie de près de trois heures, de retour à la maison, j'ai décidé de poster quelques clichés sur un site de photographes amateurs. J'avais besoin de conseils mais aussi de réassurance, j'ai récolté tout l'inverse. « Cadrage digne d'un enfant de 4 ans », « Clichés sans grand intérêt », « Encore une preuve que le talent ne s'invente pas »… Il m'a fallu moins d'une minute pour effacer toutes les photographies. Un peu moins de deux pour ranger l'appareil dans sa sacoche et le ranger au fond de l'armoire.

Je me penche pour la saisir et pousse un peu la valise afin de m'asseoir sur le lit. L'appareil est intact et parfaitement rangé dans son compartiment. Je le sors et suis surprise par son poids. Je ne me souvenais pas qu'il était si lourd. J'enlève le cache de l'objectif et place un œil dans le viseur, avant de m'apercevoir que la batterie est déchargée et qu'il ne s'allumera pas. Sans trop y réfléchir, je prends le cordon de chargement, extrais la batterie de l'appareil et la branche. Le cœur battant, je range le reflex dans sa sacoche et la pose, bien calée, dans un coin de la valise. Et si j'avais eu tort il y a dix ans de renoncer aussi vite ?

J'attrape ensuite mon carnet posé sur la table de nuit et le place dans le bagage avant d'en refermer la partie supérieure. Au bout de quelques secondes, je me ravise, reprends le carnet et le remets sur la table de nuit. Je sens comme un poids s'alléger. Ce n'est pas la mère de famille, la femme qui gère le quotidien, les enfants et la maison, qui part pour quelques jours de vacances. C'est Megg, et seulement Megg.

* * *

Dans sa chambre, Lalie est également en train de boucler ses bagages. Contrairement à moi, elle semble avoir des difficultés à fermer sa valise, que je devine bien trop chargée avant même de la soupeser.

— Tu devrais peut-être enlever quelques bricoles. Tu as entendu Romy, on va dévaliser les boutiques. Tu veux que je t'aide ?

D'un mouvement d'humeur, ma fille repousse sa valise et s'assoit sur son lit, la tête enfoncée dans ses épaules.

— Fais comme tu veux. De toute façon, y a plus rien qui me va, alors… Tout est moche.

J'aperçois des larmes poindre au coin de ses yeux, qu'elle efface aussitôt d'un geste rageur.

— Qu'y a-t-il, ma princesse ? je lui demande en poussant la valise à mon tour afin de me faire une place et de m'asseoir à côté d'elle.

— Y a rien. Juste que je suis grosse et qu'on ne voit que ça, quels que soient les vêtements que je porte.

Je suis partagée entre la joie que ma fille, enfin, me confie quelque chose et la peine de la sentir aussi mal.

— Toi, grosse ? Première nouvelle ! Je crois que tu n'as pas bien dû te regarder dans la glace.

— Si, justement, je me regarde. Mais de toute façon, tu peux pas comprendre, me lance-t-elle d'une voix pleine de colère. Laisse-moi, je vais enlever des trucs au hasard et je te rejoins dans la cuisine tout à l'heure.

Pour ne pas me donner le loisir d'ajouter quelque chose, elle se lève, tire sa valise et, sans un regard vers moi, commence à vider tout ce qu'elle y avait entassé.

Je n'insiste pas. Nous aurons tout notre temps pour parler lorsque nous serons coincées dans la voiture et qu'elle ne pourra pas m'éjecter.

* * *

Dans la cuisine, Malone est en train de dévorer les deux grosses tartines de pain beurrées à la confiture de rhubarbe qu'il m'avait demandé de lui préparer hier soir.

— Je ne pensais pas que tu réussirais à avaler tout ça !

— J'ai trop faim, je pourrais même manger un ours. Et puis, je dois prendre des forces pour aller au centre aéré. Est-ce que tu sais ce qu'on va faire aujourd'hui ?

— Je crois me souvenir que les animateurs ont prévu une maxi chasse aux trésors.

— Trop chouette ! Comme dans « Koh-Lanta ». Je vais pouvoir leur montrer ma boussole. Tu crois que je peux l'emmener ?

— Oui, à mon avis ils n'y verront pas d'inconvénient. Mais fais-y attention et ne la perds pas, surtout.

Cette boussole appartenait à mon père, ma mère la lui a donnée l'année dernière à force de le voir lorgner dessus à chacune de ses visites.

— T'inquiète, je ferai bien attention, dit-il en mordant dans sa tartine.

— Tu te souviens que c'est papa qui viendra te chercher ce soir ? Lalie et moi on part ce matin avec Romy pour notre voyage.

— Est-ce que vous partez longtemps ?

— Une dizaine de jours. Mais je suis sûre que tu ne vas pas t'ennuyer. Tu iras au centre aéré la journée et tu pourras faire plein de choses avec papa le soir et le week-end.

— J'espère que papa il voudra bien m'aider à construire ma maquette de buggy que j'ai eue à Noël. Il promet à chaque fois, mais il a jamais le temps.

— Tu sais quoi ? On va mettre la boîte sur la table de la cuisine, comme ça, il n'aura pas le choix.

— Ah ouais, bonne idée ! Je vais aller la chercher !

Ni une, ni deux, il saute du tabouret où il était assis et se précipite dans sa chambre pour en rapporter la maquette en question. J'espère que Stéphane profitera de mon absence pour passer un peu plus de temps avec son fils.

* * *

À 10 heures, après avoir accompagné Malone au centre aéré et bouclé nos bagages, Lalie et moi rejoignons Romy devant chez elle. Pour des raisons pratiques, nous voyagerons dans sa voiture, une automatique spécialement adaptée à son handicap. La mienne, une familiale, aurait sans doute été plus confortable, mais il ne nous aurait pas été possible de nous relayer, faute pour Romy de pouvoir la conduire.

Avant même que nous n'atteignions la porte d'entrée, Romy l'ouvre. Elle a revêtu pour l'occasion une robe rouge coquelicot qu'elle a agrémentée d'une grosse ceinture en vinyle orange, assortie à la couleur de son immense capeline et de ses sandales. De son bras valide, elle pousse une valise vert pomme que l'on devine particulièrement légère, et elle porte Rex dans un sac de transport en bandoulière de l'autre côté.

— Attends, je vais t'aider, dis-je aussitôt en lui prenant la petite chienne. C'est moi, ou ta valise semble bien vide ?

— Ce n'est pas toi. J'ai pris uniquement des sous-vêtements et une tenue de rechange pour demain.

— C'est tout ? s'étonne Lalie.

— Oui. Je ne voudrais pas risquer de manquer de place pour ranger tout ce que je compte acheter demain à Milan. Ma voiture n'étant pas très grande, il n'y aurait pas de place pour une quatrième valise.

En effet, il nous faut une bonne vingtaine de minutes, et plusieurs essais, pour trouver le meilleur agencement des bagages dans le coffre et à l'arrière de la voiture, tout en gardant une place pour Rex, tranquillement couchée dans son sac de transport, pas le moins du monde perturbée par le départ imminent.

— Tout le monde est prêt ? s'enquiert Romy après s'être installée derrière le volant. Bulgarie, nous voilà !

Elle jette un coup d'œil dans son rétroviseur, déboîte et, après avoir klaxonné pour saluer d'hypothétiques voisins à leur fenêtre, appuie sur l'accélérateur. Premières minutes d'un périple de douze jours dans lequel je mets beaucoup d'espoir. Oui, Bulgarie, nous voilà !

– 11 –

Que se passe-t-il lorsque vous réunissez deux presque quarantenaires dans une voiture pour un long périple et une première étape de plusieurs heures ? Eh bien, la playlist est quelque peu... datée. Mais néanmoins, festive et entraînante. Depuis que nous sommes parties, nous enchaînons les tubes de nos 15 ans, les chantant à tue-tête au grand dam de ma fille qui lève régulièrement les yeux au ciel. Il faut dire que le son est si fort qu'elle ne doit plus entendre sa propre musique.

— « Comme un oiseau dans le ciel et maître de l'espaaaaace, il m'en a fallu du temps pour pouvoir trouver ma place... », chanté-je avec enthousiasme. Monte le son, monte le son, j'adorais cette chanson ! J'ai dû l'écouter jusqu'à l'écœurement à l'époque. Ophélie Winter, tu connais, ma princesse ? je demande aussitôt à ma fille.

À vrai dire, je ne sais pas pourquoi je lui pose la question parce que chaque fois sa réponse est identique :

— Non.

Nullement stoppées dans notre élan par cette inculture musicale flagrante, Romy et moi nous lançons en chœur dans le refrain :

— « Dieu m'a donné la foi, qui brûle au fond de moi, j'ai dans le cœur cette force qui guide mes pas, Dieu m'a donné la foi, un petit je ne sais quoi, j'ai dans le cœur cette force qui guide mes pas... Dieu est là, en moi, pour toi[*], c'est la lumière qui guiiiide noooos pas. »

Les kilomètres défilent beaucoup plus vite lorsque l'on chante, c'est indéniable !

— « Pour que tu m'aimes encooooooooore, que tu m'aimes encooooooore. »

Ça passe encore plus vite sur du Céline Dion ! Rex aussi doit être fan parce qu'elle ajoute quelques aboiements à nos vocalises. Ou alors nos aigus lui vrillent les tympans...

Heureusement pour nous, la météo ne nous tient pas rigueur de nos piètres qualités de chanteuses, le soleil reste au beau fixe. Après une pause déjeuner d'une petite heure au cours de laquelle Romy et moi nous sommes régalées des sandwichs que j'avais préparés, alors que Lalie, elle, y a à peine touché, nous reprenons la route direction Thonon-les-Bains, notre première étape.

Le karaoké en mode années quatre-vingt-dix terminé, le reste de l'après-midi est plus calme. Ma fille somnole, et Romy et moi nous relayons au volant. Il n'y a pas grand monde sur la route en ce mercredi de début juillet, ce qui nous permet de discuter sans être trop stressées par un trafic dense.

— Au fait, j'ai eu une réponse de la boîte de production pour notre essai de l'autre jour.

— Déjà ?

— Apparemment, ils veulent commencer les tournages pour un test diffusion dès la rentrée. Hélas, ils n'ont pas retenu nos candidatures pour les premiers enregistrements, m'informe-t-elle avec une pointe de déception dans la voix.

— Je suis désolée, Romy, si je n'ai pas été à la hauteur...

---

[*] « ... Ô moi, pour toi, c'est ça, yeaaaaaaah, lalalalaa. »

— Il ne faut pas ! Il est fort probable que ça n'ait aucun rapport avec toi, d'ailleurs.

— C'est Lalie qui va être soulagée ! Elle était en panique à l'idée que tout le monde puisse me voir à la télévision.

— Ah bon ? C'est bizarre, ça. Si j'avais une mère comme toi, je serais plutôt fière, moi, au contraire.

— Mouais…, dis-je, pensive. Et si c'était ça justement, le problème ?

— Comment ça ?

Avant de poursuivre, je me retourne vers les sièges arrière pour vérifier que Lalie est toujours bien endormie.

— Je repense tout à coup à quelque chose qu'elle m'a dit ce matin. Elle avait des difficultés à choisir quoi mettre dans sa valise, rien ne lui plaisait. Parce qu'elle est trop grosse, d'après elle.

— Lalie ? Grosse ? On ne doit pas avoir la même définition du mot.

— C'est ce que je lui ai répondu. Mais elle a aussitôt rétorqué que je ne pouvais pas comprendre, de toute façon. Une fois encore avec beaucoup de colère. Tu crois que… c'est moi, le souci ?

— Si elle se sent mal dans sa peau, c'est possible que t'avoir en face d'elle chaque jour ne l'aide pas…

— Mais pourquoi ?

— Tu es dans le genre canon, Megg. Grande, mince, avec de longs cheveux magnifiques. Certes ton look manque de couleurs, mais tu restes classe. Moi, je peux comprendre. Ce n'est pas simple d'avoir une mère au physique parfait.

— Ce n'est pourtant pas une chose à laquelle je prête attention au quotidien. Loin de là, même ! Je ne fais pas de sport, je ne me maquille pratiquement jamais, l'esthéticienne a dû me voir une seule fois trois jours avant mon mariage…

137

— Mais ta fille est une adolescente, elle ne voit sans doute pas les choses comme ça. Et puis, elle est Sagittaire, ne l'oublie pas.

— Tu sais bien que je ne suis pas une adepte de tous ces trucs d'astrologie.

— À ta guise. Il n'empêche que les Sagittaires ont souvent tendance au dénigrement, ça n'aide pas pour l'estime de soi.

— Et quand on est Vierge, c'est quoi le souci alors ?

— La non-verbalisation de ses émotions ? Ou en tout cas des difficultés à exprimer ce que l'on ressent, les Vierges ont tendance à tout garder à l'intérieur.

En même temps, ce n'est pas toujours facile d'exprimer ce que l'on ressent, pensé-je aussitôt, comme pour me défendre.

— Il n'y a pas à dire, de toute façon, les meilleurs sont les Lions. Je ne cesse de le répéter.

— Tu es née un jour avant moi, tu es peut-être plus Vierge que Lion.

— Mon Dieu, non ! Je te propose de recommencer à chanter plutôt que de proférer des énormités. Tu te souviens d'Alliance Ethnik ?

— « Oui le sujet est ouvert de manière claire, aucune ambiguïté nos rapports sont sincères, oui je vous parle de respect et je vous parle de cette valeur qui se perd en effet », je réplique du tac au tac, ravie que la mémoire qui avait tendance à me faire défaut ces derniers temps me revienne si facilement.

* * *

C'est en fin d'après-midi que nous arrivons enfin à destination, notre première étape : Thonon-les-Bains. Romy a réservé deux chambres dans un superbe hôtel quatre étoiles qui fait face au lac Léman. Depuis que nous sommes dans la chambre, je me perds dans la contemplation des eaux magnifiquement bleues du lac. Pour une fin de journée ensoleillée comme celle-ci, c'est d'une beauté à couper le souffle.

Lalie est allongée sur l'un des deux lits, sur le ventre, à contempler l'écran de son téléphone et un épisode d'une série dont je suis quasi certaine d'ignorer le nom.

— Ça te dit, ma princesse, qu'on aille se baigner ? Romy a proposé d'aller nager un peu avant de dîner.

— Je préfère rester ici.

— Lalie, s'il te plaît ?

— Je suis fatiguée, et puis de toute façon je n'ai pas pris de maillot de bain.

— Comment ça ? Je t'avais pourtant dit de ne pas oublier d'en emporter un. Nous serons au bord de la mer en Bulgarie, tu sais.

— Oui, et ? C'est pas pour autant qu'on est obligées de se baigner.

Elle replace son écouteur dans son oreille et reprend le visionnage de son épisode. Je devrais insister, l'obliger à venir avec nous. Mais les sept cents kilomètres parcourus aujourd'hui pèsent assez lourd en cette fin de journée. Je n'ai ni le courage, ni l'énergie nécessaire pour me lancer dans la conversation qu'il va pourtant falloir aborder avec ma fille. Je la laisse donc tranquille pour ce soir.

Et prends note mentalement de lui acheter un maillot de bain demain. Hors de question qu'elle continue à se dissimuler comme ça sous des vêtements trois fois trop grands pour elle.

* * *

Lorsque je rejoins Romy dans le hall de l'hôtel, elle est assise dans l'un des fauteuils, en pleine conversation avec une inconnue, sans doute une cliente de l'hôtel.

— Ingrid, je te présente mon amie Megg. Megg, voici Ingrid. Elle séjourne ici quelques jours avant que son mari ne la rejoigne.

— Bonsoir, dis-je à l'intention de la dénommée Ingrid, qui me salue avant de prendre congé.

— J'ai été ravie de faire ta connaissance, déclare-t-elle à Romy. Bonne chance pour la Bulgarie !

— Lalie n'est pas avec toi ? me demande Romy sans transition.

— Non… Elle est fatiguée et trouve bien plus intéressant de regarder une série que de se baigner avec nous. Pourquoi cette femme nous a-t-elle souhaité bonne chance pour la Bulgarie ? Tu lui as parlé de ma mère ?

— Mais non, jamais je ne ferais ça. Je lui ai juste dit que nous recherchions un lointain cousin. Ingrid a beaucoup voyagé, elle est hôtesse de l'air, alors j'ai pensé qu'elle pourrait peut-être nous faire bénéficier de ses bons plans. Hélas, elle vole principalement sur des lignes à destination des États-Unis. C'est d'ailleurs comme ça qu'elle a rencontré son mari, lors d'une escale à New York.

— Et tu as appris tout ça en discutant moins de dix minutes avec elle ?

— Oui, pourquoi ?

— Pour rien. Juste, tu m'impressionnes. Tu as une incroyable capacité à te lier avec les gens. Moi, il me faut des semaines avant d'avoir une discussion spontanée avec quelqu'un.

— Si je dois remercier ma mère pour quelque chose, c'est bien pour ça. Quand j'étais petite, elle me disait que si je voulais avoir une chance de me faire des amis, il ne fallait pas que j'hésite à aller vers les autres. Elle craignait que mon handicap soit un frein. Je ne crois pas l'avoir beaucoup écoutée dans ma vie, sauf à ce sujet.

— Tu n'en parles pas souvent... de ton handicap.

— Ça fait partie de moi, souligne-t-elle en caressant son moignon avec sa main gauche. La plupart du temps, je n'y pense pas. Toi, tu es habituée à avoir tes deux mains, moi je n'en ai qu'une, c'est comme ça. Au final, ça ne m'a jamais empêchée de faire quoi que ce soit. De toute façon, je m'étais promis que ce ne serait pas un obstacle, jamais. Mais ça n'a pas toujours été facile. Moi aussi j'ai été une adolescente, comme ta fille, avec cette envie de ne pas être différente, de se fondre dans le moule. J'ai eu mon lot de moqueries et de surnoms aussi débiles que méchants. Mais très vite, j'ai décidé que ça ne me définirait pas.

— Ta mère doit être très fière.

— Je ne sais pas. Elle n'est pas du genre causant avec ses enfants. Autant te dire que je détonne dans les repas de famille ! glousse-t-elle avant d'éclater de rire. Bon, on va se baigner ? Je ne voudrais pas laisser Rex trop longtemps toute seule dans la chambre. Tu aurais vu le regard lourd de reproches qu'elle m'a lancé lorsque j'ai fermé la porte...

* * *

L'eau du lac est délicieusement rafraîchissante en cette fin de journée d'été plutôt chaude. Si Romy est déjà retournée s'allonger sur sa serviette afin de profiter des derniers rayons de soleil, de mon côté, je continue à nager. Pendant de longues minutes, je ne pense plus à rien hormis coordonner les mouvements de mes bras et de mes jambes. Avant d'avoir les enfants, j'allais régulièrement faire des longueurs à la piscine. Moi qui n'ai jamais été une grande sportive, je pouvais les enchaîner pendant plus d'une heure sans ressentir la moindre fatigue. Rien de tel pour se libérer l'esprit.

— J'avais oublié à quel point c'était agréable de nager, dis-je à Romy après l'avoir rejointe.

— Et moi de se faire bronzer, ajoute-t-elle de la voix pâteuse de quelqu'un qui était sur le point de s'endormir.

À nous voir allongées côte à côte, elle dans un bikini turquoise à grosses fleurs blanches et moi dans mon une-pièce uni noir, nous sommes les incarnations féminines de Laurel et Hardy.

— Tu me feras penser qu'il faut que j'achète un maillot de bain pour Lalie demain. Elle a oublié d'en prendre un.

— Elle a oublié, ou elle l'a fait exprès ?

— À vrai dire, je ne sais pas trop. J'aimerais qu'elle l'ait simplement oublié. Mais j'ai un peu de mal à le croire. Pourtant, elle n'avait jamais eu de souci avec son corps jusque-là.

— Tu veux dire avant qu'il ne se transforme en corps de femme ?

— Je voudrais tellement qu'elle voie combien elle est jolie. Et qu'elle abandonne ses sweats quatre fois trop grands pour elle.

— Si demain je réussis à la convaincre de s'acheter un truc sympa et à sa taille, tu t'achètes un maillot de bain plus fun que ta combinaison de nonne ? me défie Romy.

— Pour quoi faire ? Celui que j'ai est encore en parfait état.

— Megg, Megg, Megg... Fais-moi confiance, tu as besoin d'un autre maillot. Et d'une paire de sandales.

— Qu'est-ce qu'elles ont, mes ballerines ?

— Elles retiennent tes orteils en otage ! Un orteil enfermé dans une chaussure l'été, c'est comme un fromage 0 % de matière grasse, ça ne devrait pas exister !

Aussitôt, l'image de mes orteils revendiquant de l'air avec de minuscules pancartes qu'ils soulèvent en rythme s'impose à moi et je ne peux m'empêcher de rire.

Après une soirée sympathique bien qu'écourtée pour cause de bâillements intempestifs chez les convives, une nuit sans réveil et un copieux petit déjeuner, nous voilà de nouveau toutes les trois dans la voiture. Direction l'Italie où nous allons passer deux jours, et visiter Milan, Vérone et Venise.

Les kilomètres s'égrènent rapidement sous un soleil radieux, et je suis presque surprise lorsque les panneaux annoncent que nous ne sommes plus très loin de Milan. Romy est au comble de l'excitation.

— Nous approchons du temple de la mode, les filles ! À nous les boutiques !

J'acquiesce sans conviction. À la différence de ma mère, je n'ai jamais eu une grande passion pour le shopping. Il faut dire que, lorsqu'on achète utile, il y a peu d'occasions de se rendre dans les magasins.

Il est à peine midi quand Romy gare la voiture dans le parking souterrain qu'elle avait repéré avant notre départ. À l'extérieur, la chaleur est accablante, le mercure doit frôler les trente-cinq degrés. Je reconnais que je ne suis pas au mieux dans mon pantalon noir et mes fidèles ballerines. J'entortille tant bien que mal mes longs cheveux pour les faire tenir avec une pince au-dessus de ma nuque.

Romy, dans son combishort à carreaux vichy jaune et ses sandales plates à petites brides, semble bien plus à l'aise. Avec ses énormes lunettes de soleil et sa capeline – Rex dans son sac en bandoulière –, elle est rayonnante.

Si Lalie ne se plaint pas, je devine sans mal qu'elle doit, elle aussi, avoir très chaud dans son jean et ses baskets. Si c'est ce qui nous attend pour tout notre séjour, Romy a raison : il va falloir faire quelques ajustements vestimentaires.

Mais avant cela, nous nous attablons à la terrasse d'un restaurant, sous une arche de glycine odorante, pour notre premier repas italien.

— Parlons peu mais parlons bien, Lalie, quelles sont tes couleurs préférées ? demande Romy à ma fille tout en sirotant une gorgée de son spritz que le serveur vient d'apporter, accompagné d'une gamelle d'eau fraîche pour Rex dont la langue pendante a dû l'émouvoir.

— Mes couleurs préférées ?

— Oui, que je me fasse une idée de ce qui pourrait te plaire tout à l'heure. Il paraît que tu as oublié ton maillot de bain, et, avec une chaleur pareille, tu ne peux pas rester en jean.

— Tu vas aussi lui faire une remarque sur ses orteils pris en otage ? je plaisante.

— J'aimerais bien, mais je sens que le combat va être trop difficile à mener. Alors je vais me concentrer sur le principal et fermer les yeux sur ces pauvres et misérables orteils qui doivent souffrir le martyre, enfermés dans des chaussettes, sous le cuir de ces baskets.

Lalie me jette un regard en coin derrière ses lunettes. Elle a beau essayer de le réprimer, un sourire lui tord les lèvres malgré elle.

— J'aime bien le bleu marine et le gris.

146

— Ce ne sont pas des couleurs, ça ! Je reformule ma question : hormis le gris, le bleu marine et le noir, quelles sont les *couleurs* que tu aimes ?

Alors que le serveur dépose devant nous des assiettes fumantes de *risotto alla milanese*, je ne résiste pas à en prendre une bouchée, quitte à m'ébouillanter les papilles.

— J'aime bien le violet. Et l'orange aussi, répond Lalie.

— À la bonne heure ! L'orange est ma couleur préférée. Dépêchons-nous de manger, le shopping nous appelle !

* * *

À peine quarante-cinq minutes, un risotto brûlant et une part de délicieux tiramisu plus tard, nous arpentons la via Corso Como, longeant les cafés et les petites boutiques de créateurs. D'un œil expert, Romy examine les devantures avant de s'engouffrer dans l'une d'elles. Nous la suivons et découvrons un espace tout en longueur et ô miracle, climatisé. Sur de jolis cintres en bois sont exposés une multitude de robes, tops, vestes et pantalons fluides aux tons et motifs lumineux.

— Voilà un magasin comme je les aime ! s'exclame Romy, les yeux brillants.

— *Buongiorno signore*[*][1], nous accueille la vendeuse. *Cosa posso fare per lei ?*

— *Diamo un'occhiatta, grazie mille*[2], lui répond Romy, hésitante, les yeux rivés sur son téléphone.

— Je ne savais pas que tu parlais l'italien.

— Je ne le parle pas, mais je me suis fait un petit lexique des phrases utiles pour le shopping. Merci Google traduction.

---

[*] Toutes les traductions se trouvent en fin d'ouvrage.

Je n'avais jamais accompagné Romy faire les magasins et je dois dire que c'est un spectacle assez fascinant à voir. Elle se poste au bout d'un portant puis observe les vêtements qu'il contient un par un. L'examen ne dure pas plus de quelques secondes, mais il est minutieux. Quand le vêtement lui plaît, elle le prend et le place sur son bras. Et ainsi de suite de portant en portant. Au fur et à mesure, elle me tend également quelques pièces, qu'elle agrémente d'une petite phrase comme « Tu devrais essayer cette robe » ou « Je suis certaine que cette couleur t'irait à ravir ». Au bout d'une vingtaine de minutes, après avoir fait le tour de la boutique, Romy se dirige vers les cabines d'essayage avec au bas mot une quinzaine de vêtements à enfiler.

Heureusement pour moi, elle m'en a sélectionné beaucoup moins. Ce qui est toujours dix fois plus que ce que j'aurais regardé si j'avais été seule.

— Je n'ai rien vu pour toi, ma grande, dit-elle, un peu dépitée, à Lalie avant de refermer le rideau de la cabine d'essayage sur elle. Ce n'est pas vraiment une boutique pour une adolescente de ton âge. Mais ne t'inquiète pas, à quelques pas d'ici il y a une enseigne où l'on devrait trouver ton bonheur.

Persuadée que Romy allait l'obliger à essayer l'une des robes à motifs qu'elle tient dans ses mains, Lalie pousse un soupir de soulagement. Avisant un pouf à l'entrée du couloir des cabines, elle s'assoit dessus et installe Rex sur ses genoux. La chienne aboie aussitôt, ravie de ce confortable promontoire.

J'accroche les tenues sur la patère d'une cabine et referme à mon tour le rideau. J'enfile au hasard une première robe. De couleur moka glacé à pois blancs, sans manches, avec un décolleté en forme de cœur, elle est d'une incroyable légèreté. Je m'observe sous toutes les coutures et suis surprise de me trouver plutôt jolie dans cette tenue pourtant très différente de ce que je porte habituellement.

Pendant une quinzaine de minutes, je passe et j'enlève les robes choisies pour moi par Romy, étonnée de les aimer toutes.

La dernière est une robe blanche fluide à petites bretelles, avec sur le bas de la jupe un large galon à motifs multicolores. Je ne résiste pas à l'envie de sortir une tête hors de la cabine afin d'avoir l'assentiment de ma fille.

— Qu'en penses-tu, ma princesse ? Comment je suis ?

L'espace d'un instant, je retrouve le regard de ma petite fille, celui qu'elle portait sur moi il y a encore quelques mois. Cela ne dure hélas qu'une poignée de secondes.

— Elle te va bien, me concède-t-elle du bout des lèvres.

— Tu es canon dans cette robe, Megg ! Tu dois la prendre ! s'enthousiasme Romy, quittant à son tour sa cabine d'essayage.

De son côté, elle arbore une robe trapèze verte avec un énorme motif palmier brodé en travers.

— Toi aussi, tu es superbe !

— J'aime assez, dit-elle en se contorsionnant pour se voir en entier dans la glace. Elle sera parfaite avec une paire d'espadrilles compensées.

— Attends, qu'est-ce que tu viens de dire ? Toi, la membre la plus émérite du club des orteils à l'air, tu viens d'affirmer que tu allais les enfermer dans des espadrilles ?

— Oui, pour des espadrilles, on a le droit de faire une exception. C'est d'ailleurs écrit dans les statuts du club. Je te les ferai parvenir si tu ne me crois pas. Bon, je pense que je vais tout prendre, déclare-t-elle en ramassant l'ensemble des tenues qu'elle vient d'essayer. Eh bien, quoi ? se sent-elle obligée d'ajouter devant ma tête incrédule. Ma valise est vide, il faut bien que je la remplisse.

Je suis plus raisonnable et ne sélectionne que quatre robes parmi les dix que j'avais en cabine. Non pas que les autres ne me plaisent pas, mais il serait dommage qu'elles restent suspendues à un cintre dans mon dressing, une fois de retour à la maison.

— Et maintenant, c'est ton tour, Lalie ! s'exclame Romy. Ne crois pas t'en sortir à si bon compte !

* * *

— Allez, Lalie, sors de la cabine et montre-nous.

— Est-ce que je suis obligée ? geint ma fille d'une petite voix derrière le rideau de sa cabine d'essayage.

— Oui ! insiste Romy. Tu te souviens quand tu étais petite, et que l'on te disait que tu n'étais pas obligée de tout manger mais que tu devais au moins goûter ? Eh bien, là, c'est pareil. Tu n'es pas forcée d'acheter, mais tu dois au moins nous montrer.

Je réussis à étouffer un rire devant cette curieuse analogie, gageant que ma fille ne sortira jamais si elle m'entend rigoler.

— Allez, ma princesse, je suis certaine que tu es magnifique, je l'encourage à mon tour.

Lentement, le rideau s'écarte et nous voyons apparaître une jeune fille en short fluide taille haute bleu ciel et top violet à bretelles sur lequel est inscrit *Wonder Woman* en orange. Depuis de longs mois, elle est cachée derrière ses vêtements trop larges et je n'avais pas remarqué combien le corps de ma petite fille s'était épanoui. C'est une femme que j'ai devant moi.

— Mais tu es superbe, ma puce !

Verdict validé par Rex qui s'est redressée sur ses pattes sur les genoux de Romy et aboie deux fois, en remuant la queue.

— Je suis affreuse. Mes cuisses sont boudinées, mon ventre dépasse du short. Et on ne voit que mon énorme tache, conclut-elle en nous montrant avec un rictus dégoûté son mollet droit.

Lalie est en effet née avec un angiome assez étendu sur le mollet, qui ne s'est jamais vraiment atténué avec le temps malgré les propos rassurants du pédiatre. C'est la première fois, je crois, que je l'entends s'en plaindre. Alors qu'elle devait avoir 4 ou 5 ans, elle m'avait demandé de lui expliquer ce que c'était, puis était passée à autre chose, apparemment satisfaite de mes explications. Après tout, les angiomes sont bénins et plutôt courants. Je découvre aujourd'hui que cette particularité ne fait pas bon ménage avec l'adolescence.

— J'ai l'air d'un monstre ! s'exclame-t-elle, au bord des larmes.

Le regard de ma fille croise celui de Romy. Le temps est comme suspendu.

— Je ne voulais pas dire… Pardon, Romy.

— Pourquoi est-ce que tu me demandes pardon ? s'enquiert Romy, nullement troublée. C'est par rapport à mon handicap, c'est ça ? Rassure-toi, je ne le prends pas pour moi. Je suis une femme née avec une seule main, comme toi, tu es une jeune fille née avec un angiome. Je ne vois aucun monstre par ici en ce qui me concerne. Ni ici, ni ailleurs.

— Je t'assure que tu es jolie, ma princesse ! Il doit y avoir un souci avec les verres de tes lunettes, parce que je t'assure que je ne vois aucune cuisse boudinée, ni aucun ventre qui dépasse. Moi, ce que je vois, c'est une jeune femme dont le sourire fait apparaître deux adorables fossettes sur ses joues, avec de longues et magnifiques jambes qui ne demandent qu'à prendre le soleil, une taille marquée et une jolie poitrine. Franchement, il n'y a rien du tout à cacher.

— C'est facile pour toi de dire ça ! Tu es super belle ! me lance-t-elle d'un ton presque méchant avant de fondre en larmes. Tu ne sais pas ce que c'est d'avoir une mère qui pourrait être mannequin ! Chaque fois qu'elles te voient, les filles me répètent que tu es canon, que tu t'habilles trop classe, que ça doit être trop cool d'avoir une mère comme toi. Mais c'est naze, en fait. Parce qu'à côté de toi, je suis forcément moche et grosse.

Elle sanglote à présent. J'étais donc dans le vrai. Si ma fille se sent mal dans sa peau, c'est parce qu'elle ne se trouve pas jolie lorsqu'elle se compare à moi.

— Oh, ma puce…, dis-je avant de me lever et de la prendre dans mes bras. Toi aussi, tu es belle. Je ne sais pas ce qu'Astrid ou Jade ont pu te mettre dans le crâne, mais il n'y a rien qui cloche chez toi. Rien du tout. Non seulement tu es jolie, mais en plus tu es drôle, pleine de vie et généreuse. Enfin, sauf lorsque tu gardes ce genre de choses pour toi. Tu sais que tu peux tout me raconter, ma princesse. C'est à ça que sert une mère.

Dans le reflet du miroir, je vois Romy se lever dans mon dos.

— Je vais aller promener Rex dehors. Tout ça, c'est beaucoup trop d'émotions pour son petit cœur de yorkshire, souffle-t-elle à voix basse.

Pendant quelques minutes, Lalie et moi restons plantées là, devant la cabine d'essayage, avant qu'elle ne s'éloigne et retire ses lunettes pour essuyer ses yeux encore pleins de larmes.

— Je n'ai jamais osé porter de short de ma vie, avoué-je pour rompre le silence. À vrai dire je ne mets jamais rien de court.

— Pourquoi ?

— Parce que j'ai toujours détesté mes genoux. Quand j'étais en primaire, un garçon de ma classe – il s'appelait Julien – se moquait de moi lorsque nous allions à la piscine, à cause de mes genoux qu'il jugeait trop gros par rapport à mes jambes. Il m'avait surnommée « os de mammouth ».

— Sérieux ? Os de mammouth ? répète Lalie, incrédule.

— Oui. Et ça m'a suivie jusqu'au collège. Pendant des années, j'ai eu mes genoux en horreur. Même à la plage, quand j'y allais l'été avec mes parents, je refusais de me mettre en maillot de bain. À l'époque, on parlait beaucoup des méfaits des rayons UV pour sensibiliser la population, et notamment les femmes qui se faisaient bronzer seins nus. On n'en voit plus beaucoup aujourd'hui, mais quand j'avais ton âge, la pratique était courante. C'était facile pour moi de reprendre l'argument et de refuser de m'exposer.

— Je ne vois pas ce qui cloche avec tes genoux, énonce-t-elle, sceptique. Ils m'ont l'air très bien.

— Je ne vois pas, moi, ce qui cloche avec tes cuisses, elles m'ont l'air très bien, répliqué-je avec un sourire.

— Tu dis ça parce que tu es ma mère. Les mères ne sont jamais objectives. Je suis sûre que MamieLuce t'affirmait, elle aussi, que tu avais de beaux genoux.

— Oui... Et aussi qu'à ma place elle utiliserait l'un de mes os de mammouth pour en mettre un coup dans les noisettes de Julien.

Lalie se met à rire.

— C'est vrai ? Elle te disait ça ?

— Ça, et des tas d'autres choses ! Ta grand-mère était une femme exceptionnelle qui ne se laissait pas faire.

Une femme dont je croyais tout connaître. Une femme qui pourtant en aimait un autre en secret, je songe en repensant à l'image de ma mère sur la photo.

— Moi, je crois que tu devrais prendre ce short et ce top. Je promets de ne pas t'obliger à les mettre. Mais, au moins, ils seront dans la valise pour… disons le jour où tu auras beaucoup trop chaud dans tes jeans.

— Je valide ce que vient de proposer ta mère ! ajoute Romy qui vient de nous rejoindre. Tu pourras ajouter ces deux ou trois maillots de bain, dit-elle en montrant les pièces qu'elle tient dans la main. Comme je sens que tu ne voudras pas en essayer un seul, je me suis permis de te faire une petite sélection. Mon préféré étant celui-ci, indique-t-elle en nous montrant le premier, un maillot de bain turquoise avec une coupe asymétrique.

Derrière ses lunettes, Lalie ouvre des yeux ronds.

— Jamais je n'oserai mettre un truc comme ça ! s'exclame-t-elle.

— Il est superbe pourtant, lancé-je. Je suis certaine qu'il t'irait à ravir.

— Ça tombe bien qu'il te plaise, Megg, j'ai pris exactement le même pour toi !

À mon tour d'ouvrir de grands yeux. Pour la seconde fois en l'espace d'une demi-heure, Lalie se met à rire. Elle ne le conçoit sans doute pas ainsi, mais l'avoir obligée à nous accompagner dans ce voyage était la meilleure chose à faire.

— Je ne voudrais pas vous presser, les filles, mais l'heure tourne ! Nous n'en sommes qu'au début de la rue et il nous reste encore la mission libération des orteils à accomplir.

Lalie retourne dans la cabine pour se rhabiller.

— Ça va ? murmure Romy à mon intention.

Je m'écarte du rideau et gratifie Rex d'une caresse, avant d'adresser un sourire rassurant à Romy. Oui, je crois que ça va aller, maintenant.

* * *

Trois heures de shopping plus tard, mission accomplie pour Romy : sa valise est pleine à craquer et, de fait, difficile à fermer. Il a d'ailleurs fallu l'aide de Lalie et de mon postérieur pour y parvenir. Nous avons enchaîné les boutiques et les cabines d'essayage, les bras toujours plus chargés de sacs, obligeant même Rex – affront suprême – à avancer sur ses propres pattes. Après le premier essayage de short, ma fille s'est peu à peu déridée, acceptant sans trop rechigner d'en passer d'autres. Je n'en mettrais pas ma main à couper, mais, alors qu'elle se regardait sous toutes les coutures, vêtue d'un short en jean délavé et effiloché et d'un ample débardeur blanc, je crois même avoir décelé l'ombre d'un sourire sur son visage.

Elle a en revanche refusé tout net de libérer ses orteils qui vont donc rester emprisonnés dans leurs baskets, les pauvres, pendant tout notre périple. Cet échec cuisant n'a fait que renforcer la motivation de Romy à délivrer les miens, usant pour cela d'une force de persuasion peu commune. Résultat, ce n'est pas une mais deux paires qui se retrouvent dans le coffre de la voiture au moment de notre départ pour Vérone.

— *Addio Milano, amore mio ! A presto*[1] *!* scande Romy alors que nous nous éloignons.

* * *

155

À Vérone, la chaleur est étouffante malgré l'heure assez tardive de notre arrivée à l'hôtel. Mais cela ne suffit pas à décourager Romy de parcourir les ruelles de la ville, à la recherche du meilleur glacier recommandé par l'un de nos guides. La peau moite et les pieds en compote d'avoir déjà arpenté les rues de Milan, Lalie et moi la suivons docilement, ayant compris qu'il ne servait pas à grand-chose de lutter contre elle.

— Le voilà ! s'exclame-t-elle au détour d'une rue, face à une petite échoppe qui ne paie pas de mine.

La bonne vingtaine de personnes qui, encore à cette heure, patientent pour passer commande, est sans aucun doute la meilleure publicité qui soit. Nous nous mettons donc à la suite, étirant le cou pour essayer d'apercevoir les bacs de glace tant convoités et leurs parfums.

Comme mes cheveux s'échappent de ma pince, je les détache afin de les surélever de nouveau correctement.

— J'envie tes cheveux courts, dis-je à Romy. Non seulement ils ne te tiennent pas chaud mais, en plus de ça, tu n'as pas à les démêler pendant une demi-heure chaque matin et chaque soir.

— Pourquoi est-ce que tu ne te les coupes pas ? me suggère Romy. Avec ton visage, n'importe quelle coupe de cheveux t'irait à ravir.

— J'en ai envie souvent, mais je n'ai jamais osé. Et puis, Stéphane aime mes cheveux longs.

— Ah non ! Tu ne vas pas me dire que tu fais partie de ces femmes qui ne se coupent pas les cheveux, juste parce que leur mari les préfère longs ? Parce que ce n'est pas lui qui se tape tous les inconvénients qui vont avec, que je sache.

— C'est vrai que c'est un peu ringard. Ce n'est pas à papa de décider de ta coupe de cheveux. On est au XXIe siècle, maman ! la conforte Lalie.

Même si sa remarque n'est pas très flatteuse, je suis agréablement surprise que, pour une fois, Lalie ne prenne pas le parti de son père. Elles ont sans doute raison, si j'en ai envie, je devrais sauter le pas. Et puis, des cheveux, ça repousse…

Quand vient mon tour de passer commande, un peu dépassée par la profusion de parfums, j'ai du mal à faire un choix. Je finis par opter pour la glace Giulietta – difficile de faire plus adaptée à la ville –, mélange de crème vanille, noisettes entières et coulis de chocolat, suivie dans mon choix par Lalie. Romy, quant à elle, jette son dévolu sur un mélange plus audacieux, à base de violette, cassis et fruits de la passion.

Nous n'attendons pas de trouver un banc pour commencer à déguster nos glaces, dont le goût en effet est incomparable. Jamais je n'en ai mangé d'aussi parfumée et crémeuse. L'espace de quelques minutes, aucune de nous ne parle, concentrées que nous sommes sur nos pots, à les savourer comme il se doit.

— Ça vaut bien un orgasme ! s'exclame soudain Romy.

Je manque m'étouffer avec ma bouchée de crème glacée à la vanille. Je me tourne vers ma fille qui ne semble pas le moins du monde choquée par cette sortie.

— Romy ! N'oublie pas qu'il y a des oreilles chastes par ici. Oreilles qui, je l'espère, le resteront pendant encore au moins quatre ou cinq ans.

— Y a pas beaucoup de risques de toute façon, bougonne Lalie d'une voix presque inaudible.

* * *

Il est près de minuit lorsque nous nous apprêtons enfin à nous coucher. Après la dégustation, nous nous sommes promenées dans les rues de Vérone, n'échappant évidemment pas à celle qui abrite la maison de Juliette et son fameux balcon, puis avons dîné dans une trattoria, nous régalant d'une succulente assiette de linguine à la sauce tomate malgré son apparente simplicité.

Dans notre chambre d'hôtel, alors que je suis déjà couchée, j'observe du coin de l'œil ma fille se brosser les cheveux dans la salle de bains. Dans sa chemise de nuit Minnie aux motifs délavés et dans laquelle on pourrait en mettre deux comme elle, elle est concentrée sur sa tâche. C'était moi qui les lui brossais jusqu'au jour où elle m'a annoncé qu'à 15 ans elle était suffisamment grande pour le faire toute seule. J'en étais consciente, mais cette sentence m'avait quand même serré le cœur. Parce que c'était notre moment, celui durant lequel elle me racontait sa journée, avec ses joies ou ses peines d'adolescente.

Elle ne m'a rien dit de ses complexes, de ses difficultés à accueillir son corps de femme. Je ne sais pas si son cœur bat ou souffre pour quelqu'un. C'est dur de se sentir exclue de la vie de sa fille.

Et c'est d'autant plus douloureux, depuis que j'ai découvert que ma mère m'avait également exclue de la sienne.

Alors que Lalie gagne le lit à son tour, je fais mine d'être concentrée sur ma lecture afin de ne pas la mettre mal à l'aise. Je ne veux pas risquer de ficher en l'air les progrès apportés par notre virée shopping à Milan.

Ses AirPods dans les oreilles et son téléphone à la main, elle s'apprête sans doute à visionner un épisode de l'une de ces séries qu'elle consomme sans modération.

— Maman, je voulais te dire… Désolée d'avoir été vache avec toi ces derniers temps.

Puis aussitôt, pour ne pas prendre le risque que je réponde, elle se tourne sur le côté et éteint sa lumière.

Précaution superflue : émue aux larmes, je suis bien incapable de prononcer le moindre mot. Comme j'en ai maintenant l'habitude, je les laisse couler, sans parvenir à faire le tri dans les émotions qui m'assaillent. Du soulagement, de la joie mais aussi beaucoup de tristesse et d'angoisses. Je suis complètement perdue.

Et par-dessus tout, je me sens tellement seule.

– 13 –

Je profite de la demi-heure qu'il nous reste avant de prendre la route pour Venise, après un petit déjeuner à base de *cornetto*, une sorte de croissant fourré à la crème, et d'une grande tasse de *cappuccino* à la mousse onctueuse, pour passer un petit coup de fil à Malone. À cette heure, il ne doit pas encore être parti au centre.

— Allô, maman, c'est toi ?

— Oui, mon canard. Comment ça va, ce matin ?

— Bien...

Il semble hésiter mais après quelques secondes, il ajoute à voix basse :

— Papa, il a essayé de me faire des œufs en omelette ce matin, elle était toute dure, pas du tout comme celle que tu fais, toi. Il faudrait que tu lui expliques comment tu fais parce que je crois qu'il sait pas bien... J'ai tout mangé quand même pour pas qu'il soit triste. Tu crois que je vais avoir mal au ventre ?

— Ne t'inquiète pas, je pense que tu ne risques rien.

— Ouf ! Ah, et tu sais quoi ? me demande-t-il, la voix soudain surexcitée. Papa il a dit qu'il allait m'emmener au parc aquatique ! Tu sais, celui avec le toboggan cuvette qui fait peur ! Et même qu'il a dit que comme j'étais grand, je pourrais le faire. Enzo à l'école, il m'a dit qu'il y était allé avec son grand frère et qu'il avait eu hyper peur. Mais moi, je suis plus courageux qu'Enzo, je suis sûr que j'aurai pas peur. Ou alors juste un riquiqui peu et ça compte pas, un riquiqui peu. Et papa il a dit qu'il le fera avant moi, comme ça il pourra me rattraper dans l'eau.

Il débite toute cette tirade d'une traite, sans prendre le temps de respirer. Je suis contente que Stéphane prévoie d'organiser une sortie avec son fils. J'avais un peu peur que mon absence ne se transforme en un marathon télévision pour mon petit garçon pendant que son père resterait vissé à sa chaise derrière son ordinateur portable.

— C'est super, pour le parc aquatique ! Je suis certaine que tu vas bien t'y amuser avec papa.

— Faut que j'y aille, maman, je dois aller mettre mes chaussures !

— Vas-y ! Mais passe-moi papa, alors.

Je déduis du boum que j'entends que Malone vient de poser le téléphone sans aucune délicatesse avant de courir chercher son père.

— Allô, chérie ? Comment ça va en Italie ? me demande Stéphane une minute plus tard.

L'espace d'un instant, je suis heureuse qu'il se souvienne de là où nous nous trouvons, avant de me rappeler que je lui ai laissé près du téléphone notre itinéraire détaillé avec toutes les coordonnées de nos points d'étape.

— Tout se passe bien. Il fait très chaud ici, par chance les glaces sont délicieuses. Comment ça va à la maison ?

— Ça s'organise. Mais tu nous manques. Je ne suis pas au top niveau cuisson de l'omelette. Malone n'a rien dit, mais s'il avait pu en filer la moitié à un chien imaginaire, je crois qu'il l'aurait fait.

Ce sont donc mes talents de cuisinière qui leur manquent, pas vraiment moi, rectifié-je mentalement non sans une pointe d'amertume.

— Malone m'a dit pour le parc aquatique. C'est chouette que tu fasses ça avec lui.

— Oui, comme il nous en parle souvent, j'ai pensé que ça lui ferait plaisir. Comment va Lalie ? Toujours aussi fâchée d'être du voyage ?

— Non, je crois que de ce côté-là ça va mieux. Nous avons fait les boutiques toutes les trois hier et elle s'est un peu ouverte à moi.

— Tant mieux. Fais-lui un bisou de ma part. Il faut que je raccroche si je ne veux pas être en retard pour le centre. Malone a mis beaucoup de temps à s'habiller ce matin parce qu'il a fallu que je lui propose un autre short pour cause de fermeture éclair qui le grattait. Si je ne suis pas devenu dingue avant ton retour, on aura de la chance, plaisante-t-il avant de raccrocher.

S'il m'en avait laissé le temps, j'aurais pu rétorquer qu'en ce qui me concerne cela fait plus de quinze ans que je gère les histoires de fermeture éclair qui gratte et autres contrariétés vestimentaires de nos enfants, et que je jongle avec les horaires des uns et des autres. Évidemment, sans que ça intéresse grand monde ni que personne, d'ailleurs, y prête guère attention.

À commencer par moi.

* * *

Il nous aura fallu à peine plus d'une heure pour parvenir aux portes de Venise, et trouver une place de parking. Quasiment autant pour acheter les billets nous permettant d'utiliser le vaporetto et en comprendre le fonctionnement.

Lorsque nous débarquons près de la place San Marco, après une traversée courte mais agitée – sujets au mal de mer s'abstenir –, il y a déjà un monde fou qui patiente pour visiter la basilique. Pour la première fois depuis que nous sommes parties, j'ai emporté mon appareil photo, partagée entre l'anxiété de ne plus être capable de prendre la moindre photographie et l'excitation de poser à nouveau mon œil derrière le viseur. Je m'efforce de ne pas penser à ce qu'il s'est passé lors de ma première tentative et de chasser les mots blessants qui y sont associés.

Pour cette journée, nous n'avons rien planifié. Pas de musée ou de visite au programme, juste déambuler dans les rues et les différents quartiers de la ville et, surtout, se laisser surprendre. Nous traversons la place et nous choisissons une rue au hasard, la tête en l'air et les yeux grands ouverts.

Nous franchissons les canaux grâce à la multitude de ponts qui composent la ville, nous éloignant chaque fois un peu plus de la foule des touristes. Peu à peu, les bruits s'estompent et le silence nous entoure. Soudain, je sens comme des picotements au bout de mes doigts. Je m'arrête au milieu d'un pont, saisie par la beauté du canal sur lequel se reflète le soleil, je sors mon appareil photo de son étui, libère l'objectif de son cache et positionne mon œil. Je prends le temps de choisir le bon angle, effectue quelques réglages puis je capture l'image.

Une montée d'adrénaline me submerge et me coupe presque le souffle. Pendant un instant, je suis prise de vertiges et obligée de m'adosser sur la rambarde en pierre du pont pour recouvrer l'équilibre et reprendre mes esprits.

— Tu ne te sens pas bien ? me demande Romy, inquiète. Tu es toute pâle.

— Ça va. C'est juste que…

Je n'avais pas ressenti ça il y a dix ans, j'en suis certaine. Ces quelques heures passées à prendre des photos avaient été agréables mais ce n'est rien à côté de cette vague d'émotions qui vient de me bousculer. Je baisse les yeux vers mon appareil photo, me rappelant qu'à une époque il ne me quittait jamais. Et là, à Venise, dans cette ville que je visite pour la première fois, alors que nous nous sommes probablement perdues, je me sens vivante. Pour la première fois depuis bien longtemps, l'énergie pulse dans mes veines. Mon cœur bat la chamade, il fait si chaud que la sueur ruisselle le long de mon dos, pourtant je suis bien.

— Megg, tu me fais peur, insiste Romy. Explique-nous.

Lalie et Rex m'observent, perplexes l'une comme l'autre même si l'expression de ma fille est plus facile à interpréter.

— Je n'avais pas utilisé mon appareil photo depuis des années. C'est comme si je venais de retrouver mon meilleur ami après des années de silence et de séparation. Comme si une partie de moi venait de m'être rendue.

Lalie lève les yeux au ciel. Rex, qui espérait peut-être qu'un gâteau pour chien atterrisse dans sa gueule, se recouche dans son sac panier, l'œil dépité. Le visage de Romy, lui, s'éclaire d'un grand sourire.

— En voilà une bonne nouvelle ! s'exclame-t-elle comme si elle comprenait parfaitement. Bienvenue parmi les vivants, Megg.

Pendant les deux heures qui suivent, mon œil ne quitte pas le viseur de mon appareil. Je cadre, appuie sur le déclencheur, cadre, appuie sur le déclencheur, presque jusqu'à l'écœurement. J'ai l'impression que tout ce qui se trouve autour de moi mérite d'être photographié : ponts, façades de maisons, fenêtres reliées les unes aux autres par du linge suspendu sur un fil, gondoliers... Une véritable crise de boulimie, comme s'il fallait rattraper le temps perdu.

Venise est si belle et il fait si beau. Sans qu'elles s'en aperçoivent, je fixe également l'image de ma fille et celle de Romy. Parce que les clichés pris sur le vif sont toujours les plus réussis. Lalie qui replace une mèche de cheveux derrière ses oreilles, Romy qui éclate de rire à la vue d'une touriste qui manque de tomber à l'eau au moment de s'asseoir dans une gondole.

Sur le pont du Rialto, grouillant de monde à cette heure de la journée, je délaisse un instant mon reflex pour mon téléphone portable.

— Tu veux que je te prenne en photo et qu'on l'envoie à ton père ?

Traînant un peu les pieds, Lalie se place à l'endroit que je lui indique et plaque un sourire sur son visage dont Stéphane devra se contenter.

— Est-ce que tu veux que j'en prenne une avec ton téléphone ? Comme ça, tu pourras l'envoyer à Astrid et Jade ?

— Non, pas la peine, répond-elle un peu trop rapidement. Elles s'en fichent de Venise.

— De Venise, peut-être. Mais pas de toi, j'imagine. Elles se demandent sans doute dans quoi ta mère t'a embarquée.

Lalie me répond par un haussement d'épaules et me tourne le dos. Il y a bel et bien quelque chose qui cloche entre ces trois-là. Reste à trouver le moyen de le lui faire dire.

* * *

Nous déjeunons d'un plat de beignets de courgettes et d'une glace à base de pomme verte et de lait d'amande, puis nos pas nous conduisent vers une série de quais à la limite de la ville. Apparemment, c'est d'ici que partent les bateaux en direction des îles de Murano et de Burano. Comme tout le monde, j'imagine, j'ai vu des reportages sur ces îles et notamment celle de Burano avec ses façades colorées que les habitants ont l'obligation de repeindre régulièrement, mais je n'ai encore jamais eu l'occasion de constater ça de mes propres yeux.

Il ne me faut pas longtemps pour convaincre Romy de prendre des billets et de sauter dans un bateau pour nous y rendre. Avec sa capeline turquoise et sa large robe fleurie assortie, elle porte la tenue parfaite pour naviguer sur la lagune. Sur le bateau, Rex, les yeux plissés et les babines au vent, profite à fond du bon air de la traversée. Lalie, ses AirPods dans les oreilles, tente sans grand succès de nous jouer l'indifférente blasée.

Lorsque nous débarquons à Burano, je suis aussitôt cueillie par l'éclat des façades colorées. Du vert, de l'orange, du jaune, du rose, du rouge. Une explosion de couleurs vives partout où l'on pose les yeux. Grâce à un ciel bleu sans nuages et un soleil éclatant, les maisons se reflètent même dans les eaux du canal.

J'en ai le souffle coupé.

— Putain de merde, ce que c'est beau ! ne peut s'empêcher de s'exclamer Romy, ce qui nous fait instantanément éclater de rire, Lalie et moi. Vous croyez qu'il y a des maisons à vendre par ici ? Il faut que je m'inscrive aux « 12 coups de midi » pour pouvoir m'en acheter une !

Je n'ai pas l'habitude de jurer mais je suis sur la même longueur d'onde que Romy. Aucun des reportages que j'ai pu voir ne reflète la beauté du lieu. Même si je sais qu'il sera difficile de la retranscrire avec la même puissance sur papier glacé, je sors mon appareil photo et commence à mitrailler.

Comme à Venise, nous déambulons au hasard sans nous poser de questions. D'abord le long de la rue principale puis à travers les rues adjacentes moins fréquentées mais tout aussi charmantes. Romy s'arrête ici et là dans des boutiques d'artisanat local, pour finir par s'offrir une ombrelle en dentelle blanche, loin de ses critères vestimentaires habituels. De mon côté, j'emprisonne des images tout en essayant d'emmagasiner mentalement les odeurs et les émotions associées. Je voudrais ne rien oublier. Jamais.

L'après-midi s'écoule ainsi, dans un quasi-silence, sans que je me lasse de ce qui nous entoure. J'ai un pincement au cœur lorsqu'il est l'heure de quitter Burano et de reprendre le bateau afin de rejoindre Venise, mais je me fais la promesse d'y revenir un jour.

* * *

Il est presque 19 heures lorsque nous posons nos valises à l'hôtel Excelsior réservé par Romy, sur la plage du Lido. Une fois encore, elle a parfaitement choisi. Nos chambres ont toutes les deux une vue imprenable sur la mer Adriatique. Une magnifique piscine enjambée par des pontons de bois et entourée de chaises longues recouvertes d'épais matelas de couleur crème nous incite à délaisser nos vêtements, rendus moites et inconfortables par la chaleur du jour, pour enfiler nos maillots de bain. Même Lalie ne rechigne pas, trop pressée, elle aussi, de se rafraîchir dans cette eau bleue si engageante.

Abandonnant Rex à son triste sort – la petite chienne est étendue de tout son long et ronfle depuis dix bonnes minutes sur le lit de notre chambre climatisée –, nous descendons rejoindre les transats.

Il n'y a plus grand monde dans la piscine à cette heure, je savoure la caresse de l'eau sur mon corps. Après avoir effectué quelques longueurs, je me laisse flotter, sans chercher à contrôler quoi que ce soit, l'esprit encore plein des images de la journée, laissant mûrir l'idée folle qui ne m'a pas quittée de l'après-midi.

Lalie, elle, s'amuse à faire des plongeons avec une petite fille d'une dizaine d'années qui jouait toute seule à notre arrivée. Depuis toujours, elle a ce je-ne-sais-quoi qui attire les enfants. Partout où nous allons, même parfois au restaurant, si un petit se trouve dans les parages, vous pouvez être sûr qu'il finit à côté de Lalie. Il y a quelques mois, lors d'un dîner, un garçon qui ne devait pas avoir plus de 5 ans a passé sa soirée à lui apporter des morceaux de pain, courant ensuite, tout sourires, vers sa chaise une fois son offrande déposée.

C'est complètement délassée, au bout de quasiment une heure, que je rejoins Romy, allongée depuis un moment sur une chaise longue, offrant son dos aux derniers rayons du soleil, un verre à cocktail vide trônant à côté d'elle.

— Je vois que tu as pris de l'avance sur l'apéritif.

— Je rêvais d'un spritz depuis au moins 3 heures de l'après-midi ! Ne t'inquiète pas, je comptais en prendre un petit deuxième et trinquer avec toi.

— J'espère bien ! Nous avons quelque chose à fêter.

— Ah oui, quoi ? demande Romy, intéressée, en se redressant vers moi, appuyée sur un coude.

— Je viens de prendre une grande décision. Dès mon retour, je m'organise pour démarrer mon activité de photographe que je n'aurais jamais dû accepter de mettre si longtemps en sommeil.

— *Auguri*[1] ! Dans ce cas, oublions les spritz, cette bonne nouvelle mérite bien deux flûtes de champagne.

Si les mots qui ont été postés sous quelques-unes de mes photos il y a dix ans ne s'effaceront pas comme ça, je choisis aujourd'hui de ne plus les laisser gagner.

– 14 –

Le moins que l'on puisse dire, c'est que Romy et moi avons de petits yeux et le teint brouillé lorsque nous nous retrouvons à table pour le petit déjeuner. La faute à un réveil bien trop matinal et à quelques flûtes de champagne de trop.

— Qu'est-ce qui fait tout ce bruit ? Ils font des travaux dans cet hôtel ?

— Je crois que c'est ta fille qui est en train d'étaler du beurre sur sa tartine de pain grillée, me répond Romy en fronçant les sourcils.

Lalie suspend son geste et nous regarde tour à tour avant de se mettre à rire, ce qui a pour effet immédiat de me vriller le crâne.

— Ne ris pas, ma chérie, je t'en supplie, ne ris pas...

— Vous avez la gueule de bois, toutes les deux, c'est ça ? Pourtant, vous n'avez rien bu au dîner hier soir...

Je jette à Romy un regard de jeune fille prise en faute.

— J'avoue tout, c'est moi qui ai entraîné ta mère ! Mais, pour ma défense, c'est parce que je ne parvenais pas à trouver le sommeil. Trop d'excitation sans doute. Enfin bref, il se peut qu'après que tu t'es endormie nous soyons discrètement descendues au bar de l'hôtel pour boire quelques cocktails.

— Visiblement, ils étaient pas *virgin*, raille Lalie.

— Les premiers, non… Mais je jure sur les poils de Rex que nous avons bu une tisane avant de remonter nous coucher ! Sauf qu'il aurait fallu une bonne soupière de tisane pour compenser, ajoute-t-elle avec malice quelques secondes plus tard.

— Jamais je n'aurais cru ça de toi, maman ! me lance Lalie sur un air faussement choqué.

— Crois-moi, vu la migraine avec laquelle je me suis levée, je ne suis pas près de recommencer.

— Oh, non ! Ne parle pas de malheur ! s'écrie Romy beaucoup trop fort pour mes tempes en feu. Je viens seulement de rencontrer Megg la rigolote, ne la renvoie pas tout de suite. Laisse-lui une chance !

— Je vais plutôt aller nous chercher deux tasses de café noir bien fort. Parce que au cas où tu l'aurais oublié, nous avons un peu de route si nous voulons être à Zagreb à l'heure du déjeuner.

— Ben voilà, Megg la rigolote est déjà partie, bougonne Romy.

* * *

Lorsque nous quittons l'Italie pour entrer en territoire croate, j'ai du mal à retenir une larme. Même si nous n'avons passé que deux jours dans ce pays, je m'y suis sentie incroyablement bien. Comme ça ne m'était pas arrivé depuis une éternité à vrai dire. Je me console en me disant qu'il ne s'agit pas d'un adieu mais d'un au revoir. Quelque chose m'indique que je reviendrai bientôt puiser à nouveau de cette énergie que j'ai ressentie à Venise.

Gueule de bois oblige, l'habitacle de la voiture est silencieux. Romy et moi conduisons à tour de rôle sur de courtes séquences avant de nous relayer. Difficile de faire autrement, mes yeux se ferment à moitié au bout d'à peine trente minutes de conduite.

À ce rythme, il n'est pas loin de 14 heures lorsque nous atteignons Zagreb, la tête pas encore tout à fait remise et l'estomac pas vraiment en meilleur état. Plutôt que de chercher un restaurant, nous nous laissons attirer par les multiples parasols rouges qui abritent les étals du marché Dolac situé à deux pas de la cathédrale.

Bien que l'air soit un peu plus respirable qu'hier à Venise, il fait quand même chaud. L'ombre apportée par les parasols est appréciable. Il y a encore beaucoup de monde malgré l'heure et l'ambiance est plutôt bon enfant. Les commerçants s'interpellent les uns les autres avec le sourire, dans une langue dont nous découvrons la sonorité. Les fruits et légumes qui recouvrent les tables sont particulièrement odorants et ont pour effet de réveiller notre appétit. Nous nous laissons tenter par un énorme bol de fruits frais coupés en morceaux, que nous complétons un peu plus loin par du fromage et de la charcuterie. Avec l'achat d'un pain à la croûte bien dorée, nous sommes parées pour un pique-nique improvisé.

Après avoir dépassé les marchands de fleurs et leurs compositions colorées, nous trouvons un petit coin ombragé pour nous asseoir à même l'herbe et déguster notre festin.

— Ça manque d'une bonne gelato, mais c'est quand même très bon, dit Romy tout en léchant le sucre laissé par les cubes de melon sur les doigts de sa main valide. Par contre quelque chose me dit que niveau conversation, c'est à partir de maintenant que les ennuis commencent. Autant l'italien ne me faisait pas peur, autant le croate...

— Attends qu'on soit en Bulgarie, je crois que c'est encore pire.

— Franchement, si ta mère avait pu se payer du bon temps avec son amant à Saint-Tropez, ça nous aurait quand même arrangées, lâche Romy, sans se rendre compte qu'elle vient de dévoiler quelque chose à Lalie, laquelle, évidemment, était tout ouïe.

C'est toujours comme ça, les enfants n'écoutent pas quand on l'aimerait et sont parfaitement attentifs quand on préférerait qu'il en soit autrement.

— Quoi ?! Quel amant ? MamieLuce avait un amant ?

Romy est livide et semble sincèrement embarrassée. Je tente de la rassurer du regard. Après tout, elle ne pouvait pas deviner que je n'avais pas mis Lalie au courant de la découverte des photos alors que c'est la raison de ce voyage.

— Maman ? insiste Lalie.

De toute façon, il aurait bien fallu que je lui en parle tôt ou tard, alors… c'est peut-être aussi bien qu'elle l'apprenne maintenant.

— Oui, c'est exact. J'ai découvert il y a quelques jours que MamieLuce avait eu une liaison.

— Avec qui ? Et papy le savait ?

— Je ne sais pas. Ni qui était cet homme, ni si mon père le savait. C'est pour essayer d'en découvrir plus que nous allons en Bulgarie, dans cet hôtel où ils ont passé des vacances il y a dix ans.

Si ma fille aimait sa grand-mère, ce n'est rien comparé à l'attachement qu'elle avait pour son grand-père. Tous les deux avaient une relation quasi fusionnelle. Quand elle le voyait, son visage s'illuminait. Dès l'instant où elle a su marcher, elle s'élançait vers lui et il l'attrapait pour lui faire

faire l'avion. Je n'ai jamais entendu ma fille rire autant que dans les bras de son grand-père.

Je la sens chamboulée par ce qu'elle vient d'apprendre et qui met à mal l'affection qu'elle portait à ma mère. Tout ce que je pourrais dire en cet instant ne servirait sans doute pas à grand-chose. De toute façon, je n'ai aucun élément de réponse à lui fournir. Je choisis donc de ne rien ajouter et de la laisser digérer la nouvelle.

Je remballe les restes de notre repas et me lève pour jeter les déchets dans une poubelle à proximité.

— On y va, les filles ? Si on veut ne pas arriver trop tard à Papuk et profiter un peu du lieu, il faut qu'on se mette en route.

Lalie, le visage de nouveau fermé, se lève sans un mot et commence à se diriger vers le parking où nous avons garé la voiture, Rex sous le bras.

— Je suis vraiment désolée, murmure Romy. Je pensais que tu lui avais raconté…

— Ne t'inquiète pas, ce n'est pas grave. C'est ma faute, j'aurais dû le lui dire avant de partir, mais je ne savais pas comment. Il lui faut juste un peu de temps pour accepter. Elle aimait infiniment mon père. Et même s'il nous a quittés alors qu'elle était encore petite, elle en conserve de nombreux souvenirs.

* * *

Nous roulons vers notre prochaine étape pour la nuit, le parc naturel de Papuk.

À l'arrière de la voiture, Lalie a les yeux fermés, la tête posée contre la vitre. Je ne sais pas si elle dort ou si elle veut seulement qu'on lui fiche la paix. Au fond, le résultat est le même.

— Comment c'était d'avoir des frère et sœur ? je demande soudain à Romy.

Elle tourne la tête vers moi, surprise par ma question, avant de fixer de nouveau la route.

— Je suis curieuse de savoir quel cheminement mental t'a conduite à cette interrogation, là, tout de suite, alors que nous sommes en Croatie, sur une route déserte, au milieu de nulle part.

— C'est à cause de Lalie qui dort à l'arrière. Ça m'a rappelé mon enfance et les longs trajets que nous faisions chaque été pour descendre dans le sud de la France. J'avais l'impression que ça durait des jours. J'écoutais en boucle mes cassettes dans mon Walkman. Comme je suis fille unique, je n'avais personne avec qui discuter ou faire une partie de je ne sais quel jeu de société pour passer le temps. Je me suis souvent demandé comment c'était avec d'autres enfants. Si le voyage paraissait moins long. Si on s'ennuyait moins.

— On ne s'ennuyait pas chez nous, c'est sûr. Mais je me souviens que j'ai souvent souhaité ne pas avoir de frère ni de sœur.

— Ah bon ? Pourquoi ?

— Parce que je suis la petite dernière et qu'il y avait une grande différence d'âge entre moi et mon frère et ma sœur. Et à cause de ça, ajoute-t-elle en me montrant le moignon de son bras droit.

— Je ne comprends pas…

— Parce que j'étais handicapée, il fallait me protéger de tout. Si ma mère m'a toujours encouragée et poussée à aller vers les gens, au quotidien elle faisait en sorte que rien ne puisse m'arriver. Je ne devais pas courir, je n'avais pas le droit de faire du vélo, je ne pouvais pas grimper aux arbres. J'étais son dernier enfant, celle à qui

176

il manquait une main et dont il fallait prendre soin. Mon frère et ma sœur étaient là pour me surveiller. Cela dit, même sans qu'elle le leur demande, je crois que c'est ce qu'ils auraient fait. Parce qu'ils étaient plus vieux que moi, ils se sont d'emblée sentis investis par cette mission. J'ai toujours détesté cette petite chose fragile que je voyais dans leurs yeux. Alors que ma mère avait à cœur que j'oublie mon handicap et qu'il ne me définisse pas, sans qu'elle en ait conscience, le fait d'être en permanence sous protection me le rappelait sans cesse. Je me disais que si j'avais été seule, ç'aurait sans doute été plus simple de faire des entorses et de vivre une vie d'enfant normale.

— Là, je suis ravie de t'avoir posé cette belle question qui plombe un peu l'ambiance ! J'ai hésité à te demander comment tu faisais pour paraître tout le temps de bonne humeur, j'aurais mieux fait d'aller sur ce terrain-là.

— Ma réponse n'aurait pas été bien différente, me réplique-t-elle en riant. Je t'aurais répondu, à cause de ça, ajoute-t-elle en me désignant de nouveau son moignon. Je me suis toujours dit qu'il fallait que je compense. Une main en moins, de la bonne humeur en plus. Parce que tu as un handicap, tu n'as pas le droit de t'apitoyer sur ton sort si tu ne veux pas que les autres le fassent. C'est ce que je me suis longtemps répété. Au final, c'est un peu une double peine que je me suis infligée toute seule. Aujourd'hui, j'apprends à m'autoriser des périodes d'apitoiement et de pessimisme. Et crois-moi, ça me demande un paquet d'efforts ! Combattre quarante ans d'optimisme et de bonne humeur, ce n'est pas facile.

Je ne peux m'empêcher de sourire. Et de trouver ce bout de femme encore plus formidable.

— Si Lalie et moi on peut t'aider dans cette entreprise avec notre vague à l'âme et notre mauvaise humeur, ce sera avec grand plaisir !

— J'ai su à la minute où je t'ai rencontrée que tu étais quelqu'un sur qui on pouvait compter.

Nous papotons ainsi sans discontinuer jusqu'à notre arrivée à Papuk, prévue quatre heures plus tard. Romy me raconte les nombreuses formations qu'elle a suivies, sans jamais aller au bout d'une seule. Pleine d'enthousiasme au départ, elle finissait par s'en lasser.

— Dommage qu'il ne soit pas possible d'exercer plusieurs métiers en même temps. En ce qui me concerne, je trouve qu'une carte de visite Romy Spielman, coiffeuse / boulangère / pharmacienne, ça aurait une certaine classe.

Curieusement, à bientôt 40 ans, elle ne désespère pas de trouver un jour sa voie. En attendant, elle participe à des jeux télévisés, ce qui lui réussit plutôt bien, et se prend régulièrement de passion pour une activité ou une autre *via* YouTube.

Quant à moi, je lui raconte mon enfance. Ce père que j'aimais infiniment, mais que je voyais peu parce qu'il travaillait beaucoup et se consacrait à ses patients. Cette mère que j'admirais, qui me paraissait capable de gérer n'importe quelle situation et sur laquelle, inconsciemment, j'ai pris modèle.

C'est plutôt doux et agréable et lorsque nous arrivons à destination, je constate que Lalie a les yeux bien ouverts.

* * *

Le dépaysement est total. Fini le bitume, les magasins, la foule bruyante, bonjour les arbres à perte de vue.

Le parc national de Papuk est l'écrin de verdure au milieu duquel nous avons choisi de poser nos valises pour la nuit. L'hôtel que nous avons réservé est cette fois-ci dans un style montagnard très différent.

La réceptionniste qui nous accueille, après nous avoir remis les cartes magnétiques de nos chambres, nous indique les balades à faire à proximité pour le cas où nous voudrions profiter des deux ou trois heures qu'il nous reste avant la tombée de la nuit. D'un regard, je devine que je suis la seule à avoir envie de nature. Alors que nous nous dirigeons vers nos chambres, Romy m'annonce qu'elle passe son tour pour la marche à pied et qu'elle va plutôt profiter des bienfaits du spa de l'hôtel. Lalie ne dit pas grand-chose, mais je la connais suffisamment pour éviter de lui proposer de m'accompagner. Il n'y a guère que Rex qui manifeste un vague intérêt. Ou alors c'est juste parce qu'elle voit venir l'heure de ses croquettes.

Qu'à cela ne tienne, à peine la valise déposée sur le lit de notre chambre, j'abandonne ma fille à la série qu'elle s'est empressée de lancer sur son téléphone et me dirige d'un bon pas vers cette nature qui n'intéresse que moi.

Je n'ai pas à marcher longtemps avant d'être entourée d'immenses arbres aux feuilles verdoyantes, ne laissant passer que par endroits les rayons de soleil de cette fin d'après-midi. Le chemin n'est pas trop accidenté pour mes ballerines. Je marche lentement et prends soin de remplir mes poumons de ce bon air pur. Mon oreille est attirée par un bruit d'eau et je décide de quitter le sentier principal pour me diriger vers lui. Après quelques minutes de marche sur un chemin un peu plus pentu, qui me ferait presque renoncer par peur de glisser, je débouche sur une vasque d'eau claire entourée de rochers recouverts de mousse dans laquelle vient se jeter une cascade.

Je regarde cette eau tomber pendant un long moment avant de m'approcher d'un rocher suffisamment plat pour pouvoir m'y asseoir. La température a chuté et je regrette de ne pas avoir pensé à prendre un petit gilet. Pour compenser, je remonte mes genoux sur ma poitrine et les entoure de mes bras.

L'endroit est parfait pour laisser mon esprit divaguer. Alors, je pense à mon petit garçon qui me manque et qui doit être à table avec son père, je pense à cette émotion que j'ai ressentie hier en posant de nouveau mes yeux derrière mon appareil photo, à cette décision que j'ai prise et qui me donne l'impression d'être au bord d'un précipice. Je pense aussi à ma fille, mal dans sa peau d'adolescente, avec qui la communication est si compliquée.

Et je pense au but de ce voyage. À l'homme sur la photographie. Cette personne que ma mère regarde amoureusement et qui n'est pas mon père. Ma mère que j'ai perdue une seconde fois en découvrant ces clichés.

* * *

Ce soir, nous ne dînerons pas toutes les trois ensemble. Romy, que le bain de vapeur a rendue toute flagada, a décidé de ne plus bouger de son lit jusqu'à demain matin et de faire appel au room service pour le repas.

— Je suis tombée sur une chaîne de télévision qui diffuse des épisodes de *Docteur Quinn, femme médecin* ! m'explique-t-elle. Sully, torse nu, qui parle en croate, c'est d'un sexy ; je crois que je vais faire de beaux rêves cette nuit.

— En espérant que tu ne rêves pas d'Horace. Bonne soirée, Romy, dis-je en refermant sa porte, amusée par sa tête catastrophée.

Je ne suis pas mécontente de passer cette soirée seule avec ma fille. De cette façon il sera sans doute plus facile de l'inciter à exprimer ses émotions, en tout cas, je l'espère. Pour le dîner, elle commande un végéburger avec des frites et moi une salade César. En attendant que nos plats nous soient montés, je me glisse dans un délicieux bain bien chaud et parfumé aux huiles essentielles. Il n'y a pas à dire, voilà la définition du bonheur.

Quand je sors de la salle de bains, vêtue d'un épais peignoir d'une incroyable douceur, Lalie est assise en tailleur sur le lit, les yeux rivés sur une émission croate dont, assurément, elle ne comprend pas le moindre mot. Je suis sur le point de lui parler de la découverte de Romy quand je me ravise. Elle n'a aucune idée de qui est Sully, autant éviter de lui tendre une perche pour me rappeler que je regarde des trucs de vieux.

Je m'assois à mon tour sur le lit et attrape dans le vanity le lait pour le corps offert par Malone à Noël, que je commence à appliquer sur mes jambes. D'habitude, je n'ai jamais le temps de faire ça. Et je ne le prends jamais non plus. Une fois mes jambes parfumées et hydratées, alors que je m'apprête à reposer le tube dans le vanity, je décide de tenter quelque chose. J'attrape la brosse à cheveux de Lalie, m'approche d'elle. Son corps se raidit lorsqu'elle sent la brosse se poser sur sa chevelure. Elle tourne aussitôt la tête vers moi, sans dire un mot, le visage fermé. Je suspends mon geste mais n'éloigne pas pour autant ma main. Je sais qu'elle ne veut plus que je la coiffe et jusqu'à présent, j'ai toujours respecté son souhait. Mais ce soir, j'ai décidé de courir le risque. Dans ses yeux, je devine le combat entre la petite fille qu'elle était et la femme qu'elle devient. Je retiens mon souffle. Lorsqu'elle tourne de nouveau la tête vers la télévision, je sens que mes larmes ne sont pas très loin. *Ce n'est pas le moment de te mettre à pleurer, ressaisis-toi, Megg.*

Lentement, avec des gestes familiers, je lui passe la brosse dans les cheveux, comme si je n'avais jamais cessé de le faire.

— Tu ne dois pas en vouloir à ta grand-mère pour ce que tu as appris tout à l'heure, ni être triste pour ton grand-père. J'ignore qui était cet homme dont elle était amoureuse, mais ce que je sais, c'est que jamais MamieLuce n'a laissé tomber son mari. Quand il était à l'hôpital, elle lui a rendu visite chaque jour. Quand il est parti, elle était là, à côté de moi, à lui tenir la main.

À ce souvenir, ma voix se brise, mais je fais un effort pour contenir mon émotion.

— C'est pas pour ça que je suis triste…, bougonne Lalie.

— Qu'est-ce qui te rend triste alors, ma princesse ?

— J'aurais voulu que tu me le dises. Tu n'as pas eu envie de m'en parler. Voilà ce qui me rend triste ! me lance-t-elle, entre la peine et la colère.

Alors là, si je m'attendais à ça… J'ai aussitôt envie de lui demander pardon de lui avoir causé du chagrin, mais je décide de la pousser dans ses retranchements.

— Pour avoir envie de se confier à quelqu'un, il faut que cette personne se confie à vous. C'est donnant, donnant en général. Est-ce que toi, tu te confies à moi ? Est-ce que tu me racontes tes journées ?

— C'est pas pareil…

— Et pourquoi donc ? Tu as de la peine parce que je ne t'ai pas dit que j'avais découvert que MamieLuce avait eu une liaison. J'ai de la peine quand tu ne me dis pas ce qu'il se passe entre Astrid, Jade et toi…

— Il se passe rien !

— Il y a encore quelques mois tu leur envoyais des textos sans arrêt, vous passiez vos soirées sur Snapchat à vous raconter je ne sais quoi alors que vous vous étiez vues toute la journée au lycée. Tu crois que je n'ai pas remarqué que tu n'envoies plus de textos ? Qu'elles ne viennent plus à la maison, que vous ne faites plus de sorties toutes les trois en ville ? Tu veux que je me confie à toi, je suis d'accord. Mais alors, tu vas devoir faire pareil.

C'est évidemment le moment que choisit le room service pour frapper à la porte de la chambre. À regret, je me lève pour aller lui ouvrir.

— *Dobra vecer, room service*[1] ! annonce un jeune homme, les bras chargés d'un grand plateau sur lequel trônent deux assiettes recouvertes d'une cloche.

Je m'écarte afin qu'il puisse entrer et déposer son chargement sur la table basse près du canapé.

— *If you need something more, you call me*[2], me dit-il dans un anglais hésitant avant de quitter la chambre.

Résignée, je m'approche de la table et décloche les assiettes.

— Viens manger avant que ça refroidisse.

* * *

La salade est délicieuse, et si j'en crois le plat quasi vide de Lalie, il doit en être de même pour son burger. Je lui pique une frite avant qu'elle ne leur fasse un sort.

— Si tu veux un dessert, je vois qu'ils proposent des milk-shakes, dis-je après avoir regardé la carte. Tu adorais ça quand tu étais petite.

— Je ne peux plus rien avaler du tout, me répond-elle avant de finir sa canette de Coca zéro, de réintégrer le lit, en position tailleur, et de récupérer son portable.

Je rassemble nos assiettes, nos couverts ainsi que les cloches et jette à la poubelle le sachet de mayonnaise entamé ainsi que nos serviettes en papier. J'avais l'espoir qu'elle ait reçu mon message et qu'elle se décide à me parler. J'avoue que je suis un peu déçue. À mon tour je m'allonge sur le lit, le dos bien calé sur deux oreillers, saisis la télécommande de la télévision et pars à la recherche de Sully et de Mickaëla Quinn. Tant pis pour la moquerie à venir.

— Il ne se passe rien avec Astrid et Jade. On est toujours amies. Enfin je crois. Juste, elles sont toutes les deux, et moi un peu à part.

Elle s'est exprimée sans détacher les yeux de son écran de téléphone. Elle a l'air si triste que j'hésite à la prendre dans mes bras. J'ai eu de la chance tout à l'heure avec le brossage des cheveux, je crois que ce sera suffisant, niveau contact, pour ce soir.

— Il y a quelque chose qui explique qu'elles soient toutes les deux et toi un peu à part ?

— C'est bizarre, c'est venu petit à petit. Elles se sont inscrites à un club de lecture. Elles ont insisté pour que j'y aille avec elles, mais je n'aime pas lire, alors franchement j'en avais pas du tout envie. C'était pas très grave et puis c'est pas parce qu'on est amies qu'on doit tout faire ensemble. Au début c'était cool et comme avant, et puis je sais pas, ça a dû les rapprocher quand même. Elles ont commencé par aller prendre des cappuccinos, sans penser à me le proposer. Et puis, Astrid a crushé sur un gars croisé au café, un mec de terminale. Du coup, elles en parlaient souvent entre elles. Et puis ils ont fini par sortir ensemble et le meilleur pote de ce type a flashé sur Jade... Ils me proposent de les accompagner quand ils vont quelque part, mais je me sens pas à l'aise. Ils se tiennent la main et s'embrassent, et moi je suis comme une conne toute seule à côté. La fille moche et grosse qui n'a pas de mec.

— Tu n'es ni moche, ni grosse.

— Mais je n'ai pas de mec.

— Pour l'instant, mais je suis certaine que ça ne va pas durer.

— Ça m'étonnerait. Personne ne s'intéresse à moi. Je n'ai même jamais embrassé quelqu'un, me dit-elle, les larmes aux yeux. Si ça c'est pas parce que je suis moche et grosse, explique-moi pourquoi ?

Elle remonte ses genoux sur sa poitrine et les recouvre de sa chemise de nuit.

Cette fois, je suis incapable de me raisonner et la prends dans mes bras.

— Bientôt, j'en suis sûre, tu n'auras que l'embarras du choix. Les garçons vont se bousculer au portillon.

— Tu crois ? me demande-t-elle d'une toute petite voix, la même qu'elle utilisait quand elle me faisait promettre que les sorcières ça n'existait pas.

Elle pose sa tête sur mon épaule. Je me sens minable de ne pas avoir su lire entre les lignes, de ne pas avoir compris ce qui se cachait derrière cette apparente colère.

— J'en suis certaine, ma princesse. Fais-moi confiance.

– 15 –

— Megg Etcheverry, sache que je te maudis !

— Tu parles d'un accueil ! je réplique en rejoignant Romy dans la salle du restaurant où elle a pris de l'avance pour le petit déjeuner. Puis-je savoir ce que l'on me reproche ?

— Tu as ruiné ma nuit érotique avec Sully ! Voilà ce que je te reproche.

— Ah bon ? Je ne savais pas que j'avais ce pouvoir. Comment est-ce que j'ai fait ça, dis-moi ?

— Tu as parlé d'Horace hier. Du coup, non seulement j'ai rêvé de lui, mais il était, cerise sur le gâteau, accompagné de Loren Bray... Tu vois qui est Loren Bray ? Ce vieux monsieur tout grincheux ? Pas l'ombre du torse musclé de Byron Sully ! Au lieu d'un dieu grec, j'ai eu droit à un moche et un vieux. Tu parles d'une nuit.

Je ne peux m'empêcher de rire.

— Je suis vraiment désolée. Promis, la prochaine fois que tu me parles d'un personnage de série avec lequel tu comptes passer du bon temps, je ne dirai pas un mot.

— Tu as intérêt. Et tu peux être désolée, je me suis réveillée de mauvaise humeur. Et pas du tout, mais alors pas du tout sexuellement satisfaite.

— Qu'est-ce que je t'avais promis hier ? Que tu pouvais compter sur moi pour t'aider à ne pas toujours être joyeuse. Aussitôt dit, aussitôt fait.

— Mouais… Je ne sais pas si tu vas pouvoir t'en sortir comme ça. Mais si tu prends une de ces délicieuses gaufres qu'ils viennent de déposer sur le buffet, je peux commencer à y réfléchir.

Sans perdre une seconde, je me hâte vers la desserte pour garnir mon plateau d'une grande assiette d'œufs brouillés, d'un verre de jus d'orange frais et de plusieurs gaufres à l'odeur alléchante.

— Lalie fait la grasse matinée ? me demande Romy alors qu'elle mord avidement dans une gaufre.

— Non, mais elle n'avait pas très faim.

— Oh, elle est toujours fâchée par rapport à hier ? Je suis vraiment désolée d'avoir gaffé à propos de l'amant.

— Ne t'inquiète pas. Elle n'est pas du tout fâchée par cette révélation, elle l'était parce que je ne lui en avais pas parlé. Je dois d'ailleurs te remercier de nous avoir laissées en tête à tête hier soir. Je crois que nous avons fait un grand pas toutes les deux. Nous avons pas mal discuté, elle m'a raconté ce qui clochait avec ses deux meilleures amies et sa peur de ne jamais être aimée.

— À 16 ans ? Quelle drôle d'idée !

— Les joies de l'adolescence, quand on ne possède pas encore le sens de la nuance.

— C'est pas faux. Je suis bien contente de ne plus avoir cet âge-là, tiens. Je crois que je ne tiendrais pas deux jours avec mon moi de l'époque.

— Celle qui a repeint sa chambre en noir quand Dylan a rompu avec Brenda ?

— Exactement ! Et tu peux ajouter à la liste ma lubie de ne manger que des aliments blancs ou encore mon envie soudaine de jouer de la contrebasse…

— Finalement, j'ai de la chance, je m'en tire pas si mal avec ma Lalie !

— Je crois que c'est clair, approuve Romy en mordant avec gourmandise dans une nouvelle gaufre.

* * *

Deux étapes au programme aujourd'hui : Belgrade et Sofia. Deux capitales, deux pays, la Serbie et la Bulgarie. Puis il ne nous restera plus qu'une longue matinée de route demain avant d'arriver à Varna, notre destination finale. J'avoue que je commence un peu à ressentir la fatigue du périple. Hormis la journée que nous avons passée à Venise, les autres ont été synonymes de voiture et de kilomètres avalés. Plus de mille cinq cents depuis notre départ.

Une sorte de routine s'est installée. Romy et moi conduisons à tour de rôle, durant deux ou trois heures d'affilée. Le plus souvent, nous écoutons de la musique, celle qui nous rappelle notre adolescence. Parfois nous laissons la radio, fascinées par des langues dont nous ignorons tout. Nous discutons aussi, beaucoup. Rien de tel que plusieurs heures coincées dans l'habitacle d'une voiture pour apprendre à mieux se connaître. Romy et moi étions déjà amies, ce voyage ensemble renforcera nos liens.

Lalie, quant à elle, est plutôt silencieuse. Elle écoute sa musique, la seule qui trouve grâce à ses oreilles, ou bien elle somnole et tient compagnie à Rex qui est du genre monomaniaque : à peine avons-nous démarré qu'elle ferme les yeux et dort jusqu'à l'arrêt complet du véhicule.

Il n'est pas très tard lorsque nous arrivons à Belgrade, à peine midi moins le quart. Nous décidons donc de flâner dans l'artère principale du centre-ville, Knez Mihailova, avant de déjeuner. J'avais lu dans les guides que le quartier était animé, le mot est faible. La rue est bondée. Il faut dire qu'il y a un nombre important de boutiques et de restaurants pour attirer les foules. L'œil de Romy frétille. Sa carte bancaire aussi.

— Tu es sûre qu'il te reste de la place dans ta valise pour tout ce que tu viens d'acheter ? je demande à Romy après une bonne heure de shopping et l'exploration d'une dizaine de magasins.

— Je n'ai acheté que des tout petits trucs ! se défend-elle.

— Oui, comme cette doudoune rose fuchsia...

— Elle était à – 70 %, impossible de passer à côté. En plus, cela fait des années que je cherche une doudoune comme celle-ci... Si ça ne rentre pas dans la valise, Lalie la mettra sous ses pieds.

— Sympa pour moi, s'offusque ma fille pour la forme, trop occupée à admirer à travers la vitrine d'une boutique une paire de baskets bleu électrique avec des lacets rouges, aussi douteuse qu'onéreuse.

— Tu aimes ce genre de baskets, toi ?

— Je les aime carrément trop ! Elles sont carrément trop belles.

L'enthousiasme se mesurant au nombre de *carrément*, deux dans une seule phrase, c'est l'amour fou.

— Si tu veux, je te les offre...

— Sérieux ? Tu ferais ça ?

— Si ça te fait plaisir.

— Merci, maman, je les aime carrément trop, ces baskets.

Lalie me saute au cou. Ça n'était pas arrivé depuis des mois, et rien que pour ça, ça vaut les cent cinquante euros dépensés, et tant pis pour la discrétion au lycée.

* * *

190

Après avoir déjeuné de *guvetch*, plat plutôt relevé à base d'agneau, de poivrons et tomates frits, nous reprenons la route en direction de Sofia et de la Bulgarie.

Lalie a tenu à mettre ses nouvelles baskets, histoire de pouvoir les admirer à loisir pendant les quelques heures qui nous séparent de la capitale bulgare.

— Ne les fixe pas trop, elles risquent de te brûler la rétine.

— Tu ne sais pas ce qui est beau !

— Non, et heureusement pour ma santé neurologique, répliqué-je.

Romy éclate de rire. Lalie bougonne. Rex ronfle, ce qui soulève à intervalles réguliers ses babines. Et ainsi se passe l'après-midi jusqu'à notre arrivée à Sofia.

L'hôtel réservé par Romy est en plein cœur de la ville avec une vue à couper le souffle sur la cathédrale Alexandre Nevski et ses multiples dômes dorés et verts. Bien que nous soyons restées assises pendant plus de quatre heures dans la voiture, nous nous affalons chacune sur un fauteuil du balcon avant de pousser un soupir de contentement.

— Nous sommes vraiment des touristes en carton, nous ne visitons rien des endroits où nous passons, dis-je tout en enlevant mes chaussures et en savourant l'air sur mes pieds.

— Tu as le courage de bouger, toi ? me demande Romy. Parce que moi, non. Mais si ça te fait plaisir, on peut, j'en suis sûre, trouver des sites qui proposent des visites virtuelles des monuments de la ville. Comme ça, tu fais du tourisme mais assise et avec à portée de main un Manhattan et une coupelle d'olives noires.

— Vu sous cet angle... je te propose de faire l'impasse sur les visites virtuelles et de passer directement au Manhattan.

— Ça, ça me plaît, approuve mon amie avant de se lever pour passer une commande auprès du room service.

— Et demain, vous allez vous plaindre que vous avez mal à la tête ! Franchement, vous êtes bizarres. Et moi, j'ai pas le droit d'en commander un de cocktail, j'imagine ? intervient Lalie.

— Il y a de l'alcool dans un Manhattan, ma princesse.

— Je sais, et alors ?

— Et alors, on ne boit pas d'alcool à ton âge.

— Mais j'ai 16 ans, je ne suis plus un bébé ! soupire-t-elle. Tu sais que des tas de filles de mon âge boivent déjà de la bière, hein ?

— Les autres c'est les autres, toi c'est toi.

— Rien qu'un cocktail, ça ne va pas la tuer, dit Romy après nous avoir rejointes sur le balcon. Elle ne deviendra pas alcoolique parce qu'elle a bu un mojito, un soir de vacances.

Le visage de Lalie s'illumine.

— S'il te plaît, maman ! C'est juste pour cette fois. Allez, dis oui…

Je ne sais pas si c'est la fatigue qui s'accumule ou le plaisir de voir réapparaître de l'enthousiasme chez ma fille, le fait est que je cède et l'autorise à commander un cocktail.

— Je ne te remercie pas, murmuré-je à Romy alors que Lalie ne se fait pas prier et se précipite dans la chambre pour appeler à son tour le room service. Pourquoi as-tu pris son parti ?

— Moi ? Comme ça, me répond-elle avec malice. Mais désormais, nous sommes quittes. Ruine d'un fantasme sexuel contre premier cocktail alcoolisé d'adolescente, les compteurs sont remis à zéro. Tu as raison, on a une vue magnifique de cette chambre, conclut-elle avant d'éclater de rire.

* * *

Le coucher de soleil est sublime. Je ne peux en détacher les yeux. Sur la table basse, les restes de notre dîner à base de *tarator* – une soupe froide de concombre, yaourt et noix –, de tranches de pain et de *shopska* – une salade de crudités, spécialité bulgare, surmontée d'un dôme de fromage, le *sirene*. La soirée a été très agréable. Le rhum du mojito aidant sans doute un petit peu, Lalie était joyeuse et nous a régalées d'anecdotes de lycéenne, renouant avec l'humour et la repartie que je lui connaissais. L'imitation de sa prof de maths était à mourir de rire.

Romy a regagné sa chambre avec Rex depuis une petite demi-heure. Pensive, je reste assise à contempler ce soleil qui décline, irradiant le ciel de couleurs fauves. Lorsqu'elle me rejoint, Lalie a brossé ses cheveux et enfilé sa chemise de nuit. Elle s'assoit dans l'un des fauteuils et comme à son habitude remonte ses genoux contre sa poitrine sous sa chemise de nuit. Je devrais lui dire que cela va la déformer, mais le vêtement est déjà usé jusqu'à la corde. Elle en possède des neuves dans son placard, mais rien n'y fait, elle préfère ce bout de tissu délavé.

— Est-ce que je peux voir la photo... celle de MamieLuce ? demande-t-elle soudain.

Je mets quelques secondes à comprendre de quoi elle me parle. Nous n'avons pas abordé le sujet de la journée. Je suis tentée de lui dire que les photos sont dans la voiture et que cela devra attendre demain. Je ne sais pas pourquoi, à vrai dire. Ce n'est plus un secret pour personne. Je me ravise donc, après tout elle m'a confié ce qui la tourmentait hier soir, je ne veux pas risquer de la faire rentrer de nouveau dans sa coquille. Et puis, c'est moi qui lui ai dit que c'était donnant, donnant.

Alors je me lève et vais chercher la pochette contenant les clichés que j'ai enfouie bien au fond de ma valise. Je la lui tends avant de reprendre ma place et de me reconcentrer sur le spectacle du soleil couchant qui touche à sa fin, hélas.

Du coin de l'œil, je la vois prendre le temps de regarder chaque photo, sans pour autant laisser transparaître la moindre émotion.

— Elle a l'air très amoureuse…, dit-elle enfin en posant la pochette sur un coin de la table basse.

Bizarrement, alors qu'il n'y avait aucun doute dans mon esprit sur ce point, les photos parlant d'elles-mêmes, je suis anéantie par la remarque de Lalie. Comme si j'attendais inconsciemment qu'elle me détrompe et qu'elle me rassure : « Mais non, maman, tu es complètement à côté de la plaque. Elle n'a pas du tout l'air amoureuse de ce type, enfin ! Quelle drôle d'idée tu t'es mise en tête ! »

— Elle ne t'avait jamais dit que… ?

— Non. Elle ne m'a jamais parlé de rien. Ni même laissé entendre quoi que ce soit, rétorqué-je d'un ton un peu trop vif.

Lalie se tait, comme pour ne pas me brusquer. C'est sans doute pour ça que mes mots jaillissent, désordonnés, amers :

— Si tu savais combien je lui en veux ! Elle batifolait dans les bras d'un autre au moment même où son mari, mon père, découvrait qu'il souffrait d'un cancer. Il avait une telle confiance en elle. Et moi aussi. Si ça se trouve, ce n'était pas son coup d'essai, va savoir. Peut-être qu'elle a eu des aventures toute sa vie… Pendant que papa et moi la croyions à la maison, peut-être qu'elle louait des chambres d'hôtel à l'heure pour prendre du bon temps.

— Je ne vois pas MamieLuce faire ça. Ce n'était pas du tout son genre ! s'exclame Lalie.

— Et moi, je ne la pensais pas capable d'embrasser à pleine bouche un autre homme que son mari avant de le voir sur la photo. Comme quoi, ça ne fait que confirmer qu'on ne connaît jamais vraiment les gens qui nous entourent. Même ceux qui nous sont le plus proches.

— Peut-être… qu'elle n'a pas osé te le dire ? suggère Lalie timidement. Peut-être qu'elle avait peur de te décevoir ou que tu l'aimes moins si jamais tu l'apprenais…

N'importe quoi…

— Peut-être que c'est comme pour moi hier, tu lui en veux surtout parce qu'elle ne t'a rien dit, ajoute Lalie.

Comment aurais-je réagi si elle m'avait annoncé qu'elle était amoureuse de quelqu'un d'autre ? Est-ce que j'aurais accepté sans broncher qu'elle quitte mon père, cet homme que j'aimais tant et qui avait plus que jamais besoin d'elle ?

Je n'en suis pas certaine… J'aurais préféré ne jamais savoir et continuer à faire le deuil d'une mère que je croyais parfaite.

Demain, nous serons à Varna, dans l'hôtel où elle a été heureuse durant quelques jours avec cet homme. J'ai très peur de ce qu'il pourrait nous apprendre si d'aventure nous parvenons à le retrouver. Peur qu'il ne détruise à jamais l'image que j'avais de ma mère. Pourtant, je suis tout aussi terrifiée à l'idée d'échouer et de rester avec toutes ces questions sans réponses.

Pourquoi est-ce qu'elle ne m'a rien dit ?

3 septembre 2009

Mon Paul,

Tu sais ce que m'a dit Megg, ma fille, il y a dix minutes ? Qu'elle me trouvait rayonnante en ce moment. J'ai mis ça sur le compte d'une prétendue nouvelle crème de jour, mais la vérité est bien plus romantique que cosmétique. C'est comme si je ne pouvais plus faire autrement que sourire. Tout le temps, pour tout et n'importe quoi.

Parfois j'ai envie de tout lui raconter, notre rencontre, mes jambes en coton quand tu me prends dans tes bras, nos fous rires, nos séances de cinéma à 14 heures lorsqu'il n'y a que nous dans la salle obscure. Pourtant, je n'en fais rien.

Bien sûr il y a cette peur que j'ai de la décevoir, elle, mon unique enfant. Mais, si je suis parfaitement honnête, je crois

197

que j'ai envie de te garder pour moi. Tu es mon jardin secret. Je n'en avais jamais eu et je réalise à quel point c'est agréable. Cette part de moi que je ne partage pas. Cette part de moi qui n'appartient qu'à nous.

Je n'ai pas envie que l'histoire soit moins belle aux yeux des autres.

Nous sommes tous les deux mariés, moi sans doute plus heureuse que toi : qu'est-ce que ça fait de nous ? Je me pose souvent cette question, avant de me dire qu'au fond ça n'a pas vraiment d'importance.

Nous n'avons rien prémédité. J'ai croisé ton chemin et soudain plus rien n'a été comme avant. Il faut croire que l'amour ne choisit pas ceux qu'il frappe et qu'il se fiche des alliances et des serments. Est-ce qu'être tombée amoureuse de toi fait de moi une mauvaise personne ? Aux yeux de certains, sans doute que oui, mais je ne vois pas les choses ainsi. Je t'aime et je refuse d'y voir quelque chose de mal.

Tu es ma crème de jour, ma crème de nuit, mon contour des yeux, mon baume à lèvres... et grâce à toi, je rayonne.

Ta Lucile.

– 16 –

Varna. Après plus de vingt-quatre heures de route et près de deux mille cinq cents kilomètres parcourus, nous y sommes enfin. Paradoxalement, je me sens à la fois plus proche de ma mère que jamais, ici dans cette ville qu'elle a aimée – où elle a aimé – et dont elle m'a parlé à plusieurs reprises sans que j'en saisisse l'importance pour elle ; et à la fois plus éloignée puisque je m'y confronte à sa zone d'ombre, cette part de sa vie qu'elle a choisi de me cacher.

Le Byala Perla est un hôtel de charme qui surplombe la mer. Des travaux ont dû être réalisés ces dernières années, car il est un peu différent du bâtiment que l'on aperçoit en arrière-plan sur les photographies. Néanmoins, il n'y a pas de doute, nous sommes bien au bon endroit. Un peu en contrebas de l'hôtel, se trouve le muret de pierre sur lequel ma mère s'est laissé prendre en photo. Et encore en dessous, une petite plage bordée d'une mer turquoise et transparente. Quelques arbres d'un beau vert ont poussé ici et là sur le chemin qui y mène.

La chaleur du jour est rendue supportable par la brise qui souffle en continu. Rex a cependant la langue qui touche presque le sol, la pauvre.

J'hésite à prendre quelques photos tout de suite, mais je me raisonne. Après une longue matinée passée dans la voiture, nous avons envie d'une bonne douche et nos estomacs commencent par ailleurs à tirailler.

— *Zdraveïte*, nous accueille une jeune femme à la réception. *Kakvo moga da napravya za vas*[1] *?*

Nous nous regardons. Voilà qui est bien plus compliqué qu'en Italie.

— Vous parlez français ? demande Romy, pleine d'optimisme.

La mine dubitative de la jeune femme vaut toutes les réponses du monde.

— *Do you speak English*[2]*?*

Je croise les doigts pour que la réponse soit positive, sinon je ne vois pas comment nous nous en sortirons.

— *Yes, please. How can I help you*[3]*?* nous demande l'hôtesse dans un anglais parfait bien qu'avec un fort accent slave.

— *We have reserved two rooms. One for me, Romy Spielman, and the other for Megg and Lalie Etcheverry*[4]*.*

L'hôtesse d'accueil tapote sur son ordinateur, concentrée, puis un sourire éclaire son visage.

— *Yes, two rooms. One for Romy Spielman*, dit-elle en tendant après quelques secondes de recherche dans un tiroir une clé à Romy. *And the other for Megg and Lalie Etcheverry*[5], enchaîne-t-elle en nous donnant la nôtre.

Pour finir, elle nous remet deux petites pochettes plastifiées contenant, j'imagine, les informations pratiques relatives au fonctionnement de l'hôtel. Nous la remercions, lui apprenant ainsi son premier mot en français, puis nous nous dirigeons vers nos chambres.

Moins grandes que les précédentes, elles n'en sont pas moins confortables. La décoration est plutôt raffinée. Un sol en jonc de mer, un grand lit avec du linge blanc impeccable, plusieurs coussins de différentes tailles, allant du beige au marron foncé. Et sur le mur, suspendue derrière la tête de lit, une grande création au crochet. Par réflexe, je me dirige vers les fenêtres pour les ouvrir, je trouve qu'il fait toujours beaucoup trop chaud dans les chambres d'hôtel. Comme hier, la vue est superbe, pas de cathédrale cette fois-ci, mais une vue sur la mer.

— C'est beau, non ?

— Oui, approuve Lalie.

— C'est moi, ou Romy a bien fait de te forcer à acheter des maillots de bain ?

— J'ai jamais dit que j'allais me baigner, grommelle-t-elle alors que ses yeux expriment tout le contraire.

J'ai hâte de goûter à cette eau turquoise bulgare. Mais avant ça, les bruyants gargouillis de mon estomac me rappellent que nous avons une autre priorité.

* * *

Au fond de moi, je n'ai jamais vraiment cru à cette idée farfelue que ce voyage nous permettrait de découvrir l'identité de l'homme sur la photo. Pourtant, maintenant que je suis au pied du mur et sur le point d'interroger l'employée de l'hôtel, je sens les battements de mon cœur s'accélérer. Et je ne peux m'empêcher de penser : *Et si jamais elle nous apprenait quelque chose… ?*

Après un repas sur la terrasse d'un charmant petit restaurant à deux rues de l'hôtel, nous sommes de retour devant le comptoir de l'accueil.

— *May I help you*[1]? nous interroge l'hôtesse.

Voyant que je ne réagis pas, Romy me donne un petit coup de coude. Fébrile, je sors la photographie de mon sac à main et la pose sur le comptoir.

— *Do you know this man[1] ?* lâche aussitôt Romy, bille en tête, sans même me laisser le temps d'exposer le contexte.

Comme s'il y avait la moindre chance qu'elle le connaisse et nous réponde : « Bien sûr, c'est le meilleur ami de mon père, j'ai justement dîné avec lui hier soir. » Pourtant, je scrute attentivement son visage et son regard tandis qu'elle prend la photo pour l'examiner.

— *Sorry[2]...*

Mes épaules s'affaissent. Évidemment, que pouvait-elle répondre d'autre ?

— *This photo was taken here, about ten years ago. The person on it has spent holidays in your hotel. Maybe, you have a book with the client's names[3] ?* je lui demande à mon tour dans un anglais qui me semble aussi hésitant qu'approximatif.

Comme je ne récolte pour toute réponse qu'une mine dubitative, je poursuis :

— *This woman on the picture is my mother. And I dont't know who is the man. I'm searching for his identity[4].*

— *Please, it's very important for my friend[5]*, insiste Romy.

— *Sorry, I can't help you. I've been working here for only three weeks[6].*

Devant nos mines dépitées, elle ajoute :

— *I'll ask my manager. Maybe she can help[7].*

* * *

En attendant que la manager en question nous appelle, nous avons décidé de patienter de la façon la plus agréable possible : allongées sur des chaises longues au bord de la piscine. Après tout, nous sommes aussi ici pour quelques jours de vacances, alors autant en profiter. Lalie nous a fait faux bond, prétextant qu'une promenade ferait le plus grand bien à Rex. Ce qui en réalité pour la petite chienne se résume à dormir dans son sac panier trimballé à l'épaule. Tu parles d'une promenade !

Je ne suis pas d'une compagnie très agréable. Je savais qu'il n'y avait presque aucun espoir. Toute la nuance est dans le *presque*.

— *Iskate li da piete neshto*[1] ? nous demande un grand type brun, tout de blanc vêtu, les yeux verts avec les cils les plus longs que j'ai jamais vus chez un homme.

— Regarde-moi comme c'est mignon, cette petite chose, me dit Romy après avoir dévisagé l'homme de haut en bas pendant quelques secondes. Dommage qu'ici les gens ne parlent pas le français, ça ne facilite pas la séduction.

— Je pouvoir parler français si être mieux pour vous, réplique-t-il en accompagnant sa phrase d'un clin d'œil complice à mon intention. Vous, vouloir boire quelque chose ?

Romy est rouge pivoine. C'est la première fois que j'assiste à cet étrange phénomène : elle reste sans voix. En bonne amie que je suis, je fais preuve de soutien et de loyauté en riant.

— Nous prendrons deux limonades bien fraîches avec une rondelle de citron, dis-je.

— Oui, très bien. Deux limonades pour vous. Je revenir dans quelques minutes.

Je le regarde s'éloigner, lui et son postérieur en effet joliment moulé dans son bermuda blanc.

— Tu vois, il parle français, ça devrait te faciliter les choses, taquiné-je Romy.

— Tu parles ! Les carottes sont cuites pour la Spielman. Le cœur du bel éphèbe a déjà chaviré pour cette incroyable paire de jambes, dit-elle en désignant les miennes. Le match était de toute façon déséquilibré. Des petites jambes rondouillettes bien que douces et charmantes ne font pas le poids face à deux longues jambes fines et musclées. Quand bien même celles-ci piqueraient-elles d'un début de repousse de poils, ajoute-t-elle avant de pouffer. Je m'incline pour cette fois, Megg, mais c'est vraiment parce que c'est toi.

Je repense à l'anecdote que j'ai racontée à Lalie lorsque nous faisions du shopping à Milan, à ce surnom, os de mammouth, dont on m'avait affublée et qui m'avait donné des complexes sur mes jambes pendant tant d'années. Même si j'ai le sentiment d'être passée outre, je reste encore surprise lorsqu'on les apprécie.

— N'importe quoi. Il ne m'a même pas remarquée.

— Ça fait combien de temps que tu n'es pas sortie sans être accompagnée de ton mari ? Parce que non seulement il t'a dévorée des yeux, mais en plus il a fait en sorte de t'en informer avec son clin d'œil.

— Ah bon, tu crois ?

— Je ne crois pas, j'en suis sûre !

À mon tour de rougir. Cela fait si longtemps que je suis en couple avec Stéphane que la notion de séduction m'est désormais étrangère. Entre lui et moi, il n'en est plus vraiment question.

— *Limonadas limon*, annonce le barman en déposant nos consommations sur une petite table entre nos deux chaises longues. Si vous avoir besoin d'autre chose, venez voir moi. Mon prénom, c'est Angel.

Son regard s'attarde quelques instants sur moi, puis il m'adresse un sourire avant de retourner à son poste derrière le bar.

— Tu vois ! Qu'est-ce que je disais ! Si tu n'étais pas mariée, il y aurait de quoi renoncer au sommeil. Hé ho ! s'il y a quelqu'un là-haut ! s'exclame-t-elle le visage tourné vers le ciel, dans ma prochaine vie, j'exige d'avoir ces jambes-là !

« *Si tu n'étais pas mariée, il y aurait de quoi renoncer au sommeil* »...

Depuis combien de temps ne m'a-t-on pas adressé ce genre de regard brûlant ? Depuis combien de temps un homme n'a-t-il pas eu envie de me séduire pour me mettre dans son lit ?

Si le mariage était un garde-fou, nous ne serions pas là à essayer de découvrir l'identité de l'amant de ma mère. Est-ce ainsi que cela a commencé entre eux ? Un regard un peu insistant, un clin d'œil, des joues qui rougissent, la renaissance d'un frisson dans le bas-ventre qui n'était plus qu'un lointain souvenir. Un bref moment qui conduit quelques semaines, peut-être quelques mois plus tard, à regarder l'autre avec des yeux débordants d'amour, à se laisser photographier pendant qu'on l'embrasse à pleine bouche.

— Megg ?

— Euh... oui ?

— Je ne sais pas à quoi tu penses, même si j'en ai quand même une petite idée, mais ton téléphone sonne, m'informe Romy avec un sourire amusé.

Je reprends mes esprits et perçois la sonnerie en provenance du grand sac en toile dans lequel j'ai mis une serviette, un tube de crème solaire ainsi que mon appareil photo bien protégé dans sa sacoche.

— Allô, oui ? dis-je en décrochant.

— *Miss Etcheverry*[1] ? me demande mon interlocutrice avec une intonation slave semblable à celle de l'hôtesse d'accueil.

Ce doit être sa responsable qui m'appelle. Les battements de mon cœur s'accélèrent d'un coup. Selon ce qu'elle va me dire, ce sera le début ou la fin de quelque chose.

— Yes, thanks for calling me back[1].

— Maria told me, you are searching for a man who was here with someone of your family ten years ago[2]?

— With my mother, he was here with my mother. About ten years ago, yes[3]...

— I'm sorry, I think I'll won't help you. We used to have a book with all the reservations, but all has burned five years ago. The hotel was almost destroyed by the fire[4].

— Oh... Are you sure[5]?

— I'm sorry, yes. I wish I could help you[6].

— Me too... Thank you for your answer[7].

— If you have any other question, you can ask me[8].

Je coupe la conversation et repose le téléphone dans mon sac. C'est le moment que choisit Lalie pour nous rejoindre au bord de la piscine.

— Je ne sais pas comment un chien peut dormir autant ! s'exclame-t-elle. Alors que je l'ai promenée pendant quasiment une heure autour de l'hôtel et qu'elle a dormi tout du long, elle s'est précipitée sur mon lit dès que nous étions de retour dans la chambre. Pour se mettre en boule... et dormir ! J'aimerais être un chien, en fait. Surtout un yorkshire. Je ferais un très bon yorkshire.

Elle s'interrompt un instant.

— T'en fais une tête, maman. Il s'est passé un truc ?

— Je viens d'avoir la responsable de l'hôtel. Ils ont subi un incendie il y a cinq ans. Presque tout a brûlé. Y compris les registres... Voilà, c'est fini.

— Je suis désolée, Megg...

— Je savais bien que c'était peine perdue. Mais c'est comme si un petit espoir avait grandi au fond de moi tout au long du voyage. C'est tout, je vais devoir accepter que je ne saurai jamais rien sur cet homme.

— On ne peut pas abandonner ! Il doit forcément y avoir une solution ! réagit Lalie.

— Laquelle ? Tu veux que je me plante au milieu du marché de Varna avec mon nom sur une pancarte, dans l'hypothèse improbable que ce type vivrait ici et qu'il me voie ? Ou que je placarde la photo sur tous les troncs d'arbres à dix kilomètres à la ronde, comme pour les chiens perdus ?

— C'est naze, bougonne Lalie avec sincérité. Quand je pense qu'on a fait tous ces kilomètres pour rien.

Pas pour rien en réalité. Loin de là. Cela faisait des lustres que ma fille ne s'était pas intéressée à moi.

— Je propose que nous allions manger une bonne glace ! lance Romy. Puisque de toute façon, mes jambes ont déjà échoué à séduire le bel Angel, inutile que je m'inquiète du reste. Je milite donc pour une trois boules avec double dose de chantilly.

— C'est qui, Angel ? demande Lalie.

— Le barman qui a succombé aux charmes de ta mère sans même qu'elle ait eu à dire quoi que ce soit. Comme tu n'étais pas là, je peux conserver l'illusion d'une seconde place dans son cœur. Parce qu'il est évident que si tu avais ajouté tes irrésistibles fossettes aux jambes de ta mère…

— C'est quoi, ce charabia ?

Romy éclate de rire.

— Laisse tomber, ça n'a pas grande importance. Ce qui compte maintenant c'est : quels parfums pour les boules de glace ? Fruits de la passion, hibiscus et melon ou alors grenade, verveine et kumquat. Mon cœur balance. Vous venez ?

* * *

Je ne pensais pas que je finirais par attendre autant de ce voyage. Comment ai-je pu croire ne serait-ce que

207

deux secondes qu'il y avait la moindre chance pour que je découvre quelque chose ? À la déception succède la colère, colère contre moi d'avoir fait preuve d'autant de naïveté.

Lalie et Romy sont toutes deux en train de comater sur leurs chaises longues, peinant à garder leurs yeux ouverts – phase de digestion de crème glacée recouverte de chantilly oblige. Il n'est pas loin de 19 heures, j'en profite pour m'éclipser et passer un coup de fil à Malone et Stéphane.

Comme la dernière fois, c'est mon fils qui décroche le téléphone.

— Oh, salut, maman, ça va ? Ça y est, tu es arrivée en Bulgarie ?

— Oui, ça y est, nous sommes sur place.

— Cool. Oh ! je t'ai pas raconté, hier, papa m'a emmené au parc aquatique ! C'était trop génial, trop bien ! J'ai fait la cuvette et même que j'ai pas eu peur. Enfin si, j'ai quand même eu un petit peu peur mais la première fois seulement. Après, ça fait plus peur du tout. Papa, il l'a fait aussi et je crois que lui il a eu beaucoup peur. Il a pas voulu recommencer. Il a dit qu'il a bu la tasse. Moi, j'ai même pas bu la tasse. J'ai bouché mon nez comme tu me l'as appris. On a aussi fait la piscine à vagues et tu sais j'étais tout au bout de la piscine, accroché aux cordes. Les vagues elles me soulevaient drôlement fort. C'était trop rigolo.

Comme toujours, sa logorrhée enthousiaste me fait sourire. Je n'ai pas besoin de voir son visage pour savoir qu'il a la banane et les yeux qui pétillent. Pour être honnête, j'avais peur qu'une réunion de dernière minute n'empêche Stéphane de tenir sa promesse.

— Je suis heureuse pour toi, mon canard.

— Est-ce qu'il fait beau en Bulgarie ? Et est-ce que les gens ils parlent chinois ?

— Il fait très beau, oui, et chaud. Ha, ha ! non, les Bulgares ne parlent pas chinois. Ils parlent le bulgare et ni Romy, ni Lalie ni moi n'en comprenons le moindre mot.

— Tu parles avec des mimes alors ? demande-t-il, envieux.

C'est l'un de ses jeux préférés. Chaque année à Noël, nous organisons une séance de mime rien que pour lui faire plaisir. Son imitation de l'autruche nous a d'ailleurs valu, il y a quelques années, l'une de nos plus belles crises de rire.

— Avec des mimes, oui, mais aussi en anglais. Est-ce que papa est là ? Tu peux me le passer ?

— Oui, il est dans la cuisine. Il prépare un gratin avec des pâtes et d'autres trucs dedans pour le repas de tout à l'heure. Et surtout tout plein de fromage sur le dessus. Papaaaaaa ! Maman, elle veut te parler. Tu oublies pas de mettre du sel dans les coquillettes, hein, pas comme la dernière fois, dit-il avant de poser le combiné.

Je patiente au moins trois minutes avant que Stéphane ne le récupère.

— Pardon pour l'attente, j'étais en pleine phase critique de cuisson des coquillettes. Ce sont des pâtes du diable, une seconde avant elles sont dures, la seconde d'après elles sont trop cuites, soupire-t-il. Ça y est, vous êtes arrivées ? Comment c'est, la Bulgarie ?

— Oui, on y est et franchement il était temps, je crois que toutes les trois nous commencions à en avoir marre de la voiture... Je sais ce que tu vas dire : si je prenais la peine de faire ce stage pour les phobiques de l'avion, ce serait plus simple.

— Je n'ai rien dit du tout.

— Oui, mais tu le penses tellement fort..., lancé-je pour plaisanter, mais il ne relève pas.

209

— Maintenant que vous êtes sur place, vous avez pu poser quelques questions concernant l'identité du type sur la photo ?

— Oui... Ils ne peuvent rien faire pour moi. L'hôtel a subi un incendie il y a cinq ans et tous les registres ont brûlé...

— Il me semble que je t'avais dit qu'il y avait peu de chances pour que tu apprennes quoi que ce soit.

— Tu n'avais pas besoin de me mettre en garde, hein, moi aussi, je le savais, rétorqué-je assez sèchement.

Ce serait trop demander d'avoir un mot réconfortant, un « je suis vraiment désolé, ma chérie, je sais que c'était important pour toi ». Visiblement, oui.

— Vous rentrez quand ? Il n'y a plus la nécessité de faire durer le truc, non ? C'est vrai que ça fait cher payer la lubie au final.

— Comment ça, on rentre quand ? On ne change rien à ce qui est prévu, on va rester deux ou trois jours et profiter de la mer. Et puis, ce n'est pas une lubie, comme tu le dis. Je viens juste de découvrir que ma mère a eu une liaison, et que je ne saurai jamais rien de plus à propos de cette histoire parce qu'elle est morte sans m'en parler il y a six mois, excuse-moi d'être un peu ébranlée.

— Ce n'est pas ce que je voulais dire, soupire-t-il. C'est juste que ce n'est pas évident pour moi de concilier mes horaires de travail avec Malone. Alors je me disais que ça aurait été sympa de ta part, maintenant que tu sais que tu ne pourras rien apprendre, de rentrer. Retour qui prendra plusieurs jours en plus. Tu peux continuer à être ébranlée ici plutôt que là-bas, qu'est-ce que ça change après tout pour toi ?

— Qu'est-ce que ça change pour moi ? Écoute, je crois que nous allons interrompre cette conversation avant que je prononce certaines paroles que je regretterai sûrement. Nous repartirons de Varna dans deux jours, comme prévu. De ton côté, profite un peu de ton fils, ça te changera.

— Megg, je…

Je ne le laisse pas terminer sa phrase et lui raccroche au nez. Aussitôt, mes vieilles copines les larmes se rappellent à mon bon souvenir, ruinant en deux secondes les progrès de ces derniers jours. Comment en est-on arrivés là ? À un tel manque d'empathie pour l'autre ? Est-ce ma faute ? Parce que toutes ces dernières années je ne me suis pas posé de questions ? Pensant qu'il n'y avait pas à s'interroger, que la vie que je menais était normale et qu'il m'appartenait d'y trouver un certain épanouissement ?

Il n'y a plus que Romy au bord de la piscine lorsque je décide de rejoindre mon amie et ma fille.

— Où est Lalie ?

— Dans l'eau.

Je scrute la piscine et la découvre en train de nager. Dans ce maillot de bain qu'elle met pour la seconde fois en moins de deux jours. Elle qui a un souci avec son corps. Rien que pour ça, nous allons rester à Varna. Oui, rien que pour ça, même si l'enquête s'arrête là, nous allons rester à Varna.

— Tu as pu parler à ton fils ?

— Oui, son père l'a bien emmené au parc aquatique comme il le lui avait promis. Je pense qu'il est, en ce moment, le plus heureux des petits garçons de la Terre. À part ça, Stéphane m'a demandé de rentrer plus tôt puisqu'il n'y a plus de raison d'entretenir ma « lubie », dis-je en mettant l'accent sur ce mot que j'ai beaucoup de mal à digérer. Parce que tu comprends, c'est difficile pour lui de gérer son boulot et son fils, alors ce serait sympa que j'arrête toutes ces conneries et que je rapplique bien sagement à la maison.

Romy tourne la tête vers moi et, pendant un instant, elle me regarde en silence.

— Quoi ? J'ai dit quelque chose qu'il ne fallait pas ?

— Non. Au contraire, même. C'est juste que c'est peut-être la première fois que je t'entends vraiment te rebiffer. Et ça mérite qu'on fête ça un peu mieux qu'avec un verre de limonade agrémenté d'une rondelle de citron.

Une nouvelle fois, je prends conscience à quel point la présence de Romy est une chance.

— Avoue plutôt que tu cherchais une excuse pour faire appel au bel Angel et pouvoir admirer ses harmonieuses courbes en toute tranquillité.

— Je suis démasquée. Serveur ! En plus, je suis certaine qu'il est Sagittaire, ajoute-t-elle en riant. Il a un cul à être Sagittaire.

* * *

Faire semblant. Donner le change. Je me suis répété ces quelques mots en boucle tout au long de la fin de l'après-midi et pendant une bonne partie de notre repas au restaurant. Je n'avais aucune envie de laisser déborder mes émotions, ce qui m'aurait forcée à admettre combien j'étais déçue de ne rien avoir pu tirer de la gérante de l'hôtel ou de la réaction de Stéphane. Tout se mélange et je sens bien que pour le moment je suis incapable de faire la part des choses.

Sans doute épuisée par le long voyage, ainsi que par les longueurs qu'elle a faites pendant près d'une heure dans la piscine, Lalie s'est effondrée sur son lit, tout habillée, à peine de retour dans notre chambre.

Sachant de mon côté que le sommeil se ferait attendre, je me suis installée sur l'un des deux fauteuils en osier du balcon, avec pour seule compagnie le bruit des vagues et les rires étouffés de celles et ceux qui ont choisi de profiter en terrasse, à quelques rues de là, de cette chaude soirée d'été.

Pour la centième fois au moins, je sors l'une des photos de ma mère, celle sur laquelle elle embrasse celui qui restera « l'inconnu ». Il y a tellement de questions qui se bousculent dans ma tête, qui vont bien au-delà de l'identité de l'homme. Tant de questions que j'aimerais pouvoir lui poser si elle était encore là : que s'est-il passé avec papa pour qu'un jour tu poses tes yeux sur quelqu'un d'autre, que tu le laisses poser ses mains sur ton corps ? A-t-il fait quelque chose pour que tu te détournes de lui ? Est-ce toi qui as changé ? Quand papa a-t-il cessé de te rendre heureuse ?

La chaleur est étouffante malgré la fin de soirée. Je quitte le balcon et, en prenant garde de ne pas réveiller Lalie, me dirige vers la salle de bains dont je referme la porte derrière moi. Je fais couler de l'eau bien fraîche que je recueille dans mes mains en coupe avant de m'en asperger le visage. Le miroir me renvoie le reflet d'une femme de 40 ans qui n'est pas heureuse. Une femme de 40 ans que l'on trouve peut-être jolie mais dont le regard est éteint.

Machinalement, je fais tourner mon alliance avec mon pouce, geste familier pour un bijou que je n'ai jamais enlevé depuis que Stéphane me l'a passé au doigt.

— Étais-tu heureuse, maman ? murmuré-je comme si elle pouvait me répondre de là où elle se trouve.

Je sors de la salle de bains, remonte le drap sur les jambes de Lalie, puis quitte la chambre sans faire de bruit.

Mon alliance, elle, est restée sur le coin du lavabo.

Le 27 décembre 2009,

Mon Paul,

Je trouve enfin le temps de t'écrire après plusieurs journées au cours desquelles j'ai à peine pu me poser cinq minutes. J'aime cette période des fêtes de Noël, mais j'en ressors toujours épuisée et avec trois kilos de plus en prime... Le prochain qui me montrera un plat en sauce me verra partir en courant !

C'était étrange, cette année. Non pas que je n'aie pas apprécié, je suis toujours très heureuse de partager des moments en famille avec Alain, ma fille, mon gendre et ma petite-fille. Voir Lalie se précipiter pour ouvrir ses paquets sous le sapin, préparer la dinde avec Megg dont le ventre est désormais bien arrondi, sont autant de souvenirs précieux.

Mais nous n'étions pas ensemble... Je n'étais donc pas entièrement moi. Ça va sans doute te faire sourire, mais je l'ai compris alors que j'étais en train de découper la bûche dans la cuisine.

Je me suis toujours vue comme la personne de quelqu'un : la femme d'Alain, la mère de Megg, la grand-mère de Lalie. Mais avec toi, je suis juste moi. Lucile. Il n'y a plus de mère, plus de grand-mère, plus d'épouse, rien qu'une femme.

Dit comme cela, on a l'impression que je suis brimée et ce serait injuste de le laisser croire. Mais c'est comme si une part de ma personnalité devait s'effacer pour tenir dans l'une ou l'autre des cases pour que tout fonctionne en harmonie.

Alors qu'avec toi, je ne me pose pas de questions. Avec toi, je me sens tellement plus spontanée, tellement plus vivante. Oui, c'est ça, je me sens pleinement vivante.

Je n'étais pas malheureuse avant de te rencontrer, loin de là. Ma relation avec Alain était douce et sincère. Mais c'est tellement différent de cet amour qui nous unit, de cet amour qui électrise chacun de mes pores. Je me contentais d'une vie couleur pastel, grâce à toi je découvre une vie couleur vive. Du rouge carmin, du bleu éclatant, du vert émeraude.

Je te jure que j'ai pensé à tout ça alors que je découpais la bûche ! Le pouvoir du chocolat sûrement...

J'ai hâte d'être de nouveau dans tes bras et de me sentir enfin pleinement vivante.

Je t'aime.

Ta Lucile.

– 17 –

Angel est derrière son bar, il essuie des verres à l'aide d'un chiffon avant de les ranger sur une étagère devant lui.

— Bonsoir, m'accueille-t-il avec un grand sourire. Vous pas réussir à dormir ?

— Le sommeil et moi, on n'est pas copains depuis quelque temps. Et il fait chaud, ce soir.

— Oui, l'été être chaud cette année. Je vous sers cocktail ?

— Pourquoi pas ? Servez-moi ce qui vous fait plaisir.

Il m'adresse un grand sourire et je devine dans son regard autre chose que de l'espièglerie. Quelque chose de plus intense, de plus troublant.

— Comment avez-vous appris le français ? je le questionne pour couper court à cette chaleur qu'il vient de faire naître en moi.

— J'ai un cousin. Lui parti vivre en France il y a trois années. À Lyon. Vous, connaître ?

— Pas très bien, je n'y suis allée qu'une seule fois.

— Moi vouloir rejoindre lui. Plus facile de trouver du travail si parler français. Je apprendre.

Il prépare mon cocktail tout en répondant à mes questions, avec des gestes précis, et des mains dont je peine à détacher les yeux. Puis il me le tend.

— Angel's Paradise. Celui-là être rien que pour vous.
Alors que je saisis le verre, nos doigts se frôlent.

— À moi poser question ? Vous être mariée ? me demande-t-il sans attendre mon approbation.

— Non…, réponds-je après une brève hésitation. Non, je ne suis pas mariée.

Je trempe mes lèvres dans le breuvage avant de lui sourire. Ses yeux ne quittent pas les miens.

C'est peut-être ça qu'elle a ressenti ? La rencontre s'est peut-être faite comme ça pour elle. Un simple verre. Un mensonge. Et au bout du compte, derrière l'objectif d'un appareil photo, une histoire d'amour.

* * *

— Je peux savoir ce que tu fais ? me demande Romy alors que je m'apprête à rentrer dans le hall de l'hôtel pour regagner ma chambre.

Rex au bout de sa laisse trépigne d'impatience que je la caresse. Sa queue remue tellement qu'elle emporte avec elle son arrière-train. On dirait qu'elle ne m'a pas vue depuis dix ans.

— Comment ça, qu'est-ce que je fais ? La même chose que toi, j'imagine. Je n'arrivais pas à dormir avec cette chaleur, alors je suis sortie prendre l'air.

— Ça va faire quasiment une demi-heure que je t'observe et que tu n'as pas fait que prendre l'air. À quoi tu joues, Megg ?

— Je ne vois pas de quoi tu parles. Angel m'a servi un verre, nous avons bavardé. Il est charmant, d'ailleurs. Par contre, je suis désolée, je suis incapable de te confirmer s'il est Sagittaire.

— Quand je bavarde avec un homme, qui plus est un type que je ne connais pas, il est rarement en train de me caresser la main.

— Pardon, mais je ne vois pas où est le mal, répliqué-je sur un ton plus sec, puisque Romy n'est visiblement pas sur le terrain de la plaisanterie. Je n'ai tué personne, que je sache !

— Tu es mariée, Megg ! Je sais que ce n'est pas la joie avec Stéphane, mais je ne crois pas que tu trouveras des solutions dans les bras d'un autre.

— Qu'est-ce que tu en sais ? lui rétorqué-je, vexée qu'elle se permette de me faire la morale. Tu es experte en relation de couple ? C'est vrai, j'oubliais que tu étais mariée et heureuse en ménage depuis des dizaines d'années.

— Je ne suis sans doute pas une experte, mais je sais que tu t'apprêtes à faire une connerie.

— Une connerie ?! Qui m'a plus ou moins forcée à venir jusqu'ici ? C'est toi, non ? Alors, excuse-moi mais en termes de connerie, tu te poses là. Je ne t'ai jamais reproché ton côté intrusif, mais il y a des limites. Ce que j'ai dit ou fait avec Angel ce soir ne te regarde pas. Pas plus que ce que je vais faire avec lui demain. Maintenant si tu prévois d'essayer de m'en empêcher en quoi que ce soit, tu peux reprendre le volant et rentrer. Je me débrouillerai. Seule la Romy qui ne juge pas est la bienvenue.

Sans lui laisser l'opportunité de répliquer, je la contourne puis m'engouffre dans le hall de l'hôtel.

Pourquoi les bras d'Angel ne seraient-ils pas la solution, après tout ?

Qu'est-ce que Stéphane en a à faire que je couche avec quelqu'un d'autre ? Tout ce qui compte pour lui, c'est que je sois là pour gérer la maison et les enfants. Pour le reste… c'est à l'évidence le cadet de ses soucis.

Romy peut bien dire ou penser ce qu'elle veut, je ne vois pas pourquoi, ou pour qui, je me priverais.

– 18 –

Je ne suis pas très fière lorsque je rejoins Romy pour le petit déjeuner. La nuit ayant porté conseil, je me trouve injuste. Après avoir disposé sur mon plateau un assortiment de viennoiseries et une grande assiette de fruits coupés, je m'installe face à elle.

— Lalie n'est pas avec toi ? me demande-t-elle.

— Si, si, elle arrive. Tu sais ce que c'est, les ados et leur douche qui dure des heures…

— À vrai dire, non, je ne sais pas ce que c'est. Je n'ai pas d'enfants.

— C'était une façon de parler, je ne voulais pas…

— Tu avais raison hier soir, je ne suis pas une experte du couple, je n'ai jamais réussi à garder quelqu'un plus de quelques mois. Et je sais aussi que mon enthousiasme confine parfois à l'intrusion.

— Romy, je suis désolée pour ce que je t'ai dit hier. J'ai été injuste envers toi, je le regrette.

— Non, non, ne t'excuse pas. Je n'ai pas à te juger sur ce que tu fais, je n'en ai aucun droit. Je te promets de ne plus rien dire à propos… de tu sais quoi.

— On se croirait dans une scène d'*Harry Potter*… Tu sais quoi, tu sais qui, celui dont on ne doit pas prononcer le nom…

— Tant que je ne suis pas le professeur Trelawney! s'exclame Romy.

Je pique un morceau de mangue avec le bout de ma fourchette, le porte à ma bouche avant de le reposer intact dans mon assiette.

— Tu penses vraiment que je m'apprête à faire une connerie?

Romy me regarde et m'indique par des gestes que ses lèvres sont scellées et qu'elle vient de jeter la clé.

— Romy... Tu es mon amie, bien sûr que tu as le droit de me dire ce que tu penses.

— Honnêtement? Oui, je crois que c'est une connerie. Mais j'y ai réfléchi et hier j'étais dans le jugement, je n'aurai pas dû.

— Je suis tellement en colère, si tu savais. Contre moi, contre Stéphane, contre...

Je reprends ma fourchette et me force à mettre ce foutu morceau de mangue dans ma bouche.

— Contre ta mère? C'est ça? Tu as le droit, tu sais.

— C'est difficile d'en vouloir à quelqu'un qui n'est plus là. C'est comme si ça salissait tout. Pourtant, je n'arrive pas à m'en empêcher, à mettre ça de côté. Si tu savais comme je me déteste de ne pas savoir quoi faire de cette émotion. Hier soir avec Angel, j'étais juste... quelqu'un d'autre. Une femme qui fait naître du désir dans le regard d'un homme. Et, l'espace d'une heure, je me suis sentie bien dans la peau de cette femme. Je n'avais pas envie de redevenir la Megg qui pleure pour un oui ou pour un non. Je me dis, je ne sais pas, que peut-être ça me permettra de mieux comprendre ce qu'elle a ressenti. À défaut d'autre chose.

— Je ne peux pas te dire que c'est une excellente idée, mais je peux te promettre que je ne te jugerai plus. Et bien entendu, tu peux compter sur ma discrétion.

— Salut ! lance Lalie en s'asseyant à côté de moi. Qu'est-ce qui n'est pas une excellente idée ?

— Euh... c'est-à-dire que..., bredouille Romy.

— Aller me faire couper les cheveux. Je disais à Romy que j'avais réfléchi depuis notre conversation de l'autre jour et que finalement j'irais bien me faire couper les cheveux.

— Oui, c'est ça ! Je disais à ta mère que je n'étais pas sûre que ce soit une excellente idée. Ce n'est pas une décision anodine, mieux vaut réfléchir quand même.

— Les cheveux, ça repousse, non ? Moi, je dis que tu ne devrais pas hésiter ! Et je suis certaine qu'au bout du compte ça plaira à papa. Ça lui fera une surprise.

— Deux contre une, je ne fais pas le poids, s'incline Romy. Alors vas-y, Megg, va te faire couper les cheveux.

— Il se trouve qu'en fait... j'ai déjà pris rendez-vous pour 11 heures ce matin. Et comme à côté du salon de coiffure il y a une esthéticienne qui propose des massages, je me suis dit... À la maison, je n'ai pas réussi à trouver du temps pour ça. J'ai même dû jeter à la poubelle le bon que j'avais reçu à Noël. Ça vous embête si je vous lâche un peu aujourd'hui ? Je serai de retour vers 16 heures max.

— Lalie, Rex et moi, on trouvera bien comment s'occuper jusqu'à ton retour. N'est-ce pas, Lalie ?

— Tant que tu ne m'obliges pas à aller traîner dans des boutiques, souffle ma fille, ça me va. J'ai eu ma dose à Milan.

— Ah ! Milan, soupire Romy, tu me manques tellement ! Nous reverrons-nous bientôt ? déclame-t-elle avant de mordre à pleines dents dans un croissant.

* * *

Le souci quand on commence à mentir, c'est que ça oblige à faire en sorte que le mensonge soit plausible. À quoi bon, sinon ?

Je m'accroche à cette évidence pendant que la coiffeuse me montre à l'aide d'une glace le résultat d'une heure d'angoisse. Mes cheveux ont perdu au bas mot une vingtaine de centimètres. Je ne les ai pas eus si courts depuis... depuis jamais en fait. Je crois qu'ils n'ont jamais été courts comme ça, à peine en dessous des oreilles.

Je suis la première surprise d'aimer le résultat. Je bouge ma tête de droite à gauche, découvrant le plaisir d'une certaine légèreté et d'une coupe qui apporte du mouvement et de la modernité. Cela renforce ma sensation d'être quelqu'un d'autre et ça me fait un bien fou.

* * *

Angel m'a donné rendez-vous dans un petit restaurant un peu à l'écart du centre-ville. Il est déjà attablé lorsque j'arrive et m'accueille avec un grand sourire, une bise appuyée sur la joue et sa main au creux de mes reins.

— Vous être très belle. Magnifiques cheveux.

— Merci. J'avais envie de changement, dis-je en m'asseyant.

Un peu mal à l'aise, je regarde autour de moi. Les choses paraissaient moins sérieuses hier soir. Le restaurant est charmant. Des murs en pierre, des plantes vertes, des tables et chaises en fer forgé. À cette heure-ci, il y a du monde et ce brouhaha m'aide à me détendre en atténuant une intimité à laquelle je n'avais pas vraiment réfléchi.

La carte est écrite en bulgare. Le restaurant, sans doute moins touristique que ceux situés en bord de mer, n'a pas pris la peine de la traduire en anglais.

— Tout être délicieux ici, tu peux commander ce que tu veux l'œil fermé, m'indique Angel. Ma sœur est le chef. Mon grand-mère et mon grand-père font ce restaurant il y a cinquante années, m'explique-t-il, visiblement très fier de cette entreprise familiale.

— Je ne doute pas que tout soit délicieux. Mais je ne comprends pas un mot de ce qui est écrit sur cette carte. En même temps, je ne suis pas non plus très au fait de la gastronomie bulgare.

— Gastronomie ? Comment s'explique ce mot ?

— La gastronomie, c'est une manière de parler de la cuisine d'un pays, ce que les gens aiment manger, les aliments qu'ils utilisent ou n'utilisent pas.

— Ah oui, d'accord ! Les Français mangent des escargots. Ça être gastronomie de la France.

— C'est un exemple, oui, même s'il est un peu réducteur. Personnellement, je n'ai jamais compris comment on pouvait mettre ces trucs dans sa bouche. Tu sais quoi, comme pour le cocktail hier, choisis pour moi ! Fais-moi découvrir la cuisine bulgare, celle que tu aimes.

Son visage se fend d'un grand sourire et, avec enthousiasme, il passe commande auprès du serveur.

Alors que les plats s'enchaînent, qu'il me les explique avant de guetter mes réactions, Angel me raconte son enfance, sa famille, les avantages mais aussi les inconvénients d'une famille nombreuse – il est le troisième d'une fratrie de huit enfants –, sa passion pour les oiseaux, son rêve de vivre en France.

— Tu sembles beaucoup aimer ton pays, pourquoi avoir envie de le quitter ?

— Oui, j'aime Bulgarie. Mais, pas facile trouver du travail. Pas assez pour tout le monde. Et toi, pourquoi toi être venue ici en Bulgarie ? Varna pas être ville très connue.

— Ma mère a passé quelques jours de vacances ici. C'était il y a dix ans. Elle… elle est morte il y a six mois. Je voulais voir cet endroit qu'elle avait tant aimé.

— Je être désolé pour toi. Mon père être mort il y a deux années aussi. Lui avoir poumon malade. Je comprendre ton peine.

Il pose sa main sur la mienne, entrelace ses doigts aux miens. Sa peau est douce. Cette promiscuité aussi soudaine qu'agréable fait monter en moi une puissante émotion et me donne envie de pleurer. Pour ne rien en montrer, je retire ma main afin de pouvoir attraper une photographie dans mon sac à main. Je la lui tends.

— C'est ma mère. Cette photo a été prise lors des vacances qu'elle a passées ici.

Je suis tentée de lui raconter le reste de l'histoire, mais je n'en fais rien. Quand je suis avec Angel, je ne veux pas être la Megg qui la connaît.

— Toi connaître Monsieur Paul ? me demande-t-il soudain.

— Hein, qui ?

— Monsieur Paul, me dit-il en me montrant l'homme sur la photo.

– 19 –

Il n'est même pas 15 heures lorsque je suis de retour à l'hôtel. Je n'ai pas à chercher longtemps pour trouver Romy et ma fille. Elles sont allongées sur des chaises longues, au bord de la piscine. L'une, les yeux fermés, avec ses AirPods dans les oreilles et l'autre en train de feuilleter un magazine people bulgare.

— Tu lis le bulgare, toi, maintenant ? demandé-je à Romy en m'asseyant au bord de sa chaise longue.

— Du tout ! Mais c'est rigolo de voir s'ils ont les mêmes stars que nous. Pour le reste, j'invente en français. Canon, ta coupe de cheveux ! Ça te va super bien. Il ne te manque plus qu'une paire de lunettes qui mange la moitié du visage et tu pourrais être dans ce magazine.

— Romy a raison, dit Lalie après avoir rangé ses écouteurs dans leur boîtier blanc. Tu es très belle.

Sa voix est un peu fébrile. Elle remonte ses genoux qu'elle entoure de ses bras contre sa poitrine. Je la sens si vulnérable, comment faire pour l'aider à s'aimer ?

— Tu ne devais pas aller faire un massage ? s'enquiert Romy. Ou alors le massage était très très... rapide ?

Le sous-entendu ne m'échappe pas. Malgré moi, je me sens rougir.

— Finalement, pas de massage. Je l'ai remplacé par une découverte…

Je me tais quelques secondes pour ménager mon effet.

— … Celle de l'identité de l'homme sur la photo.

— Hein ? Quoi ? s'exclament Romy et Lalie en chœur. Tu as découvert qui il est ? Comment ? Raconte !

— Oui, je sais comment il se nomme et qui il est. Il s'appelle Paul Vermans et il se trouve que c'est le propriétaire de l'hôtel. Apparemment il l'a racheté après l'incendie. Et… il vit à quelques rues d'ici.

— Mais qu'est-ce qu'on attend ! s'écrie Romy en se mettant aussitôt debout avant de se rasseoir aussi sec. Ouh là, je me suis levée trop vite.

— Comment tu as appris ça ? veut savoir Lalie.

— Euh… un peu par hasard. J'avais la photo dans les mains et un employé de l'hôtel l'a reconnu. C'est fou, non ?

Lalie semble dubitative mais elle n'insiste pas.

— On y va, ou on reste plantées là comme des carottes ? nous demande Romy après s'être remise debout, mais cette fois à un rythme plus compatible avec son oreille interne. J'ai toujours su qu'en venant ici nous découvririons la vérité. Parfois, ça me fatigue d'avoir tout le temps raison.

* * *

Le portail a été repeint récemment. Il est d'un magnifique vert émeraude. À côté d'une sonnette, il y a un nom inscrit sur une petite plaque en laiton : P. Vermans.

Peut-être qu'Angel s'est trompé et qu'il a confondu l'homme sur la photo avec ce Monsieur Paul qu'il connaît.

Peut-être qu'il va ouvrir et bredouiller quelques mots d'excuse, gêné de découvrir cette photo qui ne le concerne pas.

Ou alors... peut-être que vit derrière ce portail l'homme que ma mère a aimé. Et dont elle ne m'a jamais parlé.

J'ai parcouru quasiment trois mille kilomètres avec cet espoir fou de me trouver là en cet instant. Pourtant, il s'en faut de peu pour que je ne renonce et retourne à l'hôtel boire des cocktails au bord de la piscine.

— Tu veux que je sonne ? demande Romy d'une voix mal assurée qui ne lui ressemble pas.

— Non. J'ai juste besoin de quelques minutes.

Je ferme les yeux. Sans que je l'aie convoqué, c'est le visage de ma mère qui me vient à l'esprit. Elle me sourit mais son regard semble voilé de tristesse. Approuverait-elle que je parcoure tout ce chemin pour retrouver cet homme ? A-t-elle envie que je fasse sa connaissance ? Il n'y a, hélas, personne pour répondre à ces deux questions. Alors, après avoir pris une grande inspiration, j'ouvre les yeux et sonne.

Au bout de quelques secondes, j'entends des pas crisser sur le gravier. Les battements de mon cœur s'accélèrent au fur et à mesure que le son se rapproche.

Le bruit d'un cadenas que l'on ouvre, d'une clenche que l'on tire, puis un homme se tient devant moi.

Le regard hébété, il a un léger mouvement de recul avant de mettre sa main droite sur sa bouche.

— Oh, mon Dieu, Lucile...

Il n'y a pas de doute, c'est lui. C'est l'homme sur la photo. Les cheveux ont blanchi, la peau s'est ridée. Mais c'est lui.

— Bonjour. Je suis Megg. La fille de Lucile.

– 20 –

Nous sommes installés dans le jardin autour d'une table en fer forgé blanc. Il nous a laissées seules quelques instants pour aller préparer un pichet de citronnade et une assiette de petits biscuits, avant de revenir s'asseoir.

Alors qu'il remplit nos verres, je ne peux m'empêcher de le dévisager. Il est bel homme, très bel homme même. La peau bronzée de quelqu'un qui vit au soleil sans que ce soit trop marqué, des lèvres bien dessinées, des yeux bleus, quelques rides d'expression, des cheveux courts poivre et sel. Il porte une chemisette blanche bien coupée sur un pantalon en lin.

— Comment êtes-vous arrivées jusqu'ici ? demande-t-il pour mettre fin au silence que je ne parviens pas à rompre.

— Grâce à cette photo, dis-je en lui tendant le cliché. J'ai reconnu le nom de l'hôtel en arrière-plan.

— Je me souviens parfaitement du jour où elle a été prise, dit-il d'une voix émue, après l'avoir examinée un petit moment. Lucile n'aimait pas trop être photographiée, elle trouvait que ça figeait les émotions, elle préférait se souvenir des gens en mouvement plutôt que d'avoir leur image emprisonnée sur du papier glacé. Mais ce jour-là, c'était différent. Nous venions de faire une longue promenade au bord de la mer, la lumière était si parfaite... Alors que nous étions assis sur ce muret en pierre pour souffler un peu, elle m'a demandé de la photographier. Contrairement à elle, j'ai toujours adoré ça. Mes étagères débordent d'albums de photos que j'ai constitués au fil des années. Avec le numérique maintenant, rien n'est plus vraiment pareil. On ne pense plus à les faire imprimer. Elles restent dans nos téléphones, et puis c'est tout... Alors, quand elle a exprimé ce souhait, je n'ai pas hésité une seconde. Elle était si belle. Elle s'est prise au jeu et elle a fini par demander à quelqu'un qui passait par là de bien vouloir nous prendre, tous les deux. C'est elle qui vous a donné ces photos ?

— Non... À vrai dire, j'ai trouvé cette pellicule il y a moins de quinze jours, et je l'ai fait développer sans savoir ce qu'elle contenait. Et je m'attendais à tout sauf à ce que j'y ai trouvé. Maman... ne m'a jamais parlé de vous.

— Vous voulez dire que vous ne lui en avez pas parlé ? Elle ignore que vous êtes là ? Je ne sais pas si c'est une bonne idée, si elle aimerait que...

— Maman est décédée. Il y a maintenant six mois. Un infarctus. Comme ça, sans signe avant-coureur. C'est en vidant la maison que je suis tombée sur la pellicule au fond d'un carton.

Il a un mouvement de recul. Ses lèvres se mettent à trembler et je devine qu'il a toutes les peines du monde à contenir son émotion.

— Ma Lucile... Au fond de moi, je n'ai jamais pu faire taire l'espoir qu'un jour peut-être, elle et moi... Veuillez m'excuser, ajoute-t-il au bout de quelques secondes avant de se lever.

Je le regarde s'éloigner dans le jardin, les épaules voûtées. Pendant quelques minutes, il marche, puis il prend sa tête dans ses mains. Même de dos je reconnais les soubresauts, il pleure.

À mon tour, je suis très émue. Lorsque je me tourne vers Romy et Lalie, je les découvre elles aussi en pleurs.

— Heureusement que mon mascara est *waterproof*, dit Romy en reniflant. Sinon, bonjour la tête de panda.

Lorsque Paul s'assoit de nouveau, ses yeux rougis trahissent non seulement son émotion mais aussi l'amour qu'il avait pour maman.

— Pardon... Je ne m'attendais pas à ça et... je suis désolé.

— C'est moi qui devrais m'excuser, je n'ai pas du tout pensé au fait que j'allais peut-être vous apprendre la nouvelle. J'aurais pu... Si j'y avais réfléchi, je m'y serais prise autrement.

— Cela fait des années que je n'ai plus de nouvelles. Près de dix ans, je pense. Ce séjour à Varna a été le dernier. Ensuite elle est rentrée et...

— Mon père est tombé malade.

— Oui, c'est ça. À peine quelques semaines plus tard, votre père a découvert qu'il avait un cancer à un stade plutôt avancé. Vous aviez besoin d'elle, et votre père aussi. C'était fini.

Est-ce un reproche ? Je ne saurais l'affirmer avec certitude, mais une part de moi le prend comme tel.

— Comment vous êtes-vous rencontrés ? Vous saviez qu'elle était mariée et qu'elle avait déjà une famille ?

— Mon ex-femme a été hôtesse pour une démonstration de lingerie faite par votre mère. Elle en avait entendu parler *via* une amie d'amie, il me semble, et elle a eu envie d'en organiser une. Elle était bien plus motivée sans doute par la promesse de l'ensemble gratuit que par l'après-midi entre femmes et la convivialité de l'événement.

Étrangement, j'étais à la maison ce samedi-là. Les relations avec mon ex-femme s'étaient déjà dégradées, si bien que je faisais en sorte de ne pas être dans ses griffes le week-end. Mais ce samedi-là, j'étais là. C'est moi qui ai ouvert la porte à Lucile. Je me souviendrai toujours de ce qu'elle a dit quand elle m'a vu : « J'espère que vous ne comptez pas vous rincer l'œil. Les pervers, non merci ! »

Je souris, je l'imagine en effet prononcer cette phrase, les mains sur les hanches, et droit dans les yeux.

— Est-ce qu'on peut tomber amoureux d'une femme dès la première phrase ? Moi, j'y crois en tout cas. Je suis resté tout l'après-midi dans mon bureau, me gardant bien de montrer le bout de mon nez pour ne pas m'attirer ses foudres. Je l'ai seulement écoutée parler. Et rire. Elle avait un rire à nul autre pareil. Après qu'elle a remballé toutes ses dentelles, j'ai réussi à récupérer son numéro de téléphone noté sur le bon de commande de mon ex-femme. J'ai attendu quelques jours et je l'ai appelée. Elle se souvenait très bien de moi. Je l'ai invitée pour un café et elle a accepté.

— C'était longtemps avant le cancer de mon père ?

— Non, un an, peut-être un peu plus. Et oui, je savais qu'elle était mariée. Elle ne me l'a jamais caché. Du reste, je l'étais encore moi aussi à l'époque. Même si ma femme et moi nous sommes séparés quelques semaines après.

— Vous auriez voulu qu'elle aussi quitte son mari et sa fille ? C'est ça ?

— Je comprends ce que vous devez ressentir. Votre mère ne vous a jamais parlé de moi et vous découvrez mon existence de la pire des manières. Mais vous vous trompez sur ma relation avec Lucile. Jamais je n'aurais essayé de lui forcer la main en quoi que ce soit. Je l'aimais trop pour risquer de la perdre. Si je lui avais demandé de partir et de quitter son mari, c'est moi qu'elle aurait quitté. Elle vous aimait, vous et votre père. La dernière chose qu'elle souhaitait, c'était de vous faire de la peine.

— Si elle l'aimait autant que vous le dites, elle ne l'aurait jamais trompé avec vous…

— L'amour peut prendre bien des formes. Elle aimait votre père parce qu'il était son premier amour, son mari, le père de son unique enfant. Elle l'aimait parce qu'il était sa famille. Mais elle n'en était plus amoureuse. Ce qu'elle était avec moi. Une amoureuse. Et moi, j'étais fou d'elle. Au point d'accepter son choix et de ne plus la voir. Quand elle a appris que votre père était malade, il lui a paru évident qu'elle devait être présente pour lui et pour vous. Nous avions tous les deux l'espoir que l'issue serait meilleure, et que cette maladie ne serait qu'une parenthèse dans notre histoire. Lorsqu'il est décédé, elle voulait pouvoir vous apporter tout le soutien nécessaire, ce que je comprenais tout à fait. Je pensais qu'avec le temps… Mais elle a finalement décidé que c'était terminé entre nous, qu'il était impossible pour elle de reprendre là où nous nous étions arrêtés. Elle vous a choisie, vous. Et parce que je l'aimais, j'ai respecté ce choix.

Il se tait puis saisit son verre de citronnade pour en boire plusieurs gorgées. Tout se bouscule dans ma tête. Je voudrais lui poser mille questions, sur maman, sur lui, sur ce qu'elle lui disait, ce qui les faisait rire, mais je ne parviens à en formuler aucune. Elle m'aimait, pourtant elle n'a jamais rien partagé de tout ça avec moi.

— Comment en êtes-vous arrivé à acheter le Byala Perla ? demande Romy, comme pour venir à mon secours.

— Comme Lucile, je crois, je suis tombé sous le charme de Varna. Sans doute que les merveilleux moments que nous y avons passés n'y sont pas étrangers. J'ai continué à y venir chaque année, seul. Et puis il y a cinq ans, alors que je m'apprêtais à effectuer ma réservation, j'ai appris que l'hôtel avait été quasiment détruit par un incendie et était donc mis en vente en l'état. L'ancien propriétaire, qui avait 85 ans, n'avait pas envie, je crois, de s'occuper de travaux d'une telle ampleur. Il était hors de question pour moi que ce soit la fin du Byala Perla, alors j'ai pris sans doute l'une des décisions les plus folles de ma vie, j'ai vendu tout ce que j'avais en France, je me suis porté acquéreur et je suis venu m'installer à Varna. Je bredouillais à peine quelques mots de bulgare, n'y connaissais rien du tout en construction ni en rénovation, mais je n'ai jamais regretté. Mes enfants sont adultes et ils sont ravis de pouvoir m'envoyer leur progéniture en vacances au bord de la mer. D'ailleurs, deux de mes petits-enfants sont là en ce moment, Loïc et Lola, les enfants de mon fils. Loïc aura 18 ans le mois prochain et Lola vient tout juste de fêter ses 16 ans. Tu peux aller les rejoindre si tu veux, propose-t-il à Lalie. Ils sont sans doute encore dans la piscine à l'heure qu'il est.

Je me tourne vers ma fille et lit de la panique dans son regard. N'importe quel adolescent aurait envie de fuir ces adultes et leurs histoires larmoyantes pour rejoindre ses congénères, qui plus est lorsqu'il y a une piscine. Mais pour Lalie, cela s'apparente presque à une punition.

— C'est une bonne idée, ma princesse, tu devrais y aller.

Elle frotte nerveusement ses jambes l'une contre l'autre et plaque sa main sur son angiome.

— Mais, maman… je ne les connais pas, me dit-elle dans un quasi-murmure.

— Tu peux y aller sans crainte, je t'assure. Ce sont vraiment de chouettes gamins. Mon fils a raté pas mal de choses dans sa vie, hélas, à commencer par son mariage

– à croire que c'est de famille –, mais il a réussi l'essentiel : ses enfants. Ils seront ravis de faire ta connaissance. La piscine se trouve juste derrière la maison.

Résignée, le pas traînant, Lalie se lève et fait le tour de la maison pour rejoindre Loïc et Lola...

— Votre fille s'appelle Lalie si ma mémoire est bonne ? me demande Paul une fois que celle-ci est hors de vue.

— Oui, c'est ça. Elle a 16 ans.

— Lucile me parlait souvent d'elle. Elle était très fière d'être grand-mère et ne comprenait absolument pas ces femmes qui refusaient de se faire appeler « mamie » au motif que ça les vieillissait.

— C'est vrai. Elle était très attachée à son surnom de MamieLuce. J'ai un fils aussi, il s'appelle Malone et il a 10 ans. Il avait à peine 1 an lorsque papa est décédé. Sa grand-mère lui manque beaucoup. Comme elle n'avait pas eu de garçon, il était son petit prince.

— Je ne sais que trop bien combien elle doit vous manquer.

— C'est comme un trou béant dans la poitrine qui, quoi qu'on fasse, ne se referme pas... Est-ce que vous voulez bien me parler de cette femme amoureuse que je ne soupçonnais pas ?

Alors il raconte, les séances de cinéma en plein après-midi, les promenades main dans la main à la campagne, les participations à des dégustations de vin, les escapades en bord de mer, les discussions sur la vie, les fous rires...

La journée tire à sa fin, le pichet de citronnade est vide depuis longtemps lorsque nous nous décidons à nous lever pour prendre congé.

Je suis partagée entre la profonde tristesse qui m'envahit toujours lorsque je pense à ma mère et le bonheur d'avoir pu parler d'elle avec quelqu'un qui l'a sincèrement aimée.

À notre tour, nous passons derrière la maison pour rejoindre Lalie. Les trois adolescents sont dans la piscine, tous les trois assis sur une bouée licorne qui se déforme sous leur poids. Inutile de leur demander s'ils ont passé un bon moment ensemble, leurs éclats de rire valent plus que des mots.

J'observe Lalie que je n'ai pas vue joyeuse comme ça depuis bien longtemps. Elle bascule en arrière, entraînée par le poids de Loïc, et lorsque tous les deux ressortent la tête de l'eau, incapables de contenir leur fou rire, je ne perds pas une miette de leurs regards qui en disent long. Aussitôt mon cœur se gonfle de joie pour ma fille, ma toute petite fille qui pleurait, hier encore, parce que jamais, non jamais, elle ne plairait à un garçon.

* * *

— Vous aviez l'air de bien vous amuser, tous les trois ? demandé-je à Lalie alors que nous marchons en direction de l'hôtel.

— C'était cool, oui. Lola a le même âge que moi. En fait, elle vit pas très loin de chez nous. On s'est dit qu'on pourrait peut-être essayer de se voir à la rentrée…

— Pas de problème pour moi si ça te fait plaisir. On devrait réussir à organiser ça. Et Loïc ? ajouté-je insidieusement.

— Loïc… il est sympa aussi. Il vient d'avoir son bac et il s'est inscrit en prépa véto.

— Il est mignon, non ?

— Tu trouves ? Oui, peut-être, j'ai pas vraiment remarqué, me répond-elle en rougissant jusqu'aux oreilles.

— Eh bien, moi, tout cet amour, ça me donne faim ! s'exclame Romy. Ça vous dit, une pizza ? Depuis deux

240

jours, je rêve d'une bonne pizza. Cette nuit, j'ai même rêvé que j'étais poursuivie par des rondelles de pepperoni, si ça, c'est pas un signe !

— Bonne idée ! Moi aussi j'ai trop faim ! enchérit Lalie.

En même temps, l'amour ça creuse…

* * *

Pas simple de se mettre d'accord sur une pizza quand l'une n'aime pas les champignons, l'autre les poivrons et la troisième les pepperonis. Résultat, nous avons chacune commandé notre pizza, seule constante : le supplément de fromage.

Le livreur ne devrait pas tarder à arriver. Les filles m'attendent dans notre chambre, j'espère que Romy ne s'est pas mis en tête de cuisiner Lalie au sujet de Loïc. Rectification, j'espère que Romy ne va pas trop cuisiner Lalie au sujet de Loïc. Soyons lucides, Romy est incapable de tenir sa langue.

Si j'ai proposé d'attendre le livreur, c'est aussi pour avoir l'occasion de passer un moment avec Angel. Après une journée de repos, il a repris le service derrière son bar, jusqu'au bout de la nuit ou presque.

Un immense sourire éclaire son visage lorsqu'il me voit venir vers lui.

— Megg ! Je content de te voir. Raconte-moi, toi avoir vu Monsieur Paul ?

— Oui, nous y sommes allées cet après-midi. Tu avais raison, c'était bien l'homme de la photo. Il m'a parlé de maman, m'a raconté comment ils s'étaient rencontrés. J'ai dû lui apprendre qu'elle était décédée, ça l'a bouleversé.

— Eux être des amants ?

— Oui…

— L'amour être le plus important dans la vie. Toi être d'accord, Megg ? me demande-t-il, les yeux rivés sur les miens tout en me prenant la main.

— Mamaaaaaaaan ! crie soudain une voix qui m'est familière. On vient te faire une surprise ! Et tu sais, on a pris l'avion et il est rien arrivé du tout, tu ne dois plus avoir peur.

Malone court dans ma direction.

Derrière lui, il y a Stéphane.

Il me faut une bonne minute pour me remettre de ma sidération et dégager ma main de celle d'Angel alors que Malone me saute au cou et que Stéphane se penche pour m'embrasser.

— Alors ça, pour une surprise, c'est une surprise...

— Tu sais quoi ? J'ai pu aller voir dans la cabine du pilote, c'était trop cool ! Quand je vais raconter ça à mes copains, ils seront trop jaloux. Elle est où Lalie, il faut trop que je lui dise !

— Elle est dans notre chambre avec Romy et Rex. Nous avons commandé des pizzas et j'attends le livreur.

— C'est vrai, des pizzas ? Miam, j'adore la pizza et j'ai trop faim. On n'a pas eu le temps de goûter avec papa.

— Bonsoir, dit Stéphane en s'adressant à Angel.

— Euh... oui..., bredouillé-je en reprenant peu à peu mes esprits. Je te présente Angel. Il travaille ici et... Angel, voici Stéphane.

— Son mari, me coupe-t-il aussitôt, lui tendant malgré tout la main.

S'il est surpris par l'information, Angel n'en laisse rien paraître.

— Bonsoir, je être ravi de vous rencontrer.

— Angel apprend le français dans l'espoir de rejoindre son cousin à Lyon. Je lui ai enseigné quelques mots.

— Mais pas la conjugaison du verbe être visiblement, réplique-t-il, cassant. Je vais aller récupérer la clé de la chambre que je nous ai réservée. Je te laisse attendre ton livreur de pizzas, me dit-il en tournant les talons, Malone sautillant dans son sillage.

— J'espère que tu as demandé plein de fromage ? me lance Malone. Moi, j'adore quand il y a plein de fromage.

Je les regarde s'éloigner puis pénétrer dans le hall de l'hôtel. Je suis tellement mal à l'aise qu'il me faut un moment bien trop long pour me tourner de nouveau vers Angel.

— Je suis vraiment désolée… pour ce qu'il t'a dit et…

— Pas grave. Pas de problème, tu dois pas s'inquiéter pour ça.

Son sourire trahit une sincère déception.

— Content toi retrouver grand amour de ta mère. Bonne chance, Megg. Je être heureux connaître toi.

Il n'ajoute rien, mais la vérité, c'est qu'il n'y a pas grand-chose d'autre à dire.

Alors à mon tour, je m'éloigne du bar. Avec un poids sur la poitrine, je vais à la rencontre du livreur de pizzas qui vient d'arriver.

* * *

Dans la chambre, l'ambiance est un peu survoltée. Lalie ne quitte pas son père à qui elle raconte par le menu ce que nous avons mangé, visité, fait depuis notre départ. Rex tourne comme une possédée autour de Malone, lui aboyant dessus pour qu'il lui lance une petite balle en mousse qu'il a apportée. Romy et moi essayons de communiquer par télépathie, mais c'est un échec cuisant.

Finalement, vu les deux bouches supplémentaires, les trois pizzas sont vite englouties. Malone boude parce qu'il aurait voulu aller se baigner dans la piscine, à côté d'une Rex affalée de tout son long et ronflant par intermittence.

Je rassemble les cartons à pizzas, puis descends les jeter dans l'une des grandes poubelles situées à l'extérieur de l'hôtel.

— C'est pour lui, cette nouvelle coupe de cheveux ? m'interpelle Stéphane que je n'ai pas entendu arriver derrière moi.

— Pardon ?

— Quand Lalie m'a appelé hier soir pour me dire que ce serait bien que je saute dans un avion pour vous rejoindre, j'étais à mille lieues d'imaginer ce qui pouvait se tramer par ici. Franchement, Megg, il a au moins vingt ans de moins que toi !

— Tu ne sais pas de quoi tu parles. Angel ne méritait pas le mépris dont tu as fait preuve tout à l'heure. Et grâce à lui, j'ai appris qui était l'homme sur la photo avec ma mère, si tu veux tout savoir.

— Ah oui ? Je croyais que les registres avaient brûlé ? Il t'a donné l'information avant ou après que tu as couché avec lui ? Il baise bien ? Mieux que moi ? En même temps, ces derniers temps on ne peut pas dire que tu me laisses beaucoup d'occasions de…

La gifle part sans que je puisse la retenir. Stéphane met sa main sur sa joue qui commence déjà à rougir. L'expression de son visage change presque aussitôt, passant de la colère au désarroi.

— Megg, je…

245

Il s'approche de moi et tente de me prendre dans ses bras. D'un mouvement brusque, je me dégage.

— Je t'interdis de me toucher, sifflé-je entre mes dents. Tu n'as vraiment rien compris. Si tu crois que c'est en me parlant comme à la dernière des traînées que les choses vont s'arranger, tu te fourres le doigt dans l'œil et bien profond. Ne me parle plus jamais comme ça, Stéphane, plus jamais.

La colère et l'humiliation bouillent en moi, je sens que les larmes ne sont pas loin. Pourtant, la dernière chose que je souhaite, c'est qu'il me voie pleurer. Alors, sans attendre, je le plante là, devant les poubelles, et d'un pas vif regagne ma chambre.

* * *

— Je vais débarrasser mes affaires et aller dormir avec Malone, m'annonce Lalie alors que je viens de me déshabiller et que je m'apprête à enfiler ma chemise de nuit dans la salle de bains.

— Ne t'inquiète pas pour ça, ma princesse. Il est tard, ça attendra demain. Ce n'est pas si souvent que je partage des moments avec ma fille. Je dors avec ton père toutes les nuits depuis presque vingt ans, alors on n'est pas à une nuit près.

— Tu es sûre ? me demande-t-elle sans parvenir à masquer son inquiétude.

— Mais oui, je suis sûre.

Une fois ma chemise de nuit enfilée, mes cheveux soignés, je dépose du dentifrice sur ma brosse à dents.

— Papa m'a dit que tu l'avais appelé hier en lui proposant de nous rejoindre ? formulé-je tout en me brossant les dents, afin de ne pas laisser transparaître à quel point ça me contrarie.

— Oui, je l'ai appelé, c'est vrai, m'avoue-t-elle, un peu penaude. Hier soir, quand je me suis réveillée, tu n'étais pas là. J'avais chaud, je me suis levée pour me servir un verre d'eau dans la salle de bains et c'est là que j'ai vu ton alliance... Elle était sur le bord du lavabo. J'ai trouvé ça bizarre parce que tu ne l'enlèves jamais. Je n'ai pas été très cool ces derniers temps, mais j'ai bien vu que ce n'était pas la joie entre papa et toi. Il passe son temps au boulot et tu te tapes tout à la maison, alors je me suis dit que ce serait bien qu'il puisse venir ici. Tu es vénère contre moi ?

Il y a quelques jours encore, elle ne se serait souciée de rien : comment lui en vouloir ? Que sait-elle de mes problèmes avec Stéphane ?

— Non, non. Tu as bien fait, ma puce. Je suis contente que ton père et ton frère soient avec nous.

Je prends conscience en le disant que c'est la vérité, je suis vraiment contente qu'il soit là. Pas pour la réconciliation qu'espère Lalie cependant, mais pour la nécessaire mise au point.

– 22 –

Je me suis levée à l'aube. Après une nuit agitée. Sans faire de bruit, je quitte la chambre où Lalie est profondément endormie, enroulée dans sa couette avec à peine quelques mèches de cheveux qui dépassent. Je me suis toujours demandé comment elle faisait pour dormir de cette façon et ne pas mourir de chaud. Quelles que soient les températures, elle a besoin d'une couette dans laquelle se lover.

J'ai emporté mon appareil photo. Alors que je comptais les heures cette nuit et que je ne cessais de me retourner dans mon lit, je n'avais qu'une idée en tête, photographier la mer.

Le soleil pointe à peine, il fait encore doux à cette heure matinale. Il n'y a personne sur le chemin qui mène à la plage. Je prends tout mon temps pour le parcourir, m'arrêtant pour capturer des images. Les arbres, les pierres, les maisons en arrière-plan. Chaque cliché me rapproche un peu plus de ma mère, je comprends pourquoi elle aimait tant cet endroit.

Une fois sur le sable, je défais mes sandales – je souris en pensant à Romy qui a finalement eu gain de cause et réussi à libérer mes orteils de l'oppession – pour savourer sa caresse sous mes pieds. Je ferme les yeux et me laisse envahir par le bruit des vagues. Je crois que je ne connais rien de plus apaisant.

Puis, au bout de quelques minutes, je les ouvre, saisis mon appareil et commence à photographier, sans vraiment réfléchir, sans calculer le meilleur angle. Comme ça, juste à l'instinct.

J'enchaîne les prises de vue, tout en marchant le long de l'eau, sans même me préoccuper des vagues qui viennent parfois caresser mes mollets, sans m'inquiéter du temps qui passe – une demi-heure, une heure, peut-être plus –, jusqu'à ce que je sois obligée de m'arrêter, la vue brouillée par les larmes. Comment ai-je pu me convaincre que je pouvais me passer de la photographie ? Comment ai-je pu croire que cela ne me définissait pas ?

Il est un peu plus de 9 heures lorsque je regagne l'hôtel. Je devine aux cris que j'entends avant même de le voir que Malone est déjà en train de s'amuser dans la piscine. Cet enfant a dû être un poisson dans une vie antérieure.

Il enchaîne les sauts, et plus ils éclaboussent, plus ça le fait rire. Romy le surveille, tout en lisant son magazine bulgare.

— Lalie et Stéphane ne sont pas avec toi ? je demande en la rejoignant.

— Lalie a reçu un message de la plus haute importance il y a vingt minutes. Un message qui disait : « Ça te plairait de venir passer la journée avec nous ? Notre grand-père nous emmène faire une sortie en bateau. Signé : Loïc. »

— Très important message, en effet. Et là, elle est...

— ... en train de courir pour les rejoindre ? Tout à fait. Bien sûr, j'ai dû garantir à ton mari qu'il n'y avait pas de souci et que c'étaient de gentils gamins. Je n'ai jamais vu quelqu'un avaler aussi vite son verre de jus d'orange !

Elle rit et, moi, je suis heureuse pour ma fille.

— Il est bien ce Loïc, non ?

— Il est même très bien. Et tu seras contente d'apprendre qu'elle est partie avec sur le dos le fameux maillot de bain asymétrique qu'elle ne voulait pas porter.

— C'est l'effet Loïc.

— C'est l'effet Loïc, approuve Romy avec un grand sourire.

— Et… Stéphane ?

— Après le départ de Lalie, il m'a demandé si je voulais bien surveiller Malone, parce qu'il avait quelques mails à envoyer… C'est comment pour toi qu'il soit là ?

— Pas génial. Angel me tenait la main lorsqu'il est arrivé hier soir.

— Aïe…

— Comme tu dis. Nous avons eu une altercation. Il a eu des mots très durs. Je sais, tu m'avais prévenue que l'histoire avec Angel était une mauvaise idée. À quoi est-ce que je pensais ? C'est vrai, je suis mariée. Et comme me l'a fait gentiment remarquer Stéphane, Angel a vingt ans de moins que moi.

— Écoute, Megg, on ne se connaît pas depuis très longtemps, c'est vrai, mais ce que je vois en ce moment, c'est une femme mariée qui n'est pas heureuse. Je ne sais pas si c'est Stéphane, le problème, ou si c'est le mariage, mais le fait est que tu n'es pas heureuse. Laisse tomber l'épisode avec Angel, je ne pense pas que ce soit l'essentiel dans tout ça.

— Tu crois que ma mère non plus n'était pas heureuse ? Que c'est pour ça qu'elle a eu une histoire avec Paul ?

— Personne ne peut répondre à cette question, à part elle. Peut-être qu'elle est tout simplement tombée amoureuse et que c'est arrivé sans qu'elle le cherche ou le veuille ?

— Elle a dû me détester...

— Pourquoi est-ce que tu ressens ça ?

— Tu as entendu ce qu'a dit Paul, hier ? C'est à cause de moi qu'elle l'a quitté. Parce que j'avais besoin d'elle. Elle s'est sacrifiée. C'est ce que je devrais faire aussi. Après tout, j'ai choisi d'épouser Stéphane, nous avons deux enfants ensemble, c'est mon rôle d'être une bonne épouse.

— Je sais que tu imagines que je suis mal placée pour avoir un avis sur la question, mais quand je t'entends parler, j'ai l'impression d'avoir fait un bond au XVIIe siècle !

— Je m'en veux vraiment de t'avoir balancé ça, je te jure.

— Non, tu avais raison en partie. En revanche, ce dont je suis certaine, c'est que le mariage ne doit pas conduire à l'effacement de l'un au profit de l'autre. Si ce qui te rend heureuse, c'est de rester chez toi, à t'occuper de ta maison et de ta famille, en attendant que ton mari rentre le soir, il n'y a pas de problème. Toutes les femmes ne sont pas obligées de faire les mêmes choses. Mais quand ce schéma finit par te faire pleurer devant la moindre publicité pour des fissures de pare-brise, c'est qu'à l'évidence il ne te convient pas. Tu devrais aller voir Stéphane, lui expliquer ce que tu ressens. Si tu l'aimes et s'il t'aime, vous allez forcément trouver des solutions. C'est beau comme du Daniel Guichard ce que je viens de dire, non ?

Elle éclate de rire.

— Tu es incapable de rester sérieuse plus de cinq minutes, en fait ?

— C'est juste pour nous empêcher de nous mettre à pleurer comme des Madeleine au bord de la piscine. Et crois-moi, on est passées à un cheveu de la catastrophe ! Va parler à Stéphane, je reste ici à surveiller Malone tout en inventant la vie de ce charmant Ivan Goranov, me dit-elle en me montrant la photo d'un gars au torse nu et musclé.

* * *

Je suis nerveuse lorsque je toque à la porte de la chambre de Stéphane. Notre altercation d'hier soir est encore bien présente dans mon esprit et je sais que je vais avoir du mal à digérer les paroles qu'il a eues.

Il ouvre la porte et sans un mot s'efface pour me laisser entrer. Il a les traits tirés, lui non plus n'a pas dû dormir beaucoup cette nuit. Je parcours du regard la chambre dont les couleurs et la décoration sont différentes de celle que je partage avec Lalie, avant de m'asseoir, mal à l'aise, sur le rebord du lit.

— Je n'ai pas couché avec Angel…

— Megg, je suis désolé pour ce que je t'ai dit hier, j'étais en colère et je n'avais pas le droit de te parler comme je l'ai fait…

— Je n'ai pas couché avec lui, mais si tu n'avais pas débarqué avec Malone, je ne peux pas te jurer que ce ne serait pas le cas à l'heure qu'il est, le coupé-je. Je suis désolée.

Je le vois accuser le coup. Au bout de quelques instants, il s'assoit à côté de moi.

— Pourquoi as-tu sauté dans un avion pour Varna ? je lui demande pour rompre le silence qui s'éternise.

— Parce que Lalie m'a appelé et qu'elle m'a dit que si je ne voulais pas te perdre, j'avais intérêt à me pointer ici dare-dare. Ce sont ses propres mots.

— Eh bien, tu vois, moi, j'aurais préféré que tu débarques à l'improviste parce que, tout simplement, je te manquais et que tu avais envie d'être avec moi.

— Ça revient au même, non ? Si je n'ai pas envie de te perdre, c'est que j'ai envie d'être avec toi.

— Non, ça ne revient pas au même. Tu n'as pas envie de me perdre, moi, Megg, pour ce que je suis. Tu as juste peur de perdre ta femme, celle qui t'attend à la maison.

— C'est ce que je te fais ressentir ?

— Oui. Je suis désolée, mais oui. Quand je t'apprends qu'il n'y a plus aucune chance pour que je découvre l'identité de l'amant de ma mère, alors que j'attends des mots de réconfort, même un peu forcés, même si tu ne les penses pas totalement, la seule chose que tu arrives à exprimer, c'est du soulagement. Et tu te réjouis que je puisse rentrer plus tôt, non pas parce que je te manque, mais parce que c'est compliqué pour toi de jongler entre ton boulot et Malone. Est-ce que tu peux te mettre à ma place deux secondes et te demander ce que ça peut me faire d'entendre ça ? Ce que j'ai pu éprouver à ce moment-là ? J'ai le sentiment de ne pas exister, Stéphane ! Tu imagines un peu ce que ça fait de se sentir vide et transparente ?

— Tu n'es pas transparente. Certainement pas pour moi, murmure-t-il.

— Lorsque Angel s'est intéressé à moi, pour la première fois depuis des mois, je suis redevenue une femme, plus seulement un truc utile qui fait le ménage. Il m'a posé des questions, m'a demandé ce que j'aimais dans la vie, et oui, il a cherché à me séduire…

— Ça m'a rendu fou de voir comment il te regardait, c'est vrai. Tu penses peut-être que ce n'est que de la jalousie et sans doute qu'au début, c'était ça. Je n'avais qu'une envie, c'était de lui foutre mon poing dans la figure. Mais cette nuit, en réalité, j'étais surtout en colère contre moi, pour ce que j'ai fait ou pas fait et qui au final t'a donné envie d'aller voir ailleurs. Sans doute que je te le montre mal, Megg, mais je t'aime. Et que tu puisses imaginer que je ne te vois que comme une femme de ménage, ça me tue. Parce que évidemment tu me manques quand tu n'es pas là. Ta présence me manque, ton corps me manque... Je ne veux pas te perdre, Megg.

Il prend sa tête entre ses mains et je devine qu'il pleure. Je crois que c'est la première fois que je le vois le faire et ça me bouleverse. Je voudrais pouvoir le consoler, le prendre dans mes bras, lui dire que moi non plus je ne veux pas le perdre, parce que au fond, je sais que je l'aime. Mais j'en suis incapable.

Comment a-t-on pu en arriver là ? Et surtout, est-il trop tard pour nous deux ?

Je ne pensais pas être de retour aussi vite devant ce portail vert. Moins de vingt-quatre heures après ma première visite, je sonne de nouveau chez Paul, cette fois pour récupérer ma fille après la sortie en mer.

La journée s'est lentement déroulée après la discussion que j'ai eue avec Stéphane. Il a passé une bonne partie du temps dans l'eau avec son fils, jouant et profitant de lui. Romy et moi avons papoté de choses et d'autres, avant de tourner une petite vidéo de présentation de deux minutes pour le casting d'un jeu télévisé auquel elle a choisi de participer. C'était un jeu d'enfant ; après cinquante prises et deux heures de tournage, les deux minutes étaient dans la boîte.

J'ai continué à remplir la carte mémoire de mon appareil photo ; après tout ce temps, même un simple caillou sur une dalle blanche me semble digne d'intérêt.

Nous avons déjeuné au restaurant de l'hôtel et, pour éviter de s'aventurer sur un terrain glissant ou de laisser s'installer un malaise, la conversation s'est focalisée sur Malone, ravi à nouveau de se trouver au centre de l'attention.

— Megg, bonjour ! m'accueille chaleureusement Paul après avoir ouvert le portail. Entrez, entrez, les enfants sont en train de dévaliser le réfrigérateur, l'air de la mer, ça creuse.

— C'était très gentil de lui proposer de venir avec vous sur votre bateau.

— À vrai dire, un certain jeune homme, dont je tairai le nom, ne m'a guère laissé le choix, me dit-il avec un clin d'œil. Plus sérieusement, c'était un plaisir, Lalie est une enfant charmante.

Je me réjouis qu'il n'ait pas eu droit à la Lalie renfrognée avec ses AirPods vissés dans les oreilles pendant des heures et qui répond par borborygmes aux éventuelles questions.

Nous contournons la maison et trouvons les trois ogres affamés près de la piscine, assis en tailleur à même le sol, avec chacun dans les mains un énorme sandwich dans lequel ils mordent avec appétit.

Mais qui peut bien être cette jeune fille souriante, les épaules et les jambes dénudées et légèrement rougies par une journée au soleil ?

— Salut, maman ! me lance-t-elle, la bouche pleine.

Ah oui, il s'agit donc bien de ma fille…

— Merci, madame Etcheverry, d'avoir accepté que Lalie vienne avec nous aujourd'hui. Dommage que vous ne restiez pas plus longtemps à Varna, me déclare Loïc.

— Je ne vous ai rien dit, mais ces trois-là complotent quelque chose depuis plusieurs heures, me murmure Paul à voix basse en se rapprochant de moi.

— C'est nul, franchement, soupire Lola d'une manière bien trop appuyée pour paraître naturelle, mais peut-être qu'on pourrait proposer à Lalie de rester ici avec nous et on repartirait ensuite ensemble en avion ? Tu serais d'accord, papy, hein ?

Paul m'adresse un clin d'œil. Voilà donc l'objet du complot. Dommage que je n'aie pas pris mon appareil photo car la scène mériterait d'être immortalisée. Lola, Loïc et Lalie ont les yeux rivés sur nous, leurs sandwichs suspendus dans les airs.

— En ce qui me concerne, je ne vois aucun inconvénient à ce que Lalie reste avec nous, mais ce n'est pas moi qui décide.

Dans une synchronicité parfaite, les trois regards se tournent vers moi, les casse-croûte toujours en attente d'être croqués.

— Il faudra que j'en parle avec ton père, mais *a priori*… je n'y vois pas d'inconvénient. Si ça peut te faire plaisir.

Le soulagement et la joie se devinent dans les grands sourires qui s'affichent sur les trois visages des adolescents qui aussitôt reprennent les sandwichs là où ils les avaient laissés. Il s'en est fallu de peu pour qu'ils finissent à la poubelle, triste sort pour un sandwich.

* * *

Assise sur l'une des chaises en fer forgé blanches du jardin de Paul, un verre de thé glacé à la main, avec en bruit de fond les éclats de rire de Lalie, je me sens bien. Curieusement, à ma place. Maman aurait sans doute adoré cet endroit. Elle aimait beaucoup les jardins et entretenait le sien avec soin. Bien que je lui aie dit que ce n'était pas nécessaire, Paul est parti à la recherche de trucs à grignoter en s'excusant de ne pas être un bon cuisinier capable de mitonner un gâteau, comme ça, au débotté.

— Il faudra se contenter de crackers aux graines de courge avec du kachkaval fumé. C'est un fromage bulgare, m'explique-t-il alors qu'il dépose sur la table un petit plateau garni. Ça ne vaut pas un bon gouda, mais ça se laisse manger, ajoute-t-il en s'asseyant.

Il coupe une petite tranche de fromage qu'il me sert. Ce n'est pas mauvais, un peu fade pour un habitué du reblochon et du saint-nectaire, mais pas immangeable. Paul remplit de nouveau mon verre de thé glacé puis, au bout de quelques secondes, il sort de sa poche plusieurs feuilles de papier qu'il me tend.

— J'ai hésité à vous les donner hier.

— Qu'est-ce que c'est ?

— Les lettres que m'a envoyées Lucile. J'y ai réfléchi cette nuit et je me suis dit qu'elle aurait voulu que je vous les fasse lire. Quand mon petit-fils m'a demandé s'il pouvait inviter Lalie pour la journée, je les ai sorties du tiroir de mon bureau pour vous les montrer.

Des lettres écrites par ma mère. D'une main tremblante, je saisis les feuillets.

— Est-ce que vous voulez que je vous laisse seule ?

— Euh… je ne sais pas… Oui, à vrai dire, non, restez, bredouillé-je. Je vous en prie, restez.

Je pose mon verre et tente de calmer les battements de mon cœur. Puis, lentement, je déplie les feuilles et reconnais son écriture serrée avec cette façon qu'elle avait de former ses « a ». Submergée par l'émotion, je ne cherche pas à retenir mes larmes. Il me faut plusieurs minutes pour réussir à me calmer et enfin commencer à lire.

10 septembre 2010

Mon Paul,

Cela fait trois semaines que nous sommes rentrés de Varna. Trois semaines déjà... Je n'ai qu'à fermer les yeux pour que le Byala Perla apparaisse. Nous y avons passé de si bons moments, j'aurais voulu que jamais cela ne s'arrête.

Je sais que je ne t'ai pas donné de nouvelles depuis mon retour, et que j'aurais dû t'appeler, mais j'avais peur de ne pas être capable de prononcer le moindre mot, alors j'ai décidé de t'écrire.

J'ai appris une mauvaise nouvelle, Paul. Une très mauvaise nouvelle. Alain a un cancer. Je pense qu'il a ignoré les symptômes pendant de nombreux mois, un comble pour un médecin, mais il a fini par se résigner et faire des examens. Le diagnostic est tombé et

le pronostic n'est pas bon. Megg est dévastée. Quant à moi...
je suis sous le choc. C'est à croire que je me suis persuadée
que, parce qu'il était médecin, Alain ne serait jamais malade.
Il va devoir suivre un protocole assez lourd de chimiothérapie et
probablement être hospitalisé une partie du temps.

Mes sentiments à ton égard sont forts, lorsque je suis dans
tes bras, je me sens exister, pour autant je ne t'ai jamais caché
que ma famille comptait pour moi... Mon mari, ma fille ont longtemps
été mon seul univers. Je ne peux pas les abandonner maintenant.

Tu vas me dire que tu ne m'as jamais rien demandé de tel, mais
moi, j'avais commencé à y réfléchir, et peut-être à envisager...

Je ne te cache pas que tout cela me chamboule et que je ne
sais plus trop où j'en suis. Par contre, ce dont je suis sûre,
c'est que pour le moment ma place est auprès d'eux. Je ne peux
pas faire autrement, et même si je le pouvais, je ne saurais pas
faire autrement.

Je ne te demande rien et je comprendrais que tu veuilles
mettre un terme à notre histoire.

Même si je ne peux rien te promettre, sache malgré tout que
je t'aime et que je pense à toi à chaque instant.

Ta Lucile.

25 décembre 2010

Mon Paul,

Je ne sais pas si tu as déjà passé une fois le jour de Noël à l'hôpital, si ce n'est pas le cas, je te le déconseille ! Que des personnes soient malades et hospitalisées ce jour-là devrait être interdit par la loi. J'ai bien essayé de rendre cette journée la plus festive possible mais malgré tous mes efforts, la chambre est restée une chambre d'hôpital avec cette odeur caractéristique qui me donne la nausée quand je la respire.

L'état d'Alain ne s'améliore pas et ses médecins ne nous ont pas laissé beaucoup d'espoir. Ils ne le disent pas, mais je devine derrière certaines de leurs expressions qu'il va falloir commencer à nous préparer... Je me demande ce qu'Alain peut bien ressentir quand il entend les médecins prononcer les mots que lui-même a dû utiliser des dizaines de fois, et dont il connaît le vrai sens.

Il ne laisse rien paraître et s'emploie à nous faire rire, mais je sens qu'au fond de lui, la peur commence à grandir.

Je ne devrais sans doute pas te raconter tout ça, te parler de mon mari, mais je n'ai personne à qui me confier. Devant Megg, je fais comme Alain, j'essaie de ne rien laisser paraître, de donner le change, de rire aux blagues de son père. Je ne sais pas si ça marche, mais je fais de mon mieux.

Nous nous retrouvons tous les jours à l'hôpital et chaque fois je m'émerveille devant la femme extraordinaire qu'elle est devenue. Bien sûr, je ne le découvre pas, j'ai toujours su qu'elle était extraordinaire, mais en ce moment cela me frappe encore plus. Elle a une petite fille de 6 ans et un bébé d'à peine quelques mois à s'occuper, une grande maison à faire tourner, un mari, et malgré cela elle s'organise pour trouver le temps de rendre visite à son père à l'hôpital. Sans jamais se plaindre, ni laisser transparaître la moindre fatigue. Je l'admire et en même temps, dès que je la vois, je me dis que je devrais lui rappeler de ne pas s'oublier.

Tu me manques, mon Paul, nos balades me manquent, ton sourire me manque, tes baisers me manquent. Avec le temps, j'ai peur de finir par oublier le goût de tes lèvres sur les miennes.

Ta Lucile qui t'aime.

9 mars 2011

Mon Paul,

L'état d'Alain se dégrade chaque jour un peu plus. Il peine à présent à avaler les quelques cuillerées de soupe que je le force à manger. Le cancer gagne du terrain et même si les médecins ne nous avaient laissé que peu d'espoir, j'avoue que j'avais malgré tout pris ce « peu » comme un vrai « peut-être ».

Je passe tout mon temps à l'hôpital, j'ai stoppé toutes mes activités. Je suis incapable de me concentrer sur quoi que ce soit. Il n'y a plus rien d'autre que cette chambre d'hôpital et les moments que nous passons tous les trois, et nous allons bientôt manquer de temps...

Je m'en veux de te faire du mal et d'être incapable d'agir autrement.

Ta Lucile.

16 mars 2011

Alain est décédé cette nuit. Il n'a pas souffert, en tout cas c'est ce que l'on nous a dit. C'était un moment difficile, mais, au moins, nous étions ensemble, tous les trois. Je suis à la fois triste et soulagée que ce soit terminé. Megg a le cœur brisé. Je crois que je n'oublierai jamais le son du cri qu'elle a poussé lorsque son père est parti. On aurait dit celui d'un animal blessé. Il me glace encore le sang.

10 mai 2011

Mon Paul,

Cela fait maintenant plusieurs jours que je repousse le moment de t'écrire cette dernière lettre. Parce que je m'apprête à te faire encore plus de mal. Parfois je me dis qu'il aurait mieux valu pour toi que tu ne me rencontres jamais.

Cela va faire près de deux mois qu'Alain est décédé et tu dois te dire qu'à présent plus rien ne me retient et que nous allons pouvoir recommencer là où nous nous sommes arrêtés. Moi aussi pendant un temps j'ai cru qu'il en serait ainsi. Je te promets que j'y ai cru.

Je sais pourtant que ce ne sera pas le cas. Ce n'est pas une question de sentiments, les miens n'ont pas changé et je crois même que je ne cesserai jamais de t'aimer. Mais, Megg... Si tu la voyais... C'est comme si elle s'était éteinte. Bien sûr, il lui reste ses enfants qu'elle aime infiniment, je n'ai aucun doute là-dessus, mais la relation qu'elle avait avec son père était si forte que la perte est pour elle énorme. Quand elle était petite, j'en ai même parfois ressenti de la jalousie, jusqu'à admettre que je ne pourrais jamais rien y faire. Elle était sa merveilleuse, il était son essentiel. J'ai fini par trouver ma place et même si le lien que j'ai avec ma fille est différent

266

de celui qu'elle avait avec son père, je sais qu'il n'en est pas moins important pour elle.

Elle va avoir besoin de moi. J'ignore pendant combien de temps, mais elle va avoir besoin de moi. Megg est fille unique parce que je l'ai aimée si fort lorsqu'on me l'a mise dans les bras pour la première fois que je ne voulais pas partager cet amour entre elle et un autre enfant. Je n'ai compris que bien plus tard que l'amour au fond ne se divise pas mais se multiplie. Pourtant, je ne regrette rien.

Elle est tout pour moi.

Bien sûr, je sais que le temps fera son office et que sa douleur s'atténuera dans quelques mois. Je pourrais donc te demander de m'attendre, mais au-delà du fait que je refuse que tu acceptes d'endurer ça, je sais que cela ne changera rien. Je ne veux pas risquer de lui faire de la peine en remplaçant son père. Je ne veux pas la décevoir, je ne m'en relèverais pas.

Certains diront que c'est un sacrifice, peut-être qu'en apparence c'en est un, mais je ne le ressens pas du tout comme ça. Je sais que l'aider à retrouver le sourire et à le garder me rendra heureuse. Il était son essentiel, elle a toujours été le mien.

Je ne ressens aucune tristesse, si ce n'est celle de te faire de la peine.

Je n'oublie aucun des moments que nous avons passés ensemble, j'en chéris chaque souvenir. Sache que tu seras pour toujours mon unique parenthèse et qu'elle aura été merveilleuse. Merci pour les couleurs vives, merci de m'avoir permis d'être Lucile et seulement Lucile.

Je ne te demande pas de me pardonner mais j'espère au moins que tu me comprendras.

Ta Lucile.

Je replie les pages avec une infinie précaution. Peu à peu, dans mon esprit, c'est la voix de ma mère qui s'est substituée à la mienne pendant que je lisais. Un instant, j'ai même eu la sensation qu'elle se tenait derrière moi, prononçant ses propres mots, une main tendrement posée sur mon épaule.

Sur la table de jardin se trouve une boîte de mouchoirs sans doute apportée par Paul, que je n'ai même pas entendu s'éloigner pour aller la chercher. J'en prends un et m'en tamponne les yeux.

— Merci de m'avoir permis de lire ces lettres. Mais... comment faites-vous pour ne pas me détester ?

— Vous détester, mais pourquoi ?

— Eh bien, vous les avez lues comme moi, c'est à cause de moi qu'elle a rompu avec vous. Si je n'avais pas été là...

— Elle n'aurait pas été la Lucile que j'ai connue, m'interrompt-il. Non, non, je ne vous ai jamais détestée. Au début, j'en ai voulu à la vie qui ne me l'a pas fait rencontrer plus tôt, et puis je me suis dit que si ça avait été le cas, peut-être que j'aurais tout gâché comme avec mon ex-femme, dit-il avec un sourire. Donc, non, il n'y avait pas à en vouloir à qui que ce soit. Ce choix, c'était tout à fait elle, et c'est aussi ce qui m'en a fait tomber amoureux. Parce qu'elle était entière et passionnée. Je vous mentirais si je vous disais que je n'ai pas été malheureux, parce que je l'ai été, mais la savoir heureuse auprès de vous a toujours été une consolation. Je ne saurai jamais si elle a chéri chacun de nos souvenirs, c'est ce que moi j'ai fait en tout cas. Lucile est aussi ma plus belle parenthèse et c'est grâce à elle que je vis aujourd'hui ici, dans cette ville qui me rend heureux.

— Je ne peux pas vous dire si elle a chéri vos souvenirs puisqu'elle ne m'a jamais parlé de vous, en revanche elle m'a souvent parlé du Byala Perla avec des paillettes dans les yeux. C'est pour ça que j'ai identifié aussi vite le nom de l'hôtel sur la photo. Alors oui, je crois qu'elle n'a jamais cessé de penser à vous.

— Je suis heureux que vous ayez fait tout ce chemin pour venir jusqu'à moi. Puis-je espérer que nous nous reverrons ?

Je lui souris. Il est physiquement très différent de mon père, pourtant je devine qu'il partage avec lui un certain nombre de qualités. Pas étonnant qu'il ait été la seule parenthèse de maman.

— Bien sûr que nous nous reverrons.

* * *

— Maman, dis, à quel moment on sait qu'on est amoureux ? À quel moment tu l'as su, toi, avec papa ? me demande Lalie alors que nous marchons silencieusement vers le Byala Perla.

269

— C'était lors d'une soirée étudiante, une de celles où l'on boit beaucoup d'alcool et où, en ce qui te concerne, tu ne mettras pas les pieds avant l'âge de 30 ans au moins, je ne peux m'empêcher de la taquiner. J'avais déjà croisé ton père à deux ou trois reprises avant ça, nous avions vaguement discuté, je le trouvais mignon. Et puis ce soir-là, il a fait quelque chose et je me suis dit *c'est lui*.

— Il a fait quoi ?

— Eh bien, il y avait pas mal de monde ce soir-là, j'avais un verre bien rempli à la main et quelqu'un m'a bousculée. Tout le contenu de mon verre s'est répandu sur ma robe blanche. Ça a fait beaucoup rire les gens. Jusqu'à ce que ton père qui n'était pas loin renverse volontairement le contenu de sa bière sur sa chemise en me souriant. « À deux, c'est le début d'une mode », m'a-t-il dit, et c'est là que j'ai su.

Lalie me jette un regard sceptique.

— Donc il a fait un truc con et ça a suffi ?

— Oui, parce qu'il l'a fait rien que pour moi.

Elle lève les yeux au ciel et je ne peux m'empêcher de rire.

— Ne t'inquiète pas, quand ce sera le cas pour toi, tu le sauras, lui dis-je en entourant ses épaules de mes bras.

– 24 –

C'est notre dernière soirée à Varna. Demain, Romy, Rex et moi reprendrons la route. Stéphane a également donné son autorisation pour que Lalie reste encore deux semaines ici. Nous lui avons réservé un billet d'avion sur le même vol retour que Loïc et Lola. À l'heure qu'il est, elle doit souffrir de crampes à la mâchoire tant son sourire n'a pas quitté son visage depuis. J'ai eu tout le loisir d'admirer ses fossettes et de les immortaliser. Il sera toujours temps de ressortir les images pour adoucir les jours qui ne manqueront pas d'arriver où elle sera de nouveau renfrognée et désagréable. Tout n'est pas encore résolu, mais les progrès sont là et la distance qui s'était installée entre nous a commencé à se réduire. Elle a su poser des mots sur ses émotions pour me permettre de mieux la comprendre et, j'en suis la première surprise, de l'aimer encore plus fort.

Stéphane et Malone ont, quant à eux, un vol à 14 heures demain, mais j'ai promis à mon fils que nous reviendrions en vacances ici prochainement, il tient lui aussi à faire une sortie en mer. Mon petit garçon rayon de soleil qui s'enthousiasme pour tout, sauf pour les coutures de ses vêtements.

— Je peux ? me demande Stéphane alors que je contemple le coucher de soleil sur la mer, assise à même le sable sur la plage.

— Bien sûr.

— Tu es restée longtemps chez ce Paul tout à l'heure, ça s'est bien passé ?

— Oui... Il m'a permis de lire des lettres que maman lui a envoyées. Des lettres qu'elle a écrites juste après avoir découvert que papa était malade, dans lesquelles elle lui raconte les mois que l'on a passés à l'hôpital. Tout m'est revenu, jusqu'au souvenir de l'odeur de sa chambre qui a fini par envahir mes narines pendant que je lisais. Dans la dernière, elle rompt avec lui et elle lui explique qu'elle le fait pour moi...

Ma voix se brise.

— Elle l'aimait, mais elle m'a choisie. Parce que j'étais malheureuse, parce qu'elle avait peur de me décevoir. Papa est mort il y a dix ans et à aucun moment, pendant toutes ces années, elle n'a laissé transparaître la moindre rancœur. Si bien que sans cette photo, je ne me serais jamais doutée de quoi que ce soit.

— C'est une belle preuve d'amour, non ?

— Sauf que je ne la mérite pas ! m'écrié-je. Sa famille, c'était tout ce qui comptait pour elle, mais ça ne me suffit pas à moi. Je me sens égoïste de ne pas me contenter de ce que j'ai, de toi et des enfants. Et pourtant, je ne peux plus me voiler la face, ça ne me suffit pas. J'ai besoin d'autre chose, besoin de faire quelque chose pour moi. Quand j'ai eu terminé la lecture de ses lettres, tu sais ce que je me suis dit ? Qu'à sa place je serais sans doute partie avec Paul. Que je ne me serais pas sacrifiée.

— Tu n'es pas ta mère, chérie, et c'est tant mieux car jamais je ne serais tombé amoureux de toi.

Il me tend une enveloppe qu'il a dû poser à côté de lui en me rejoignant sur le sable.

— Tiens, c'est pour toi.

— Qu'est-ce que c'est ?

— Ouvre et tu verras.

Je décachette l'enveloppe. À l'intérieur il y a un document qui à première vue ressemble à un contrat, ainsi que quelques photos. Je commence à lire la première page. Il s'agit d'un bail pour la location d'un local à quelques kilomètres de chez nous. Un endroit composé de deux pièces que je découvre sur les clichés qui accompagnent le document.

— L'hôtesse d'accueil a gentiment accepté de m'imprimer tout ça pendant que tu étais partie chercher Lalie. Visiblement, elle était prête à tout pour compenser cette histoire de registre perdu dans l'incendie de l'hôtel.

— Tu envisages de louer un local commercial ? Mais pour quoi faire ?

— Ce n'est pas pour moi. C'est pour ton projet de studio photo. Je ne t'en ai pas parlé jusqu'à présent parce que je n'ai reçu le mail d'accord de la part du propriétaire que cet après-midi.

— Mon projet de studio photo ? Je… Je ne comprends pas.

— Megg, je suis conscient que je ne réagis pas toujours comme il le faudrait. Et que ces derniers temps je n'ai pas su voir que ça n'allait pas. Tu ne m'avais jamais évoqué que notre vie ne te convenait plus et c'est vrai que j'ai sans doute fini par me complaire dans cette facilité que ça m'apportait.

— La meilleure épouse qu'un homme puisse avoir…, dis-je plus pour moi que pour lui.

— Quand tu m'as avoué que tu avais envie de reprendre la photo et peut-être d'ouvrir un studio, je me suis demandé comment tu allais pouvoir tout concilier alors que tu semblais déjà fatiguée. J'ai vraiment réagi comme un con et j'aurais dû m'en rendre compte tout de suite. Mais non. Il a fallu que tu t'absentes pour que je le comprenne. J'ai passé quelques coups de fil et je suis tombé sur ce local. Je me suis dit qu'il serait parfait pour démarrer. Ni trop grand, ni trop petit, proche de la maison pour t'éviter de faire trop de kilomètres.

— Tu m'as loué un local pour que j'en fasse un studio photo ?

— Oui... Je sais que les clichés ne paient pas de mine, toute la décoration est à refaire, mais je l'ai trouvé sympa. Bien entendu, s'il ne te plaît pas, tu peux en trouver un autre, il n'y a rien de signé encore puisque le bail sera à ton nom.

Incrédule, je regarde de nouveau les photos. Mon studio photo. À la place du papier peint vieillot, aussitôt j'imagine des murs blancs sur lesquels je pourrais accrocher des cadres avec les vues que j'ai prises à Venise ou encore ici à Varna. Je pense aux accessoires que je pourrais acheter pour réaliser des fonds, je visualise de gros coussins de couleur sur lesquels les enfants pourraient s'asseoir pour les portraits...

— Non, il sera parfait.

Il y a près de vingt ans, Stéphane renversait exprès son verre de bière sur sa chemise pour que je me sente moins ridicule. Aujourd'hui, il me loue un atelier pour que je sois plus heureuse.

Soudain, je me revois dans le grenier de ma mère avec cette pellicule entre les mains. Je n'avais aucune idée de ce qu'elle pouvait contenir et jamais je n'aurais pensé qu'elle me conduirait sur les traces de son amant, à près de trois mille kilomètres de là. Un homme qu'elle a aimé et auquel elle n'a pourtant pas hésité à renoncer.

Je n'avais pas touché à mon appareil photo depuis des années, oubliant presque l'existence de cette passion qui m'avait tant animée.

Ma fille et moi n'échangions plus que des mots blessants, nous éloignant un peu plus l'une de l'autre.

J'étais malheureuse sans savoir précisément pourquoi.

Comme cette pellicule photo au fond d'un vieux carton, je m'étais tout simplement oubliée.

— Je sais que ça ne réglera pas tout d'un coup de baguette magique, me dit Stéphane, mais j'espère que ce sera au moins un bon début.

Je me tourne vers lui, dans son regard je lis de l'inquiétude, mais je retrouve aussi l'envie du gars de 20 ans, la chemise trempée et collante de bière.

— Oui, c'est un bon début, un très bon début, même.

REMERCIEMENTS

Chaque roman est une nouvelle aventure. Une nouvelle histoire, de nouveaux personnages, de nouvelles émotions… De nouveaux doutes aussi qu'on essaie de chasser, sans grand succès.

Pour *La lumière était si parfaite* on peut ajouter, nouvelle Maison d'Édition ! 2021 me voit donc arriver chez Fleuve Éditions pour, je le souhaite, un long, un très long chapitre. Je peux vous dire qu'après l'année que l'on vient de vivre, je suis regonflée à bloc par l'envie, l'enthousiasme et l'énergie de toute l'équipe !

Au sein de cette maison, je retrouve celui qui a cru en moi dès le départ, qui m'a aidée à comprendre les rouages de l'édition, qui a répondu à quasiment tous les mails que je lui ai envoyés (dit comme ça, ça paraît normal, mais quand il y en a plus de 800…), Florian Lafani.

Merci, Florian, d'être l'éditeur que tu es, intègre, bienveillant, volontaire et sans doute des tas d'autres qualificatifs encore. Merci de toujours répondre à mes questions, merci pour nos échanges, merci pour ton envie. Je le répète ici, je souhaite à tout le monde de croiser sur sa route un éditeur tel que toi. Ce roman est pour toi.

Merci à Émeline Colpart de m'avoir accompagnée sur ce texte. Je sais que ça étonne souvent quand je le dis, mais j'aime ce travail éditorial de corrections. J'aime ce regard extérieur et professionnel qui me permet de progresser. Ce roman n'aura pas échappé à la règle ; grâce à toi, Émeline, j'ai découvert que j'avais une passion un peu trop envahissante pour les adverbes et, à l'inverse, pas assez prononcée pour les virgules.

Merci à l'ensemble des équipes commerciale, presse et marketing pour leur enthousiasme : Marion, Willy, Thomas, Justine, Estelle, Laurence, Alexandra, Julie, Anne-Sophie... Merci de m'avoir accueillie si chaleureusement en octobre, malgré nos masques et la distanciation sociale de rigueur. Heureusement, il nous restait quand même les mini-cannelés !

Merci à Perrine Brehon : pour tout le travail que tu fais pour donner à mes romans une si belle seconde vie en poche. Merci pour ta sincérité, merci pour ton humour, j'ai hâte que nous puissions de nouveau partager des moments festifs. De là à dire que je regrette le temps où l'on pouvait chuter dans sa douche, et en rire ensemble et sans masque...

Merci aux équipes de Lizzie qui, elles, donnent une vie audio à mes romans.

Merci à la Team Librinova et à Andréa mon agent. Ce serait beaucoup moins simple sans vous.

Et parce que cette année 2020 est vraiment pourrie moisie, je tiens plus que jamais à remercier tous ceux sans qui je n'en serais pas à mon 9e roman : merci aux lecteurs, merci aux libraires, merci aux blogueurs, qui me lisent et défendent mes livres, malgré les confinements, les reconfinements, les masques, les couvre-feux... Merci pour tous vos messages, vos vidéos, vos posts. Merci d'être là.

Grâce à vous, je touche du bout des doigts la possibilité de vivre de l'écriture. C'était le rêve de la gamine de dix ans que j'étais. C'est sur le point de devenir la réalité de la femme de quarante ans que je suis devenue.

Merci à ma famille et à mes amis d'accompagner ce rêve depuis maintenant plusieurs années. En cette année si particulière, merci d'avoir été à l'écoute de mes états d'âme. Je vous aime.

Et enfin, vous y êtes habitués maintenant, *last but not least*, merci à l'homme de ma vie d'en faire partie depuis vingt et un ans. Comme Megg pour sa mère, il est mon essentiel.

Traductions

Page 147 :

1. Bonjour, mesdames, que puis-je faire pour vous ?
2. Nous jetons un œil, merci beaucoup.

Page 155 :

1. Adieu Milan, mon amour ! À bientôt !

Page 170 :

1. Félicitations !

Page 183 :

1. Bonsoir, room service !
2. Si vous avez besoin d'autre chose, appelez-moi.

Page 200 :

1. Bonjour. Que puis-je faire pour vous ?
2. Parlez-vous anglais ?
3. Oui, s'il vous plaît. Comment puis-je vous aider ?
4. Nous avons réservé deux chambres. Une pour moi, Romy Spielman, et l'autre pour Megg et Lalie Etcheverry.
5. Oui, deux chambres. Une pour Romy Spielman. Et l'autre pour Megg et Lalie Etcheverry.

Page 201 :
   1. Puis-je vous aider ?

Page 202 :
   1. Connaissez-vous cet homme ?
   2. Désolée...
   3. Cette photo a été prise ici, il y a environ dix ans. Ces personnes ont séjourné dans votre hôtel. Peut-être avez-vous un registre avec le nom des clients ?
   4. La femme sur la photo est ma mère. Et je ne sais pas qui est l'homme. Je recherche son identité.
   5. Je vous en prie, c'est très important pour mon amie.
   6. Désolée, je ne peux pas vous aider. Je ne travaille ici que depuis trois semaines.
   7. Je poserai la question à ma responsable. Elle pourra peut-être vous aider.

Page 203 :
   1. Aimeriez-vous boire quelque chose ?

Page 205 :
   1. Madame Etcheverry ?

Page 206 :
   1. Oui, merci de me rappeler.
   2. Maria m'a dit que vous recherchiez un homme qui a séjourné ici avec quelqu'un de votre famille il y a dix ans ?
   3. Avec ma mère, il était ici avec ma mère. Il y a à peu près dix ans, oui...
   4. Je suis désolée, je ne pense pas pouvoir vous aider. Nous avions un registre avec toutes les réservations, mais tout a brûlé il y a cinq ans. L'hôtel a été presque entièrement détruit par l'incendie.
   5. Oh. Vous êtes sûre ?
   6. Oui, je suis désolée. J'aurais aimé pouvoir vous aider.
   7. Moi aussi... Merci pour votre réponse.
   8. Si vous avez d'autres questions, vous pouvez m'appeler.

Composé par Nord Compo à Villeneuve-d'Ascq

Imprimé en France par CPI
en mars 2021
N° d'impression : 3041898

R15529/01